# SU ESPOSA CURVILÍNEA

UNA NOVELA ROMÁNTICA DE UNA CHICA
CURVILÍNEA EN UN PUEBLO PEQUEÑO

EN BUSCA DEL GALÁN DE PAPEL
LIBRO DOS

MARY E THOMPSON

# EN BUSCA DEL GALÁN DE PAPEL

¡Bienvenido de nuevo! Nos alegra que hayas decidido acompañarnos en otra aventura. No te pierdas nada de lo que sucede en Cala MacKellar y suscríbete al boletín de Mary.

## Libro 2

### *Su Esposa Curvilínea*

**Ramsey**

Citas. Mi esposa estaba saliendo con alguien. Quería más hijos, aunque el médico dijo que podría matarla, así que me fui. Ahora está saliendo con alguien. La vi. Con ese otro tipo. Él puso sus manos sobre ella.

Sobre mi esposa.

Iba a tocarla. Amarla. Hacerla reír. Arriesgar su vida.

Ni de coña.

Ella seguía siendo mía.

*Melody*

Solo he amado a un hombre. Un hombre guapísimo, enloquecedor, maravilloso. Todavía amaba a mi marido, pero él se marchó. No podía arreglarme, no podía cambiar mi opinión, así que pidió el divorcio y se mudó. No tenía motivos para hacerle quedarse. Ya no éramos las mismas personas que solíamos ser.

Pero yo seguía queriendo más hijos. Quería a alguien con quien compartir mi vida. Las citas en línea sonaban mejor que ligar con padres solteros en la fila para recoger a los niños. Pero la broma fue para mí. La única persona con la que me gustaba hablar era precisamente la persona que intentaba olvidar. Mi marido.

*Para Alex...*

## MELODY

He aprendido que hay dos tipos de mujeres de talla grande. El primero es como mi hermana, Willow. Willow era regordeta cuando era pequeña. Tenía esas lindas mejillas rechonchas de bebé y esos adorables muslos regordetes, pero cuando dejó la etapa de bebé, se quedaron con ella.

Sin embargo, chicas como Willow tuvieron suerte cuando se convirtieron en adultas, porque para entonces ya habían desarrollado una piel gruesa. Tomaron todos los insultos y burlas y los convirtieron en una armadura para protegerse contra las personas que pensaban que valían menos simplemente porque la báscula decía que eran más.

Willow era sarcástica y a veces cruel, pero llevaba su peso como una insignia de honor. Ya no le importaba si no la invitaban a salir porque sabía cómo cuidarse. No importaba si la ignoraban porque ella les devolvía el golpe en la cara. Willow, y mujeres como ella, eran potencias en el mundo de las chicas rellenitas. Eran las campeonas que nos decían al resto que nos levantáramos y sintiéramos orgullo. Las que usaban ropa ajustada y trajes de baño de dos piezas y mostraban todos sus atributos cuando les apetecía.

El otro tipo de mujeres de talla grande eran como yo. Promedio, o incluso delgada, durante la niñez. Nunca tuve una cita que me preguntara si quería ensalada en lugar de pizza o me dijera que no debería comer ese cupcake extra en una fiesta de cumpleaños. Podía sentarme en el sofá y leer un libro o ver la televisión y nadie sugería que saliera a hacer ejercicio. Era invisible porque era lo que el mundo aceptaba como normal.

Pero como adulta, tuve que aprender a no enojarme cuando ocurrían esas cosas. Cuando un camarero levantaba las cejas cuando pedía queso extra en mi hamburguesa. O cuando una madre fruncía los labios cuando agarraba el trozo más grande de pastel en el cumpleaños de su hija. O cuando nadie me miraba con interés cuando entraba a un bar, pero todos se volteaban y miraban a la mujer del vestido azul, devorándola con los ojos.

No es que los culpara. La mujer era impresionante. Tenía piernas largas y uno de esos traseros dignos de Pinterest, y era toda vivaz y perfecta.

Suspiré y removí la pajita en mi bebida. Era tan fácil para mujeres como ella. Las envidiaba. Las que sabían cómo coquetear y podían arreglarse y verse sexis sin siquiera tener que pensarlo. Ni siquiera quería imaginar las capas de Spanx y fajas que necesitaría para parecer que tenía el doble de su tamaño.

—Necesito lecciones sobre cómo ser sexy —me dije a mí misma.

—No, no las necesitas —dijo alguien detrás de mí.

Me giré en el taburete del bar y contuve la respiración. —Lo siento. No sabía que estabas ahí.

—¿Entonces con quién hablabas? —Hudson Grant era el dueño y bartender de O'Kelley's. El bar era también uno de los únicos dos bares en Cala MacKellar, el pueblo en las Mil Islas del norte del estado de Nueva York al que yo llamaba hogar.

Crecí en Cala MacKellar, me enamoré en Cala MacKellar, y tenía toda mi vida en Cala MacKellar. Me encantaba estar aquí y no podía imaginar vivir en ningún otro lugar. Pero definitivamente había cosas que no me gustaban. Por ejemplo, el mejor bartender del pueblo era amigo cercano de mi casi ex-marido.

Me encogí de hombros. —Conmigo misma, supongo.

Hudson se apoyó en la barra y sonrió. Era un tipo guapo y un buen hombre. Tenía cuatro años más que yo, así que no crecimos juntos, pero nos habíamos hecho amigos a lo largo de los años. La cabeza rapada debajo de su gorra de béisbol y la barba completa detrás de la que se escondía le daban un aire de tipo rudo, pero si mirabas de cerca, sus ojos eran demasiado amables para ser un idiota. —Melody, no necesitas lecciones sobre cómo ser sexy. Ninguna mujer las necesita.

—No una que se vea como ella —dije con un gesto hacia la mujer que había captado la atención de todos los hombres en el bar. Tres se dirigían hacia ella, y el resto del bar observaba, esperando ver si tendrían una oportunidad. Incluso las mujeres la miraban. Nadie era inmune a lo atractiva que era.

Hudson siguió mi mirada. La recorrió desde las piernas bien formadas hasta sus tacones rojos y volvió a subir por su vestido azul hasta donde casi se salía por la parte superior. Era preciosa, y estaba exhibiendo lo que tenía. No la odiaba, pero sentía unos celos terribles. Nunca me vi como ella.

—Mira, este es el problema. Las mujeres no tienen ni idea de lo que realmente es ser sexy —dijo Hudson, pasando su toalla por la superficie lisa de madera de la barra.

Me burlé y me giré hacia él. Incliné la cabeza, dejando

caer mi cabello castaño opaco sobre mi hombro. —¿Vas a decirme honestamente que esa mujer no es sexy?

Negó con la cabeza. —No, no voy a decir eso. Lo es. Pero no por las razones que tú crees.

—¿Ah, sí? —pregunté con una risa, apoyando mi barbilla en mi mano—. Ilumíname.

—Cuando la miras, ¿qué ves?

Me giré en mi taburete y miré a la mujer otra vez. —Piernas largas y delgadas. Tacones de infarto. Un vestido sexy que abraza su cuerpo esbelto y acentúa sus pechos y su trasero. Cabello precioso. Labios carnosos. Ojos azules brillantes. ¿Sigo?

Hudson negó con la cabeza. —Acabas de describirla. Me has dicho lo que lleva puesto y cómo se ve.

—¿Y?

—Eso no es lo que hace a una mujer sexy —dijo Hudson.

Giré en mi taburete, pero él levantó un dedo hacia mí y caminó unos cuantos pasos para servir bebidas a los clientes que esperaban su relajo de viernes por la noche.

Me volví hacia la mujer e intenté ver algo más. ¿Qué más la hacía sexy? ¿Qué más hacía sexy a cualquier mujer?

—¿Ya lo has descubierto? —preguntó Hudson un minuto después.

Me giré hacia él y negué con la cabeza. —No. Creo que has estado bebiendo esta noche.

Hudson se rio. Nunca bebía, y todo el mundo en el pueblo lo sabía. Al menos, no mientras trabajaba, y siempre estaba trabajando.

—Es su confianza. Eso es lo que la hace sexy.

—¿Qué? —solté.

—Esa mujer podría estar usando vaqueros y una camiseta y cada hombre en la habitación todavía la querría...

—Sí, porque está buenísima.

Hudson asintió y me dio una de esas sonrisas que daba a

las personas cuando habían bebido demasiado y pensaban que podían conducir. Justo antes de quitarles las llaves y llamarles un transporte a casa. —Lo está. Estoy de acuerdo. Pero es la forma en que se presenta. No es atractiva porque tiene un cuerpo bonito o porque lleva un gran vestido. Personalmente, creo que se ve un poco tonta con ese vestido cuando está nevando afuera, pero ella no me preguntó. Tiene confianza y está segura de sí misma. Por eso todos los hombres en la habitación la están mirando.

Me volví hacia la mujer y miré más de cerca. Era hermosa, pero Hudson tenía razón. Había visto a otras mujeres igual de bonitas que ella pero con la mitad de su confianza que no captaban la atención de tantos hombres. También había visto a mujeres que no se parecían en nada a ella y tenían a los hombres babeando porque sabían que estaban buenísimas.

—Ahora lo ves, ¿verdad? —preguntó Hudson.

—Sí —refunfuñé—. Esperaba que fuera más fácil que eso sentirme bien.

Hudson me dio una palmadita en la mano y se alejó. Parece que los buenos consejos del bartender habían terminado. Por supuesto, también era uno de los mejores amigos de mi marido, así que probablemente no quería meterse en medio. De nada de esto.

Bebí un sorbo de mi bebida y miré a la multitud de nuevo. Willow todavía estaba en la pista de baile con algún tipo. Siempre me asombraba que pudiera conocer a un hombre, acostarse con él e irse sin pensarlo dos veces. Y lo que era aún más sorprendente era que conocía a hombres que no conocía previamente. Ya fueran tipos mayores o menores o tipos que no vivían en Cala MacKellar, mi hermana pequeña lograba evitar relaciones incómodas de una manera que casi hacía parecer que podría ser divertido.

Me estremecí. Solo el pensamiento de acostarme con

alguien más me erizaba la piel. Me enamoré de Ramsey cuando estábamos en la escuela secundaria. Él lo fue todo para mí desde el día en que nos conocimos. No es que él sintiera lo mismo. Estuve en segundo plano más tiempo del que era sensato, pero lo amaba.

Empezamos a salir en el instituto, pero cuando él se fue a la universidad, rompimos. La ruptura no duró, pero fue lo suficientemente larga como para que decidiera intentar salir con otros chicos. Fui al baile de bienvenida con un chico de mi clase de matemáticas. Era lindo, e inteligente, y divertido, pero cuando me tocó, sentí que iba a vomitar. No era Ramsey. Ningún hombre era Ramsey.

Me dije a mí misma que tenía que encontrar una manera de superarlo, pero nunca lo hice, y cuando Ramsey y yo volvimos unos meses después, pensé que nunca tendría que hacerlo. Sabía que me iba a casar con él.

Pero ahora, tenía treinta y cinco años y enfrentaba un divorcio del único hombre que había deseado. La vida apestaba.

—Hola —dijo Willow, tomando el asiento a mi lado y mi bebida. Se bebió mi vaso de un trago y exhaló—. Deberías venir a bailar.

Negué con la cabeza. —Realmente no quiero interponerme entre ustedes dos.

Willow negó con la cabeza. —Se fue. La esposa de su amigo se volvió loca.

Reprimí las ganas de poner los ojos en blanco. Sonaba a código para su esposa, pero no iba a sermonear a mi hermana. —Me estoy cansando.

—No vas a ir a casa —dijo Willow firmemente.

Aunque hay cinco años entre nosotras, Willow siempre fue mi mejor amiga. Cuando nació, actué como si fuera mi bebé, protegiéndola y cuidándola. A medida que crecía, me mantuve cerca, queriendo protegerla todavía. Siempre lamentaré no haber podido evitar que desarrollara esa piel gruesa. Que no estuviera en la misma escuela que ella para defenderla contra las Kathy Rogers del mundo que pensaban que era divertido atormentar a mi hermana pequeña para siempre.

Willow también era la única con la que hablaba. Ella sabía que quería ir a casa porque Ramsey estaba allí con Amber. Elaboramos un horario de visitas, y cuando era su turno de pasar tiempo con ella, yo hacía todo lo posible para darles espacio para jugar, hablar y estar juntos en el único hogar que Amber había conocido. Lo que significaba que me iba.

—Iré a la otra habitación —me quejé. Willow tenía razón. Odiaba admitirlo, pero últimamente me había vuelto como una adicta, desesperada por cualquier pequeña parte de Ramsey que pudiera conseguir.

Realmente pensé que las vacaciones iban a ser la parte más difícil de divorciarme. Sobrevivir al Día de Acción de Gracias y la Navidad sin mi mejor amigo y compañero a mi lado fue fácil comparado con lo que vino después.

Las vacaciones eran todas sobre Amber. Así es como debía ser. Ambos la consentimos demasiado, y era ella quien hacía que todo fuera más fácil. Concentrarme en ella hizo más fácil olvidar lo que faltaba. No a prueba de fallos, como lo evidenció mi crisis de Nochebuena cuando me di cuenta de que el gigantesco castillo de juguete que le compré era algo que Ramsey habría podido armar en unos cinco minutos pero me llevó la mayor parte de tres horas.

Pero después de eso, fue fácil. Estaba encantada con sus regalos, y su primer largo descanso de la escuela fue una oportunidad para pasar tiempo haciendo cosas tontas como guerras de bolas de nieve y disfrazarnos como nuestras princesas favoritas.

No fue hasta después del descanso, cuando ella volvió a la escuela y yo volví a la aburrida vida que había adoptado en los últimos meses, que me di cuenta de lo equivocada que estaba cuando pensé que superar el Día de Acción de Gracias y la Navidad iba a ser la parte más difícil de divorciarme. Oh, no. Esas fiestas no tenían nada que ver con el Día de San Valentín.

Maldito Día de San Valentín. El día en que Ramsey y yo siempre conseguíamos una niñera, por lo general mi hermana, y nos íbamos. Una noche en un hotel, una cena lujosa a solas, y una oportunidad para reconectar.

Cuando empezamos a salir y luego recién casados, esas noches eran un lujo, una oportunidad para mimarnos mutuamente. Una vez que nació Amber, esas noches se convirtieron en nuestra mejor oportunidad para tener sexo. Para reavivar el romance que se desvanecía y que nos mantuvo unidos durante tanto tiempo. Nunca importó lo que estuviera pasando con nosotros cuando llegaba el Día de San Valentín. Estábamos enamorados, y dejábamos todo lo demás a un lado para mostrarnos mutuamente lo especial e importante que era nuestra relación.

Y por primera vez en más de quince años, iba a pasar la festividad sola. Ya había pasado nuestro décimo aniversario sola, llorando hasta dormirme y rezando para que Amber no se despertara y preguntara por qué estaba tan disgustada. Pasar el Día de San Valentín sin Ramsey podría matarme.

—No te vas —afirmó Willow con firmeza—. Te quedarás aquí conmigo, vamos a beber y divertirnos, y luego vendrás a casa conmigo esta noche.

—Pero...

—¡Sin peros! Ramsey está con Amber. No hay nada por lo que necesites ir a casa. Él te dejó. Se mudó. Él no quería más hijos. Siempre has querido una familia numerosa. Por eso compraron su casa. Por eso dejaste que se fuera. Por eso vas a encontrar a alguien más y darle a mi perfecta sobrina algunos hermanos y hermanas. Porque te lo mereces.

Respiré profundamente y asentí. Willow tenía razón. Sabía que tenía razón. Lo odiaba, pero era cierto. Siempre quise una familia grande. Después de nuestra propia crianza menos que estelar, quería tener un montón de niños y hacerlos sentir especiales, asombrosos y perfectos, cosas que a Willow y a mí nunca se nos permitió sentir.

—¡Otra bebida, Hudson! —gritó Willow hacia donde Hudson estaba sirviendo bebidas en el otro extremo de la barra. Si él no estaba allí, dos o tres bartenders se encargaban de las cosas, pero con él atendiendo la barra, mantenía a los otros empleados en el piso corriendo con bebidas y sirviendo comida.

Hudson asintió a Willow mientras caminaba detrás de la barra y agarraba una botella. Vodka. A Willow y a mí nos gustaba el vodka. Sirvió un generoso par de dedos en mi vaso y agarró uno para ella. Añadió un chorrito de Sprite y suficiente jugo de arándano para que la bebida se volviera rosa, luego empujó la mía hacia mí.

Levantamos nuestros vasos y los chocamos, sin necesidad de palabras para saber que ambas estábamos pensando en la felicidad de la otra con cada deseo que habíamos hecho. Levanté el vaso y dejé que el alcohol llenara mi boca. Las burbujas amenazaron con salirse por mi nariz y el jugo agrio de arándano me hizo hacer una mueca, pero lo tragué de todos modos.

La bebida de Willow desapareció en dos tragos, y se quedó detrás de la barra animándome a terminar la mía. Rellenó nuestros vasos mientras Hudson se dirigía hacia nosotras, luego me llevó a la pista de baile.

Bebí, reí, giré y bailé. Dejé que la libertad de no tener responsabilidad me dominara y me permitiera disfrutar de mi noche libre con mi hermana. Cantamos a todo pulmón las canciones que conocíamos, y nos balanceamos juntas cuando sonó una canción lenta. Y por un ratito, me permití olvidar que tenía el corazón roto y que el amor de mi vida me había dejado.

Dos chicos nos observaban mientras bailábamos. Eran lindos, y no creo que fueran locales. Nos sonrieron, y cuando Willow le guiñó un ojo a uno de ellos, ambos se acercaron.

—Hola —me dijo uno. Era el más alto de los dos con ojos oscuros, labios carnosos, hombros anchos y cintura estrecha. Ramsey tenía la misma camisa que llevaba el chico. Se la había regalado por Navidad hace un par de años.

Me forcé a sonreír. —Hola.

—Soy Mitch —dijo, extendiendo su mano.

Me quedé mirándola durante un tiempo vergonzosamente largo, luego sacudí la cabeza y la alcancé. Me sonrió, y volví a tirar de mis dedos, un hábito nervioso que había tenido siempre.

—Oh, lo siento. Yo, eh, no me di cuenta —dijo.

Entrecerré los ojos hacia él, tratando de descubrir qué sabía él que yo no sabía. Estaba mirando mis manos. Miré hacia abajo, pero eran las mismas manos que siempre había tenido. Claro, no eran tan suaves como las de una veinteañera, pero no había nada malo en ellas. Uñas cortas y pintadas. Dedos proporcionales. Y...

Oh.

Mis anillos.

—Um, sí —dije, tratando de decidir si era una buena excusa o si debía dejarlo pasar.

—¿Está casada? —preguntó Mitch.

Dudé por un segundo y luego asentí.

—Bueno, quiero decir, si no le molesta... —Se encogió de hombros.

¿Hablaba en serio? —¿Si qué no me molesta?

Se encogió de hombros otra vez. —Si no le molesta que esté casada, a mí tampoco me molesta. Todavía podemos enrollarnos.

—¿Estás bromeando?

Negó con la cabeza. —Las mujeres casadas nunca preguntan por qué no llamé o cuándo me van a volver a ver. No lo sabía, pero si lo hubiera sabido, igual habría venido.

—¿Por qué?

—Um, ¿qué? —preguntó, confundido ahora.

—¿Por qué habrías venido de todos modos? Si sabías que estaba casada. ¿Por qué te acercaste?

—Um, bueno, yo, eh...

—Vete, Mitch.

—Sí, de acuerdo —dijo, alejándose rápidamente.

Negué con la cabeza. Mi mareo había desaparecido, y estaba cansada. Le indiqué a Willow que iba a rellenar mi vaso y recuperé mi taburete en la barra.

Willow siguió bailando con el amigo de Mitch. Me senté en mi taburete y los observé a ellos y a las otras personas en el bar. Disfrutando su viernes por la noche. Felices. Afortunados.

Yo solo quería ir a casa y esconderme bajo las sábanas. Esconderme y no salir nunca más. Así no tendría que enfrentarme a tipos espeluznantes que querían acostarse con mujeres casadas y a mujeres sexis que podían acostarse con cualquier hombre y a mi marido... que nunca más se iba a acostar conmigo.

Maldita sea.

## RAMSEY

Sonreí a mi hija y revisé mi teléfono por milésima vez desde que mi esposa salió por la puerta. Sabía que estaba en O'Kelley's, y que estaba con su hermana, pero mi mente estaba trabajando a toda velocidad pensando en todas las otras personas allí. Personas con penes que mirarían a Melody una vez y querrían llevársela a casa. Personas que serían más inteligentes que yo y no la dejarían ir.

—¡Papá, mira! —dijo Amber con su voz demasiado alta.

Me volví hacia ella, metiendo mi teléfono en el bolsillo, y sonreí—. Buen trabajo, cariño. Eso fue genial.

No tenía idea de lo que realmente había hecho, pero era más difícil de lo que yo podría hacer. Nunca había tomado una clase de baile en mi vida, pero eso era irrelevante. Mi hija tenía un talento increíble, incluso si todo lo que estaba haciendo era girar en círculo con las manos en el aire.

—La señorita Emily dice que soy la mejor girando en la clase —dijo Amber con orgullo. Su pelo rojo flotaba a su alrededor mientras giraba de nuevo, mostrando su nueva habilidad.

—Seguro que lo eres. Nadie podría ser tan bueno como tú —le dije con una sonrisa—. ¿Quieres jugar a algo?

Amber se dejó caer bruscamente al suelo y asintió. Le encantaban los juegos. Juegos de mesa, juegos en mi teléfono, juegos que inventábamos. Era fácil de complacer.

Empezamos con Candy Land. Amber ganó, como siempre, luego ella pudo elegir el siguiente juego.

Pasamos una hora jugando antes de que bostezara. No era lo suficientemente mayor para decirme cuando estaba cansada, pero se acercaba más a su hora de dormir. Lo único de lo que Melody y yo hablábamos últimamente era sobre Amber, así que sabía que el año escolar la agotaba. Se dormía más temprano los fines de semana de lo habitual, y se dormía más rápido durante la semana. Toda la emoción era buena para ella, pero definitivamente la dejaba exhausta.

—¿Y si nos damos un baño y leemos un libro? —sugerí, esperando que aceptara.

Asintió y levantó los brazos cuando me puse de pie. La tomé en brazos y mis rodillas casi se doblaron cuando envolvió sus brazos alrededor de mi cuello y apoyó su cabeza en mi hombro.

Había echado de menos eso. Mucho. De todo lo que había perdido al mudarme, el día a día con mi familia era lo más difícil. Amber estaba creciendo rápidamente, y tenía sentido que Melody fuera quien la tuviera a tiempo completo, pero eso significaba que me perdía muchas cosas. La hora del baño, los abrazos nocturnos, la hora del cuento y todo lo que solía venir después.

Respiré hondo y aparté esos pensamientos de mi cabeza. Amber se acurrucó en mi regazo mientras le preparaba el baño. Una vez que me aseguré de que no estaba demasiado caliente, le dije que entrara. Estaba demasiado cansada para salpicar y jugar, así que se lavó rápidamente, luego salió enseguida, acurrucándose de nuevo contra mí una vez que la envolví en una toalla.

Con sueño, se puso el pijama y se metió bajo las sábanas. Me acosté junto a ella y abrí la gastada copia de La telaraña de Charlotte. Era el libro favorito de Melody cuando era niña y había comenzado a leérselo a Amber cuando estaba embarazada. Habíamos continuado leyéndolo, releyendo el libro al menos dos veces cada año.

Suavicé mi voz y comencé a leer donde ellas lo habían dejado. Amber bostezó y se acurrucó contra mi costado. Envolví mi brazo alrededor de su pequeño cuerpo y la sostuve cerca, inhalando el dulce aroma de su champú frutal.

No pasó mucho tiempo antes de que los suaves ronquidos de Amber llenaran la habitación. Seguí leyendo hasta terminar el capítulo, luego coloqué el libro en la mesita de noche. Me acurruqué alrededor de mi hija y la sostuve por un minuto, deseando poder dormir bajo el mismo techo que ella otra vez.

Se retorció contra mí y se dio la vuelta, y suspiré. Nunca le gustaba acurrucarse por la noche. Durante el día, se subiría a mi regazo y jugaría con mi pelo o el de Melody, pero por la noche, necesitaba su espacio. Me levanté con cuidado de su cama individual y apagué la lámpara, luego salí de su habitación, cerrando la puerta como siempre lo habíamos hecho.

Revisé mi teléfono una vez que estuve de nuevo en la sala de estar. No había mensajes de Melody. Todavía no era tarde, pero ella no dijo a qué hora regresaría. Nunca había sido de las que iba a bares o se quedaba hasta tarde, pero no estaba seguro de si la conocía ya, así que tal vez ahora lo era.

Me sentía como un acosador caminando por la casa que había llamado mía hasta hace unos meses. ¿Estaba bien si veía la televisión? ¿La comida en el refrigerador estaba guardada para una cena futura? Diablos, ni siquiera estaba seguro de dónde podría dormir si Melody no llegaba a casa hasta muy tarde.

Era horrible ser un invitado en mi propia casa, pero fui yo quien se marchó. Fui yo quien dijo que deberíamos divorciarnos. Sí, sentía que habíamos terminado, pero ella nunca dijo esas palabras.

Apoyé la cabeza en el sofá que había encontrado tan cómodo cuando vivía allí y me dije que era lo mejor. Melody quería más hijos, y la única forma de detener eso era perderla a ella. Al menos así viviría. Si cedía y teníamos otro hijo, ella podría morir. Eso era lo que dijo el médico. A Mel no le importaba. Quería tener otro hijo, más de uno. Y no se rendía. Lo que me dejaba una sola opción. Tenía que hacerlo.

Salir por esa puerta fue lo más difícil que había hecho jamás. Sobre todo porque había una parte de mí que honestamente creía que ella me diría que no me fuera. Hirió mi orgullo casi tanto como mi corazón que mi esposa prefiriera tener otro hijo que a mí, pero si no estábamos juntos, ella no tendría otro hijo. No moriría. Viviría y Amber crecería con su madre.

Eso era lo que realmente me importaba.

Preparé unas palomitas alrededor de las once y me pregunté si debería llamar a Melody. Si lo hacía, ¿me haría parecer un ex desesperado? ¿Y si estaba con alguien?

Solo pensarlo me hizo apretar los puños y querer golpear algo. Ella seguía siendo mi esposa, y hasta que firmáramos los papeles del divorcio, me pertenecía.

En algún momento de la noche, me quedé dormido en el sofá. Me desperté con el cuello rígido viendo infomerciales sobre limpieza del hogar.

Me levanté y caminé por el pasillo hasta mi antiguo

dormitorio. Las luces estaban apagadas, pero pude darme cuenta de que Melody no estaba allí. Entré en el dormitorio, sin encender las luces, y simplemente me quedé allí de pie.

El aroma de Melody llenaba la habitación. Su perfume, el mismo que había usado desde la secundaria, flotaba a mi alrededor. El olor de su champú salía del baño. La cama estaba hecha, pero la hendidura en su lado era más pronunciada. O tal vez eso era solo porque mi lado estaba cubierto de almohadas.

Mi antiguo lado. Ya no era mi lado. Nada en la habitación era mío ya. Mi ropa estaba fuera del armario, mis objetos personales fuera del baño. Cada rastro de mí había sido borrado de la casa.

Fui por el pasillo a una de las habitaciones de invitados, la que estaba al lado de la habitación de Amber. Cuando compramos la casa de cuatro dormitorios, planeamos llenarla de niños, risas y amor. Teníamos una habitación de invitados para que amigos y familiares pudieran quedarse, pero el segundo cuarto de bebé se convirtió en una segunda habitación de invitados en lugar de un segundo cuarto infantil después de que perdimos a Steven. No había podido obligarme a entrar en esa habitación.

La cama en la habitación de invitados era cómoda. Había dormido en ella más de una vez cuando todavía llamaba a la casa mi hogar. La miré como la sentencia de muerte que sentía que era. Melody no regresó a casa. Después de una noche en un bar, no volvió a casa. Y no me llamó ni me envió un mensaje para decirme que no lo haría. Lo que me dejaba con una sola posibilidad de dónde estaba.

Me revolví en la cama que alguna vez fue cómoda hasta que el sol se abrió paso a través de las cortinas. Quería taparme con las sábanas y olvidarme del mundo exterior, pero unos pasitos apresurados por el pasillo me dijeron que tenía una tarea que cumplir.

Amber estaba de pie al final del pasillo, mirando alrededor. Melody siempre era la primera en levantarse. Me dejaba dormir hasta tarde siempre que quisiera, pero ella se levantaba temprano, preparando el desayuno, tomando café y preparándose para que Amber se despertara.

—¿Mami? —llamó Amber suavemente, con un toque de miedo en su voz.

—Hola, pequeña —dije, atrayendo su atención.

—¡Papá! —sus ojos marrones se iluminaron de alegría y corrió hacia mí.

Me incliné y la tomé en brazos, abrazándola fuerte. El miedo dentro de ella dio paso a la emoción mientras mi arrepentimiento se intensificaba y me dificultaba respirar. No estaba cerca. No estaba ahí para tantas cosas, y Amber estaba emocionada de verme, pero también me recordaba lo raro que era que yo estuviera allí por la mañana, o en cualquier momento.

—¿Qué te parece si preparamos el desayuno? —sugerí, llevándola a la cocina.

—¿Dónde está mami?

Negué con la cabeza y forcé una sonrisa. No iba a mostrar a mi hija lo molesto que estaba porque su madre no había vuelto a casa. Que había pasado la noche con un extraño en lugar de en casa con nosotros.

Nosotros. Qué broma.

—Mamá no está aquí.

La cara de Amber palideció—. ¿Me dejó como tú lo hiciste?

Ese fue el momento. Ese fue el momento en que supe que nunca me recuperaría de haberme alejado de mi familia. Mi hija pensaba que la había abandonado. Era tan pequeña que nunca nos sentamos a explicarle todo, pero sacó sus propias conclusiones y pensó que todo era su culpa.

En lugar de seguir hacia la cocina, la llevé al sofá y la

senté en mi regazo—. En primer lugar, mamá volverá. Solo pasó la noche fuera con la tía Willow. No te dejó y nunca lo hará. Te ama.

El labio inferior de Amber tembló y sus ojos se llenaron de lágrimas—. ¿Tú no me quieres? —preguntó con voz temblorosa que me destrozó.

La abracé fuerte y negué con la cabeza—. No, Amber, no es eso en absoluto, cariño. Te amo. Tanto que duele. Odio no estar aquí contigo todo el tiempo.

—¿Y con mamá?

Asentí y tragué el nudo en mi garganta—. Y con mamá. Desearía poder seguir aquí con vosotras.

—Entonces, ¿por qué no puedes? En la escuela, la señora Anderson dice que tenemos que ser amables con todos, pero podemos ser amigos de las personas que más nos gustan. Si yo te gusto más, ¿podemos seguir siendo amigos?

Sonreí a través de mi dolor y le puse su cabello salvaje detrás de la oreja—. Siempre seremos amigos. Y siempre te amaré. Siempre podrás decirme cualquier cosa, y siempre estaré aquí para ti. El hecho de que me fuera no tiene nada que ver contigo.

—Entonces, ¿no quieres a mamá?

Respiré hondo y sonreí de nuevo—. Sí quiero a mamá.

—¿Entonces por qué no vives aquí? —gritó.

—Porque... —¿Cómo le explicas a un niño que irse era por amar a las personas que dejaste cuando ni siquiera tú mismo lo entendías? ¿Cómo podría decirle que si me quedaba con ellas, Melody me desgastaría hasta que le diera cualquier cosa que quisiera y eso podría significar perderla para siempre? ¿Cómo le decía eso a mi hija?

—¿Por qué no vives aquí, papá? —preguntó de nuevo.

—Porque papá y mamá quieren cosas diferentes —dijo Melody detrás de nosotros.

No la oí entrar. No sabía cuánto había escuchado. Todo lo

que sabía era que estaba allí, como siempre, con las palabras correctas para devolver la sonrisa a la cara de Amber.

—¡Mamá! —gritó Amber, saltando de mi regazo y corriendo hacia su madre.

Melody dio un paso atrás cuando Amber chocó contra ella. Envolvió sus brazos alrededor de nuestra hija y sonrió, luego se dejó caer al suelo para levantar a Amber—. Hola, cariño. ¿Cómo estuvo tu noche con papá? ¿Se divirtieron?

Amber asintió—. Sí. Papá me dejó jugar y le mostré mi baile. Dijo que la señorita Emily tiene razón y que soy la mejor girando de la clase. Y comimos. Y papá me leyó más de La telaraña de Charlotte antes de que me durmiera.

—Parece una gran noche —dijo Melody—. Estoy tan feliz de que te divirtieras con papá. Y pensé que todavía estarías durmiendo esta mañana. ¿Qué tan temprano despertaste a papá?

Amber se encogió de hombros, y Melody finalmente me miró. Nuestras miradas colisionaron y la culpa en sus ojos hizo que mi estómago diera vueltas. El hecho de que no viniera a casa envió mi imaginación en picada, pero ver la culpa en sus ojos y saber que estaba con alguien más era más de lo que podía soportar. Ella evitaba mirarme, pero en el momento en que lo hizo, lo supe. Supe que no estaba con Willow como esperaba, aunque sabía que cada segundo que pasaba con su hermana la alejaba más de mí. No, mi esposa pasó la noche en los brazos de otro hombre.

—No nos hemos levantado hace mucho —finalmente logré decir.

Melody asintió y volvió a concentrarse en Amber, rompiendo la conexión que teníamos—. ¿Por qué no empezamos a preparar el desayuno?

—Papá iba a hacer el desayuno. Va a desayunar conmigo.

Los ojos de Melody volvieron a los míos. Me dio una sonrisa tentativa y asintió—. Suena genial —le dijo a Amber con demasiada alegría—. ¿Por qué no empezáis mientras yo voy a cambiarme?

Amber saltó felizmente hacia la cocina, y cuando no la seguí de inmediato, dijo—: Vamos, papá.

Quería hablar con Melody, pero no podía delante de Amber, así que seguí a mi hija a la cocina mientras mi esposa se cambiaba la ropa con la que había tenido sexo.

Amber y yo preparamos tostadas francesas para el desayuno, con tocino y salchichas porque, ¿por qué no? Melody y yo tomamos nuestros cafés y fingimos que todo estaba bien. Amber no notó que Melody y yo no nos hablábamos. Simplemente charlaba felizmente sobre todo lo que estaba pasando.

Después del desayuno, Melody le dijo a Amber que se cambiara el pijama. Amber protestó, pero Melody señaló el jarabe en ellos, y Amber finalmente accedió.

Cuando Amber salió de la cocina, Melody comenzó a limpiar. Me quedé en la mesa, la que elegimos juntos cuando recién nos casamos. Era vieja y gastada, pero era sólida, un hecho que habíamos probado más de una vez antes de que naciera Amber.

Miré fijamente la mesa e intenté pensar en cualquier cosa que no fuera mi esposa probando la mesa, u otra mesa, con otro hombre. Cuanto más tiempo permanecía en silencio, más enfadado estaba.

—¿Haces esto a menudo? —le pregunté.

—¿Hacer qué? —respondió, sin mirarme.

—¿Quedarte fuera toda la noche?

Ella se dio la vuelta y me fulminó con la mirada, con una ceja levantada—. ¿Perdón?

—Solo me preguntaba si normalmente pasas la noche con otra persona mientras Amber está en casa preguntándose dónde estás y si vas a volver.

Cruzó los brazos sobre el pecho, y maldita sea, mi mirada fue allí. Como me conocía tan bien, se dio cuenta y bajó los brazos a los costados. Sus puños se cerraron, y apreté la mandíbula para evitar abrir la boca. Quería una respuesta.

—No. Nunca he pasado la noche fuera. Nunca he hecho nada. Estoy en casa, criando a nuestra hija día y noche, como lo he hecho durante toda su vida.

Me burlé. No pude evitarlo. Estaba enfurecido. Furioso. Odiaba que mi esposa se acostara con otro mientras yo estaba en casa con nuestra hija, y ni siquiera tuvo la decencia de decirme que no volvería a casa.

—¿Quién era él? —pregunté.

Sus cejas se alzaron. Sus manos se levantaron, como si fuera a cruzar los brazos de nuevo, pero los dejó caer a sus costados. Apretó los labios y respiró hondo—. ¿Quién era quién?

Me puse de pie y me acerqué a ella. Esperé hasta estar lo suficientemente cerca como para sentir el calor de su cuerpo y oler su aroma. Debió haberse puesto más perfume cuando se cambió porque no podía oler a otro hombre en ella—. ¿Quién era el hombre con el que te fuiste anoche? ¿Con el que pasaste toda la noche follando mientras yo estaba aquí con nuestra hija? ¿En el que estabas tan envuelta que no pudiste molestarte en decirme que no ibas a volver a casa?

Se estremeció como si la hubiera abofeteado, luego se enderezó, irguiéndose. Apretó la mandíbula y me fulminó con la mirada—. No has pasado una noche con Amber en meses, Ramsey. Meses. Saliste de esta casa y decidiste que ya no me querías. Tú tomaste esa decisión, no yo. Y nunca más volverás a entrar aquí y decirme lo que puedo o no puedo hacer, o con quién puedo o no puedo acostarme.

—Solo dime si te estás acostando con alguien que conozco. Solo para estar preparado para cuando lo vuelva a ver y sepa si ha visto a mi esposa desnuda.

Ella se burló y negó con la cabeza—. No me di cuenta de que eras un imbécil tan grande. De verdad que no.

—Eres mi esposa, Melody.

Ella negó con la cabeza de nuevo—. No, no lo soy. Dijiste que querías el divorcio. Me abandonaste. Te fuiste. Así que no, no soy tu esposa, soy la mujer que está criando a tu hija.

—Dime con quién estabas anoche.

—Que te jodan, Ramsey. Lárgate de mi casa.

—Todavía pago las facturas. También es mi casa.

Ella se rio y finalmente rompió el contacto visual. Se volvió hacia el fregadero y me ignoró. Pero estaba demasiado alterado para dejarlo terminar así de fácil. Necesitaba saber con quién estaba, para poder patearle el trasero y decirle que nunca más tocara a mi esposa.

—¿Quién era? —exigí.

Ella se dio la vuelta y me abofeteó, todo en un solo movimiento. Sucedió tan rápido, que no me di cuenta de lo que estaba haciendo hasta que sentí el ardor en mi mejilla.

La miré, listo para encenderme, y vi lágrimas corriendo por sus mejillas.

—Pasé la noche con Willow, imbécil. No estaba con algún tipo al azar. Estaba con mi hermana. Para que conste, nunca te he preguntado sobre a quién llevas a casa por la noche. Nunca te he acusado de acostarte con otra persona. Tienes tu propio lugar y puedes hacer lo que quieras y con quien quieras, y no pregunto. Así que no puedes venir aquí y acusarme de nada. No tienes derecho a juzgarme. No puedes decir nada sobre la forma en que estoy viviendo mi vida desde que te fuiste. Que te jodan, Ramsey.

Los pasos de Amber resonaron por el pasillo, y Melody forzó una brillante sonrisa y se alejó de mí. Recogió a Amber y la llevó a la sala de estar. Las escuché hablar, reír y jugar, y me sentí como un extraño. Ya no formaba parte de sus vidas. Y solo lo estaba empeorando al estar allí.

Acusé a mi esposa de acostarse con alguien. La hice sentirse como una mierda. Todo porque estaba celoso.

Porque quería que volviera a ser mía. Porque no podía aceptar el hecho de que la dejé ir.

No las merecía. Realmente nunca lo hice. Así que salí sigilosamente por la puerta trasera como el maldito cobarde que era y juré darle a Melody lo que necesitaba. Espacio lejos de mí.

## 3

## MELODY

La puerta se cerró tan silenciosamente que casi no la oí. Amber estaba hablando, pero cuando me di cuenta de lo que era, dejé de escucharla. Me odié por ello, pero agucé el oído intentando captar alguna señal de que Ramsey seguía en la casa. Algo que me indicara que no se había escabullido por la puerta trasera dejándome para explicarle a nuestra hija por qué su padre había desaparecido.

No sería la primera vez que lo hacía, pero era horrible. Cuando se mudó, no fue capaz de enfrentarla. Me dijo que hablaría con ella, pero nunca lo hizo, y después de dos días de sus constantes preguntas sobre cuándo iba a volver a casa, le confesé a nuestra hija que su papá no regresaría. Él ya no quería vivir con mamá, y como no quería vivir con mamá, tampoco viviría con ella.

Cada palabra que salía de mi boca se sentía como un golpe al estómago.

Amber se enfadó conmigo entonces, pero después de unos días, se adaptó a la situación. Siempre se adaptaba. Era una de las cosas que admiraba de ella.

Volví a centrar mi atención en ella después de un minuto

y dejé de preocuparme por mi marido. Hasta que Amber preguntó dónde estaba.

—Papá tuvo que irse, cariño. Lo siento.

—Pero no se despidió de mí. ¿Está enfadado conmigo?

Negué con la cabeza. —No, mi niña. Se acordó de algo y tuvo que irse. Estoy segura de que llamará más tarde para hablar contigo.

Amber asintió, pero no se recuperó como de costumbre. Todo esto le estaba afectando tanto como a mí, y si el comportamiento extraño y enfadado de Ramsey era una indicación, los tres no volveríamos a ser una familia.

Más tarde ese día, le envié un mensaje a Ramsey pidiéndole que llamara a Amber cuando tuviera un momento porque estaba disgustada porque se había ido sin despedirse. Cuando llamó, le pasé el teléfono a ella sin siquiera contestar. Ya había tenido suficiente de él por un día.

Amber y yo pasamos el resto del día en casa. Vimos películas, tuvimos una fiesta de baile y nos acurrucamos en su cama por la noche para leer otro capítulo de La telaraña de Charlotte. Cuando se durmió, recorrí la casa limpiando todo.

Entré a mi habitación e inmediatamente supe que había olvidado algo. Encendí la luz, esperando ver mi cama desordenada por Ramsey durmiendo allí, pero las sábanas estaban exactamente como las había dejado. Amber dijo que cuando se despertó no había nadie allí, así que sabía que él no había dormido en el sofá. Solo quedaba un lugar.

Fui por el pasillo hasta la habitación de invitados. Una de las habitaciones que esperaba convertir en cuarto infantil algún día. Justo habíamos empezado a planear la habitación de Steven cuando lo perdí. Siguió siendo un trastero, una habitación llena de cosas para un niño que nunca nacería. Pero la habitación de invitados... esa solo era un cuarto infantil en mi mente.

La pinté de un suave color verde cuando nos mudamos.

Habría sido fácil añadirle rosa para adaptarla a una niña o azul para arreglarla para un niño. En cambio, era una habitación de invitados. Otra habitación en una casa demasiado grande para una familia demasiado pequeña.

Tomé aire profundamente y quité las sábanas enredadas de la cama. Porque era débil, hundí la nariz en la funda de la almohada y respiré el aroma de mi marido. Las lágrimas brotaron de mis ojos y sentí un calor en mi vientre. Odiaba seguir deseándolo tanto. Entrar esa mañana y verlo, despeinado y somnoliento, me recordó todas las veces que me había despertado antes de irse a trabajar. Veces en las que llegaba tarde al trabajo porque no dejaba la cama hasta mucho más tarde de lo que debería.

Contuve las lágrimas y arrojé las sábanas a una esquina de la habitación. Me ocuparía de ellas en otro momento. No era lo suficientemente fuerte cuando estaba herida, enfadada y excitada.

Maldito sea.

—Deberías empezar a salir con alguien —dijo Sharon amablemente.

Mis cejas se levantaron. —¿Qué? ¿Has oído lo que acabo de decir? Estaba oliendo las sábanas en las que durmió mi marido.

Sharon asintió. —Te he oído, Melody. Por eso creo que deberías empezar a salir con alguien. Necesitas contacto físico. Quieres a alguien en tu vida.

—No creo que esté lista para eso.

Sharon sonrió. —Nunca vas a estar lista.

Sharon había sido mi terapeuta desde que perdí a Steven. La depresión casi me mata. Durante un tiempo no tenía deseos de vivir. Incluso saber que Amber estaba allí no era suficiente para mí. Me odiaba por no haber protegido a mi hijo cuando todavía estaba dentro de mi cuerpo. Los médicos dijeron que tenía una condición médica que hacía imposible que él prosperara, y me sentí responsable.

Por eso estaba hablando con Sharon. Ella me ayudó a ver que perder a Steven no fue mi culpa. Estaba tratando de convencerme de que perder a Ramsey tampoco lo era, pero yo sabía que eso no era cierto.

—Solo han pasado seis meses. Ni siquiera estamos divorciados todavía.

Sharon asintió, sus trenzas deslizándose sobre su hombro mientras se inclinaba hacia adelante. —Melody, nunca vas a estar lista. Las mujeres cuyos maridos mueren o engañan o sucede algo que te dice que no hay vuelta atrás a veces estarán listas. Tú y Ramsey, ustedes dos tuvieron un desacuerdo. Fue grande, pero seguía siendo un desacuerdo. Nadie engañó. Nadie hizo algo imperdonable. No sucedió nada que dijera que tu matrimonio ha terminado y nunca podrá recuperarse. Eso es más difícil porque estás manteniendo la esperanza.

—Yo...

—Sabes que no puedes mentirme —dijo Sharon con una ceja oscura arqueada.

Me reí y asentí. —Bien, tienes razón. Estaba tan enfadado el sábado. ¿Y si estaba celoso?

—¿Y si lo estaba? ¿Vas a renunciar a tu sueño de tener más hijos?

Suspiré. —No.

—Entonces nada ha cambiado.

Asentí y contuve mi decepción. Quería creer que Ramsey cambiaría de opinión. Que vería las cosas a mi manera y sabría que yo tenía razón. Teníamos la casa grande. Siempre hablábamos de una familia numerosa. Y yo estaba bien.

Pero él... Se fue. No estaba de acuerdo conmigo, y se fue.

—He estado con Ramsey desde que estaba en el instituto. No tengo idea de cómo conocer a alguien.

—Por internet —dijo Sharon simplemente como si fuera tonta por no saberlo.

—No. ¿Citas por internet? No. Eso es para personas que no pueden conseguir una cita.

Sharon se rió. —No, no lo es. Es para personas que quieren conocer a alguien. Claro, hay personas en todos los sitios que solo quieren un encuentro casual, pero también hay muchas personas que quieren conocer a alguien con quien normalmente no tendrían la oportunidad de relacionarse.

Suspiré de nuevo. Citas por internet. Había pasado de casarme con el único hombre que había amado a las citas por internet. Mi vida apestaba.

—Está bien. Lo intentaré. Pero no saldré con alguien si es espeluznante.

—Por supuesto que no —dijo Sharon con una risa—. Realmente espero que tengas mejor criterio que eso.

Me reí e intenté pensar en las citas, y las citas por internet, como una buena idea. Nada de esto era una buena idea. Pero no tenía otra opción en el asunto porque lo que realmente quería no iba a suceder. Ramsey no iba a volver.

No supe nada de Ramsey durante el resto de la semana, y para el fin de semana decidí registrarme para citas por internet. Odié cada minuto del interminable cuestionario para la aplicación En Busca del Galán de Papel de Karissa. De todas las opciones disponibles, la suya parecía ser la mejor. Odiaba la idea de que Karissa supiera que la estaba usando, pero también me sentía un poco mejor sabiendo que no me iba a estafar.

El domingo por la tarde Amber tenía una fiesta de cumpleaños de uno de sus compañeros de clase. La madre y yo nos habíamos hecho amigas, y me ofrecí a ayudarla con la fiesta. Amber y yo fuimos allí una hora antes de que comenzara la fiesta, armadas con suministros para convertir su casa en el centro de la fiesta.

Llevé mi contenedor hasta la puerta y sonreí cuando Casey abrió con los ojos muy abiertos.

—Um, ¿qué es todo eso? —preguntó, claramente asustada.

—Hola, Makayla —dijo Amber alegremente.

—¡Amber! —gritó Makayla—. Mami, ¿puedo mostrarle a Amber mi habitación?

Casey asintió. —Por supuesto. Pero cuando las llame, tienen que bajar.

—Está bien, mami. Vamos —le dijo Makayla a Amber.

—¿Está bien, verdad? —me preguntó Casey mientras las niñas corrían escaleras arriba.

—Sí, claro. Prepararemos todo más rápido sin que ellas intenten jugar con todas las cosas —le dije. Me condujo a la cocina e hizo un gesto hacia la mesa para que dejara el contenedor.

—Está bien, entonces ¿qué es todo esto? —preguntó Casey de nuevo.

—Es una fiesta en una caja. Juegos, decoraciones, vajilla, todo.

—¿Hablas en serio? Yo solo iba a dejarlas correr por la casa y jugar. Y tengo platos y esas cosas.

Asentí. —Lo sé. Y puedes usar lo que quieras de aquí. Amber me ayudó a reunir todo esto, así que son todas cosas que ella cree que le gustarán a Makayla. Pero depende totalmente de ti.

—Veamos.

Sonreí y abrí el contenedor. Había recolectado artículos durante años de tiendas de todo a un dólar, tiendas de fiestas, estantes de liquidación y todos los lugares en los que pude pensar. Tenía tres contenedores más en casa con artículos similares, pero Amber eligió los colores que pensó que le gustarían a Makayla. Rosa, verde y blanco pero sin un tema específico para que pudieran agregar lo que quisieran.

—Vaya, esto es... vaya. No tengo nada parecido a todo esto.

Asentí y comencé a sacar cosas del contenedor. Tenía juegos para el suelo, juegos que las llevarían por toda la casa y juegos que se jugaban en la pared. Tenía decoraciones que podían transformar rápidamente cualquier habitación, incluidos globos, serpentinas y centros de mesa. Incluso tenía algunas bolsas de dulces en los mismos colores para que pudiéramos crear una barra de golosinas o una barra de coberturas para las niñas, dependiendo de lo que se adaptara a la fiesta.

—¿Cómo tienes todas estas cosas? —preguntó Casey, tratando de asimilarlo todo.

—Me encanta organizar fiestas. Compro cosas cuando están en oferta o cuando tengo cupones y cuando Amber quiere una fiesta, tenemos todo lo que necesitamos. Hace que todo sea mucho más fácil.

—Ni siquiera sabría qué comprar. Es decir, ¿quién piensa en estas cosas?

Sonreí.

—Está bien, de acuerdo. Tú lo haces. Esto realmente me está impresionando —dijo Casey—. Muy bien, ¿qué hacemos primero?

—Sugeriría que empecemos con los juegos. Siempre podemos poner la mesa cuando los niños estén aquí, y las decoraciones son opcionales. Pero los juegos evitarán que destruyan tu casa.

Casey asintió lentamente. —Suena bien.

Podía ver que estaba abrumada, así que elegí dos juegos y

le di uno para que lo montara en la sala de estar mientras yo montaba el otro en la cocina. Cuando terminó, parecía un poco más relajada.

—¿Vienen todas las niñas de la clase? —pregunté mientras comenzábamos a colgar serpentinas en el pasillo de entrada que conducía a los niños a la cocina y la sala de estar.

Casey asintió. —Sí. Y también todos los padres.

Puse los ojos en blanco y gemí. Casey tarareó en acuerdo. Todas las niñas eran dulces, pero no se podía decir lo mismo de los padres. Una de las madres constantemente trataba de tomar el control de todo. Me ofrecí como voluntaria con ella para la primera fiesta de clase y pensé que era del personal por la forma en que dirigía a todos. No fue hasta que Casey me dijo que era una madre que me di cuenta.

—Bueno, supongo que tendremos que matarla con amabilidad porque no podemos matarla de verdad —dijo Casey.

Bufé y negué con la cabeza. —Eres un problema.

—Por eso somos amigas.

Asentí. Casey y su marido pasaron por una separación antes de que comenzara el año escolar. Terminaron en terapia y lograron recomponer las cosas, según Casey. Cuando Ramsey se presentó para conocer a la maestra por separado de Amber y de mí, Casey rápidamente captó nuestra situación y dijo que estaba dispuesta a escuchar si necesitaba una amiga.

—Así que mi terapeuta me dijo que debería empezar a salir con alguien —le conté, sabiendo que necesitaba otra opinión.

—Bien. Definitivamente deberías hacerlo.

—¿De verdad? —le pregunté.

Ella asintió. —Absolutamente. No puedes quedarte soltera para siempre.

—No estoy soltera.

Casey respiró hondo y suspiró pesadamente. —Lo sé. Y lo siento. Pero en cierto modo lo estás. Sé que no quieres oír eso.

Negué con la cabeza. —No, no quiero, pero eso no significa que sea incorrecto. Estoy soltera. Mi marido me dejó. Decidió que no quiere estar conmigo.

—Es hora de que recuerdes lo increíble que eres. ¿Sabes qué? Creo que podría conocer a alguien con quien podría presentarte.

Negué con la cabeza otra vez. —No creo que sea buena idea.

Casey puso su mano en mi brazo. —Está en una posición similar a la tuya. Todavía está casado pero separado. No está seguro de lo que pasará con su matrimonio. Es alguien con quien podrías hablar. No tienes que enamorarte de él ni casarte con él, pero creo que es una buena persona para que salgas. Fácil.

Respiré hondo. —Lo pensaré.

Casey asintió. —Lo entiendo perfectamente. Avísame. Y para que conste, pensé en salir con alguien cuando Kyle y yo estábamos separados, pero no tuve el valor. Te doy mucho crédito por considerarlo.

—Me registré para citas por internet —confesé.

—¿Qué? No.

Asentí. —No sé si saldré con un extraño, pero tal vez será más fácil que alguien que conozco realmente.

—Excepto que podrías terminar emparejada con alguien que sí conoces —dijo Casey con la nariz arrugada.

Me encogí de hombros. —Veré cómo va. Todo esto sería mucho mejor si no tuviera que hacerlo en absoluto.

Casey me abrazó por el costado y puso su cabeza en mi hombro. —Lo sé. Y lo siento.

Forcé una sonrisa y le di las gracias. Apenas tuvimos tiempo de terminar las serpentinas cuando sonó el timbre.

—¡Makayla! ¡Baja y saluda a tus invitados! —gritó Casey mientras caminábamos hacia la puerta principal.

Las niñas bajaron corriendo las escaleras y abrieron la puerta de golpe antes de que Casey y yo llegáramos. Todas chillaron y las niñas corrieron por el pasillo, dejándonos a Casey y a mí para saludar a la mamá.

El resto fue más o menos igual. Makayla, Amber y quienquiera que estuviera allí abrían la puerta, gritaban y se iban corriendo, y Casey se presentaba y llevaba a los padres a la cocina, donde había comida para picar y aperitivos alineados en la isla.

Cuando llegó la última invitada, yo estaba en la cocina con los padres que ya estaban allí, y Casey abrió la puerta sola. Estaba sonriendo por algo que dijo una de las madres cuando Robin, la madre difícil, entró.

Mi sonrisa se desvaneció cuando Robin contempló la habitación decorada con labios fruncidos. Forzó esos labios en una sonrisa cuando Casey le preguntó si quería algo de beber.

Casey me puso los ojos en blanco al pasar, y podría haberla besado por quitarme parte de la tensión. Siempre había sido complaciente. Me alejaba de los conflictos e intentaba asegurarme de que todos me quisieran. Había mejorado desde que tenía a Amber, especialmente cuando ella necesitaba protección, pero por dentro, una parte de mí seguía siendo esa adolescente tímida que desesperadamente quería que el chico que me gustaba se fijara en mí.

Siempre volvía a Ramsey.

—Este lugar es... mono —le dijo Robin a Casey.

—Gracias —dijo Casey alegremente—. Melody es una genio con estas cosas. Lo organizó todo en unos treinta minutos. A Makayla le encanta.

Robin se volvió hacia mí y sonrió. Sus ojos escanearon mi cuerpo curvilíneo y luego inmediatamente me descartó, dejándome revivir otra parte del instituto cuando las animadoras no me consideraron lo suficientemente buena para ser su amiga.

Había una gran parte de mí que sabía que estaba mejor sin ser amiga de chicas que no tenían interés en ser amigas mías, pero en aquel entonces no podía verlo. Solo quería que la gente me quisiera.

Amber entró corriendo a la habitación con las otras niñas y se lanzó hacia mí, distrayéndome de Robin. Me concentré en mi hija, su piel pálida sonrojada por la emoción de pasarlo bien con sus amigas. —Mami, vamos a jugar. ¿Puedes ayudarnos?

Asentí y le aparté el pelo de la cara. —Por supuesto. ¿A qué juego quiere jugar primero Makayla?

—Al lanzamiento de anillos primero. ¿Verdad, Makayla?

Makayla asintió, y llevé a las niñas a la sala de estar. Teníamos una estación preparada para cada niña y platos de papel recortados para formar los anillos, de modo que nada en la casa se dañara.

—Esta es una gran idea —me dijo una de las madres.

—Gracias. Es barato y fácil de hacer, y a los niños les gusta.

—¿Es esto a lo que te dedicas? ¿Planificar fiestas? —preguntó.

Negué con la cabeza. —No, soy ama de casa.

—Yo también. Deberíamos reunirnos alguna vez mientras las niñas están en la escuela. Un café o algo así. Si te interesa. Soy Carly, por cierto. Es difícil recordar quiénes son todos los padres. Mi hija es Charlotte.

Sonreí. —Melody. La mía es Amber. Y un café estaría genial.

Intercambiamos información y acordamos revisar nuestras agendas y estar en contacto durante la semana. Me sentía en las nubes hasta que me di cuenta de que Robin me estaba mirando.

## 4

No estaba interesada en una confrontación. Solo quería ver a los niños divertirse, disfrutar hablando con otros padres e irme a casa.

Pero Robin claramente tenía otros planes.

—¿Tú hiciste todo esto? —preguntó cuando se acercó.

No fue la pregunta lo que me molestó, sino el tono. Ese que decía que no solo no creía que yo fuera capaz de hacerlo, sino que pensaba que no había hecho un trabajo lo suficientemente bueno. Realmente quería recordarle que la fiesta era para una niña de seis años, no una cena en el club con los MacKellars, si es que alguno de ellos volvía al pueblo. Y la homenajeada adoraba su fiesta.

—Sí —dije con una sonrisa—. A Makayla le encantan el rosa y el verde, así que decoramos con sus colores favoritos.

Robin frunció los labios y miró alrededor de la habitación nuevamente. —¿De dónde sacaste estos juegos tan tontos?

Mantuve mi sonrisa fija y me prometí una copa de vino después de que Amber se acostara si no le arrancaba la cabeza a Robin delante de todos los niños. —Son juegos fáciles de preparar y buenos para interiores. Como hace frío afuera, sabíamos que los niños estarían dentro. Y como Casey no quería que destrozaran su casa, elegí juegos que fueran divertidos pero que pudiéramos preparar varios diferentes para que no se aburrieran esperando su turno.

—Necesitan aprender a esperar su turno —dijo Robin con desdén.

Asentí. —Estoy de acuerdo. Pero en la emoción de una fiesta, los niños suelen olvidar sus modales. Prefieren simplemente ser niños y divertirse.

Robin asintió secamente y volvió a fruncir los labios. Afortunadamente, antes de que me preguntara algo más, Casey me llamó.

—Pensé que necesitabas que te rescataran —susurró cuando llegué a su lado.

Gruñí en voz baja. —Es tan... ni siquiera sé qué.

—Claro que lo sabes. Solo que no puedes decirlo con doce niños de seis años corriendo alrededor.

Me reí. —Es verdad.

—¿Qué te dijo? Parecía que ibas a arrancarle la cabeza.

Puse los ojos en blanco. —Quería saber si te había ayudado a planear la fiesta y de dónde saqué los juegos *tontos*.

—A las niñas les encantan los juegos. Si no puedes ser tonta a los seis años, ¿cuándo puedes serlo?

—Eso es lo que dije. Es demasiado estirada. Todo tiene que ser perfecto en su mundo.

Casey asintió. —Casi me da pena.

—Me dan pena su marido y su hija. —Hice una pausa y añadí—. En realidad, no. Ella tiene marido. No voy a sentir lástima por él. Si el mío puede irse, entonces el suyo debe ser más feliz que Ramsey.

La emoción creció dentro de mí al darme cuenta de que una mujer horrible y estirada estaba mejor equipada para mantener a su marido que yo. Estaba allí juzgándola cuando debería haberle pedido consejo.

—Soy mala —confesé.

Casey se rió suavemente. —Todas lo somos. Robin es mala con nosotras, nosotras somos malas con ella. No sé nada sobre ella. Tal vez sea una buena persona, tal vez no, pero...

—Estoy siendo mezquina. Eso no es justo.

—No lo dices en serio —dijo Casey para tranquilizarme.

Resoplé. —En parte sí, pero eso no lo mejora. Simplemente no me llevo bien con personas que juzgan a otros, y aquí estoy juzgándola. Vaya, no me sorprende que mi marido me dejara.

—Volverá —dijo Casey.

Le sonreí, pero ella solo intentaba calmarme. Ramsey no iba a volver. Había terminado conmigo. Yo siempre cedía cuando peleábamos, pero esta vez, quería algo. Quería ganar. Y no le dejé salirse con la suya, y se fue. En verdad, no estaba segura de si ese era el tipo de matrimonio en el que debería estar.

ME MANTUVE al margen durante el resto de la fiesta, teniendo mi propia fiesta de autocompasión mientras los niños comían pastel y Makayla abría sus regalos. Robin me miró de vez en cuando, pero no se me acercó de nuevo.

Cuando la fiesta terminó, ayudé a Casey a limpiar y recogí las cosas que había traído que aún se podían usar. Amber y Makayla jugaban con todas sus cosas nuevas mientras Casey y yo hacíamos que su casa volviera a la normalidad.

Casey me ofreció una copa de vino antes de irnos, pero la rechacé y le dije que necesitábamos volver a casa. No era verdad, y creo que Casey lo sabía, pero no insistió.

En casa, Amber aún estaba llena de energía. Quería tener

una fiesta de baile en la sala, así que empujamos el sofá contra la pared y subimos el volumen de la música. Me resistí, pero ver lo feliz que estaba Amber me hizo sonreír y comencé a bailar.

—¡Esto es divertido, mami! —gritó Amber mientras nos movíamos, girábamos y bailábamos con la música loca que ella eligió.

Tenía que admitir que tenía razón. Me reí con ella y liberé toda mi tensión. Mi vida estaba cambiando. Se habían ido los sueños con los que crecí, los sueños a los que me había aferrado durante los últimos veinte años. Ramsey no estaba interesado en seguir casado conmigo, y eso dolía, mucho, pero no significaba que mi vida hubiera terminado. Todo lo que necesitaba estaba justo en esa habitación.

Amber seguía bailando y riendo. Deseaba que nunca conociera el dolor por el que yo estaba pasando. Con suerte, cuando fuera mayor, elegiría a la persona adecuada para estar con ella. La persona que la hiciera feliz y nunca quisiera pasar ni un minuto lejos de ella.

Eso era todo lo que un padre podía desear para su hijo. Felicidad. Y lo deseaba para ella. Con todas mis fuerzas.

Cuando Amber estaba agotada y colapsó dramáticamente en el sofá, bajé el volumen de la música y pusimos una película. Los domingos eran nuestros días de pereza. Nos sentábamos y hacíamos lo menos posible, y después de una fiesta tan movida, necesitábamos tiempo extra de pereza. Lo que significaba pedir comida a domicilio.

Amber decidió pizza, así que hice el pedido mientras ella cantaba junto con la película. Agarré platos de papel y dos vasos de agua y me acomodé con ella para ver y esperar a que llegara la pizza.

Cuando miré mi teléfono, vi una notificación de En Busca del Galán de Papel, la aplicación de citas. La abrí y me sorprendió encontrar que tenía dos coincidencias. Vaya.

Miré a ambos y leí los detalles que los chicos escribieron en sus biografías.

¿A quién quería engañar? No era exigente. Solo quería compañía en ese momento. Todavía no estaba desesperada por sexo, por eso dejé los anticonceptivos, pero sería agradable tener a alguien con quien hablar que no se metiera en problemas por maldecir y que no estuviera entregándome comida.

Sonó el timbre, y Amber se levantó de un salto, corriendo hacia la puerta. —Sabes que no abres la puerta sin mí —le dije.

Se detuvo y esperó a que la alcanzara. Miré por la mirilla y le hice un gesto para que abriera la puerta. El repartidor de pizza le sonrió y luego se centró en mí. Intercambiamos dinero por comida y nos despedimos mientras Amber cerraba la puerta.

Olfateó con entusiasmo cuando abrí la caja. —Qué rico.

Me reí y puse una rebanada de pizza en su plato. Sopló durante unos dos segundos, luego dio un mordisco. Lo escupió inmediatamente y se abanicó la boca.

—¿Está caliente?

Asintió. —Me quemé la boca.

—Bebe un poco de agua y sopla antes de dar un mordisco grande.

Observé por el rabillo del ojo cómo ignoraba mi consejo y volvía a dar otro mordisco después de soplar su pizza dos segundos más. No la escupió, pero masticó con la boca abierta.

No podía culparla. Yo estaba tan emocionada por la pizza como ella. Pedir comida era un lujo para nosotras. Me sentía culpable por ser una madre que se queda en casa y no tener la cena lista todas las noches, así que me esforzaba para asegurarme de que todo estuviera hecho. Y desde que Ramsey se fue, intentaba vigilar aún más nuestro dinero.

Sabía que necesitaba conseguir un trabajo, y pronto, pero Ramsey aún no había dicho nada. Aparte de su comentario de que la casa seguía siendo suya porque él la pagaba.

La pizza estaba deliciosamente derretida y disfruté cada bocado. Una parte de mí sabía que no debería coger una segunda porción, pero le dije a esa parte que dejara de quejarse y disfruté de la segunda porción tanto como de la primera. También consideré seriamente una tercera. Porque tenía hambre, y nadie me iba a juzgar por la cantidad de comida que comía.

Cuando terminamos con la pizza, guardé las sobras en el refrigerador y me acomodé en el sofá con Amber nuevamente. Ella continuó cantando canciones y moviendo los labios junto con los actores mientras hablaban. Habíamos visto la película tantas veces que yo también conocía la mayoría de las líneas, pero dejé que Amber cantara sola.

Amber comenzó a bostezar poco después de que terminara la película, así que limpiamos y ella se metió en la bañera. Apenas aguantó la primera página del capítulo, así que seguí leyendo pero puse el marcador al principio para que pudiéramos leer el capítulo de nuevo.

Luego me serví una copa de vino y me senté en el sofá con mi teléfono. No estaba segura de qué me daba más miedo, los hombres en la aplicación o la llamada telefónica que necesitaba hacer.

Miré la hora y tomé un buen sorbo de mi vino, luego toqué la pantalla y llamé a mi madre.

Estremecimiento.

—Melody —contestó fríamente.

—Hola, madre. ¿Cómo estás?

Resopló. Nada era nunca bueno para ella. Tampoco nada era malo. Simplemente existía. —Estoy bien, Melody. ¿Cómo está Amber?

—Amber está bien. Hoy tuvo una fiesta y me ayudó a

prepararlo todo. Lo pasaron muy bien. Muchos niños corriendo y siendo niños.

—No se debe permitir que los niños corran salvajes. Se les debe enseñar la forma correcta de comportarse.

Contuve un gemido y fruncí los labios. —A Amber se le está enseñando la forma correcta de comportarse. Y cuando está con sus amigos, debe ser tonta y divertirse.

—Puedes divertirte sin estar fuera de control. O tal vez lo hayas olvidado ya que ya no tienes un marido que te ayude a criar a tu hija.

La pulla fue buena. Mi madre sabía exactamente qué decir para asegurarse de que yo supiera lo que pensaba de mis decisiones de vida. Hablar con ella una vez a la semana era un ejercicio de autocontrol porque Dios no permita que realmente mostrara alguna maldita emoción. Se suponía que las personas no debían disgustarse por cosas tontas como que a sus padres no les importara si estaban tristes o enojadas. Todo lo que importaba era no molestar a mi madre.

—¿Cómo está papá? —pregunté, esperando nada más que un cambio de tema.

—Está bien —dijo con el mismo tono que usaba para cada palabra que pronunciaba—. Fue a cenar con un amigo esta noche.

—¿No quisiste ir?

Resopló. —¿Y escucharlos hablar de pesca, golf y pasar tiempo en sus barcos este verano? No.

A veces me preguntaba cómo mis padres terminaron juntos. Mi madre era tan fría e indiferente al mundo, y mi padre tenía amigos, salía y disfrutaba de la vida. Él me dijo una vez que había estado enamorado de ella para siempre, y que ella no siempre había sido tan estirada, pero yo no conocía ese lado de ella. Solo conocía a la mujer que me decía que las emociones solo debían mostrarse cuando no había nadie alrededor para verlas.

Mi infancia no fue muy divertida.

—¿Qué harás esta semana? —le pregunté, tratando nuevamente de encontrar un tema que no la molestara.

—Tengo almuerzo el martes y mi club de tejido el miércoles. Ya sabes esto, Melody.

Puse los ojos en blanco ante mí misma. Había tenido el mismo horario durante años. Siempre se reunía con las mismas mujeres, y todas eran igual de estiradas y frías. Realmente no las entendía en absoluto.

—Lo sé. Me preguntaba si tenías algo diferente esta semana.

—La mayoría de nosotros no tenemos el lujo del tiempo libre. Todavía trabajo todos los días. Hacer la compra, limpiar la casa y preparar comidas para tu padre y para mí. Las cosas que deberías estar haciendo si alguna vez quieres que tu marido vuelva.

—Oh, lo siento, mamá. Amber me está llamando. Tengo que irme.

—Deberías dejar que aprenda a calmarse sola, Melody. Tiene la edad suficiente para no despertarte por la noche.

—De acuerdo, gracias. Tengo que irme. Te quiero.

—Buenas noches, Melody.

Colgué el teléfono y me hundí en el sofá, casi sintiéndome culpable por mentir sobre mi hija para quitarme a mi madre de encima. Era un milagro que alguna vez sintiera algo por Ramsey después de tener una madre como ella. Había estado regañándome por dejar que mi marido se fuera por la puerta, y estaba cansada de oírlo. Principalmente porque todas las cosas que ella decía eran las mismas que yo pensaba.

Si hubiera sido una mejor esposa, él no se habría ido.

Si le hubiera dejado salirse con la suya, no se habría ido.

Si hubiera renunciado a mi sueño de una familia numerosa, no se habría ido.

Por supuesto, mi madre veía cada una de esas como

pecados mayores que el asesinato. Matar a alguien que lo merecía estaba bien en su libro, pero dejar que tu marido saliera por la puerta no lo estaba.

Estaba bastante segura de que sus prioridades estaban trastocadas, pero ella era la que tenía un marido en casa todas las noches, al igual que Robin, y yo era la que se preguntaba qué hacía Ramsey con sus noches.

Ignoré mi teléfono y los mensajes en la aplicación, y comencé a limpiar. No había mucho afuera ya que pasamos la mayor parte del día en casa de Casey, pero aún quería asegurarme de que la casa estuviera recogida para la mañana.

Cuando terminé, volví al sofá para ver una película. Aproximadamente a la mitad, me serví otra copa de vino e intenté fingir que mi vida realmente había resultado como esperaba.

Un montón de niños corriendo, mi marido acurrucado a mi lado en la cama todas las noches, y felicidad para todos nosotros.

Mi fantasía solo me llevó hasta cierto punto. La comedia romántica en la pantalla me hizo querer gritarle a la heroína que no tenía idea de lo que tenía cuando le dijo al héroe que había terminado con él. Afortunadamente, ella tenía una amiga que estaba dispuesta a llamarle la atención y hacerle ver dónde se equivocó. Se disculpó, y pudieron vivir felices para siempre.

Lástima que no fuera tan fácil para mí.

Apagué la televisión y puse mi copa de vino en el fregadero. Miré a Amber y luego me fui a mi habitación sola.

Maldita sea, odiaba eso.

—¿MELODY? —dijo una voz masculina detrás de mí el lunes por la mañana al dejar a Amber.

Me giré y sonreí al padre del amigo de Amber. ¿Scott, quizás? ¿O Sean? Algo con S.

—Buenos días —dije con una sonrisa.

—Buenos días. ¿Cómo estás? Hace tiempo que no te veo.

Ayudé a Amber a colgar su abrigo y poner sus zapatillas en el suelo para que pudiera cambiarse de botas. —Estoy genial. Gracias. ¿Cómo estás tú?

Sonrió. —Estoy bien. Muy bien. Me voy corriendo al trabajo, pero me preguntaba si tal vez podríamos cenar. ¿Mañana por la noche?

—Um, ¿mañana? —tartamudeé, preguntándome cómo iba a salir de esto. No era que no fuera guapo, o que no fuera un buen hombre, pero no era mi marido.

—Dijiste que la tía Willow viene mañana por la noche, mami —proporcionó Amber. Luego se volvió hacia Scott y dijo—: A mi tía Willow le gusta cuidarme porque no tiene hijos. Quizás Gina también pueda venir, y la tía Willow puede jugar con las dos para que tú y mami puedan salir a cenar.

Scott, estaba bastante segura de que era Scott, sonrió ampliamente y me miró a los ojos. Intenté pensar en algo, pero no había nada que pudiera decir para rechazarlo.

—Eso suena como un gran plan, Amber. Me encanta cómo piensas.

Sonreí y me forcé a asentir.

—¿A las seis está bien? —preguntó.

—Claro, suena bien. ¿Hay algo que Gina no coma o alguna alergia que tenga?

Negó con la cabeza, su sonrisa apoderándose de toda su cara. —No. Le gusta prácticamente todo.

Asentí. —Suena bien. Supongo que te veré mañana por la noche entonces.

Asintió. —Definitivamente. Lo estoy esperando con ansias.

Sonreí, luego me volví hacia Amber de nuevo. Tenía un zapato puesto, así que la ayudé con el otro y me aseguré de que tuviera lo que necesitaba de su mochila antes de entrar a su clase.

Pensé que estaba libre hasta que me di cuenta de que Scott estaba allí esperándome.

—¿Puedo acompañarte afuera? —preguntó.

Sonreí y asentí. Realmente necesitaba averiguar cómo actuar con otros adultos. Especialmente adultos que eran hombres y querían salir conmigo.

—¿Qué harás hoy? —preguntó mientras caminábamos por el pasillo.

—Limpiar la casa, cocinar, comprar comestibles. Cosas así.

—Eso es agradable —dijo Scott—. Desearía tener tiempo para hacer más de eso. Siempre me siento como el mal padre cuando Gina se queda conmigo. Hago lo mejor que puedo para conseguir alimentos que sé que le gustan, pero es difícil mantenerse al día con todo. Sara solía hacer todo eso.

Asentí y recordé que él pasó por un divorcio hace unos años. No conocía bien a ninguno de los dos, pero como Cala MacKellar era tan pequeño, sabía quiénes eran. Gina era unos meses mayor que Amber, pero hasta que estuvieron juntas en kindergarten, no había conocido a Scott o Sara.

—El ajuste fue difícil. Eso es algo que la gente no te dice antes de divorciarte. Perder a la persona que pensabas que estaría contigo para siempre es bastante difícil, pero el desorden completo de todo a lo que te acostumbraste fue un recordatorio constante de que nada volvería a ser igual.

Asentí. —Estoy aprendiendo eso. Nada ha sido fácil, y para nosotros solo han pasado unos meses.

—Mejorará. Pero siempre habrá cosas sobre el divorcio que son difíciles. Para mí, lo más difícil fue aceptar que no tendré más hijos.

Mis oídos se agudizaron. —¿Querías más hijos?

Sonrió. —Sí. Siempre imaginé tener una familia numerosa. Fue una de las cosas por las que peleábamos. Una de las razones por las que acabamos divorciándonos.

—Sé cómo se siente.

—¿Sí?

Asentí.

Llegamos a mi minivan y nos detuvimos. Scott se acercó a mí y por un segundo, me quedé inmóvil. Luego, aplanó mi cuello torcido y sonrió. —Realmente estoy deseando que llegue mañana, Melody.

Asentí. —Yo también —le dije honestamente. Porque si iba a salir con alguien, un hombre que quería más hijos definitivamente encabezaría mi lista—. Yo también.

## 5

## RAMSEY

Entré en O'Kelley's y miré alrededor. Para ser martes por la noche, estaba concurrido. Desafortunadamente, había llegado a conocer cuánta gente solía haber en O'Kelley's cada noche. Pasaba demasiado tiempo allí durante los últimos seis meses. Demasiado tiempo.

Ian me saludó con la mano desde el extremo de la barra. Le respondí con un gesto de cabeza y me dirigí hacia él, apenas notando a las mujeres entre nosotros. No me interesaba ninguna de ellas. No eran Melody.

Hudson tenía una cerveza frente al taburete antes de que llegara junto a Ian. Le saludé con la cabeza, y él me respondió con un movimiento de barbilla antes de seguir atendiendo a más clientes.

—¿Estás bien? —me preguntó Ian.

Negué con la cabeza. Había dejado de intentar ocultar lo mal que estaban las cosas, pero todavía era difícil admitir que no podía hacer funcionar mi matrimonio. Ian y Blake eran nuevos, relucientes y perfectos. Nada podía tocarlos. Él sonreía sin siquiera darse cuenta de que lo hacía.

Yo solía tener todo eso. Solía tener a alguien que me

amaba tanto como yo la amaba a ella. Alguien con quien podía hablar de cualquier cosa.

—¿Has hablado con Melody últimamente?

—No desde que me fui el sábado por la mañana —admití. Bien podría confesar todos mis pecados.

—¿Por qué estabas allí el sábado por la mañana?

—Estaba pasando tiempo con Amber el viernes por la noche, y Melody nunca volvió a casa.

La ceja de Ian se arqueó.

Asentí. —Eso fue lo que pensé también. Pero no. Estaba en casa de Willow. Pero la ataqué y la acusé de acostarse con alguien que yo conocía. Ella me mandó a la mierda...

—Bien por ella.

Me encogí de hombros y asentí. —Sí. Luego me fui.

—¿Te fuiste? ¿Qué quieres decir? ¿Te disculpaste y te despediste o...?

—La segunda opción. Me escabullí por la puerta trasera como un maldito cobarde sin espina dorsal. No pude enfrentarla. El dolor en sus ojos... Sigo lastimándola. Sigo diciendo y haciendo cosas que la hieren. No puedo seguir lastimándola, Ian. Tengo que alejarme de ella.

—O tal vez deberías disculparte e intentarlo de nuevo.

Negué con la cabeza. —Ella merece algo mejor.

—¿Mejor que alguien que la ama?

Resoplé. —Has estado con Blake apenas cinco minutos. Yo he estado casado con Melody durante diez años.

Ian soltó una risa. —¿Y quién es el que dormirá solo esta noche?

Gruñí.

—Escucha, durante años me dije a mí mismo que Blake merecía más que yo. Me convencí de que ella debería tener a alguien que tuviera más que ofrecerle. Todavía me siento así. Ella merece el mundo. Pero la amo. Y ella me ama. Y somos felices juntos. Voy a casarme con ella, y vamos a formar una familia y construir una vida juntos. Pero nada de eso sería verdad si no me hubiera disculpado con ella y no hubiera superado mi propia mierda.

—No es tan simple para Melody y para mí —refunfuñé.

—¿Está quejándose otra vez? —preguntó Hudson, agarrando nuestros vasos y rellenándolos con facilidad.

Ian asintió. —Sí. Quiere quejarse de que no tiene a Melody, pero no está dispuesto a hacer lo necesario para conservarla.

—¡La perdí! —grité.

—No, la tiraste a la basura —dijo Hudson directamente. Se centró en mí, sus ojos oscuros manteniéndome cautivo hasta que decidió hablar de nuevo—. No pudiste manejar tener una conversación y actuar como un adulto. No conseguiste lo que querías, así que dijiste que se joda todo y te fuiste. No la perdiste. Ella todavía existe. Todavía está en esta maldita tierra. Y si fueras la mitad del hombre que podrías ser, no estarías sentado aquí llorando en tu maldita cerveza por haberla perdido. Escucharías a tu amigo, que se va a acostar esta noche, y harías algo para recuperar a tu familia.

Ian simplemente asentía junto con Hudson, pero ¿yo? Estaba furioso. Porque sabía que tenía razón.

—Ella no me quiere. Prefiere tener otro hijo antes que a mí —me quejé.

—No le has dado una razón para cambiar de opinión sobre eso. ¿Hablaron? ¿Le dijiste por qué estabas asustado? ¿O simplemente exigiste que hiciera lo que tú dices y luego huiste cuando ella se negó? —preguntó Hudson.

Sus preguntas estaban aterradoramente cerca de su objetivo. Yo.

—Ella no quería escuchar —dije en voz baja.

—Así que lo arruinaste todo —dijo Ian—. ¿Cuántas veces me dijiste que debería haberle contado a Blake que yo era el tipo con el que la habían emparejado en En Busca del Galán de Papel?

—Unas cien.

Ian asintió. —Exactamente. ¿Por qué crees que las cosas son diferentes para ti?

Realmente no me gustaba cuando tenían razón. No me hacía sentir mejor.

Hudson abrió la boca para decir algo, pero la puerta principal se abrió. Se quedó paralizado en su lugar. Me giré y sentí la misma parálisis bloqueándome.

Melody estaba de pie justo dentro de la puerta. Su chaqueta roja, la que le ayudé a elegir, se deslizaba por sus brazos. Con cada centímetro, se revelaba un suéter negro y unos vaqueros. Pero no era a mi esposa a quien estaba mirando. Era al hombre detrás de ella, sonriéndole, ayudándola con su abrigo.

Empecé a levantarme para ir hacia ellos cuando dos manos me agarraron. Fulminé con la mirada a mis amigos, pero no retrocedieron.

—No harás ningún bien yendo allí —dijo Hudson con dureza—. Créeme.

—Tiene razón —dijo Ian—. Tú eres el que pidió el divorcio. No puedes correr y actuar como un marido celoso cuando le dijiste que habías terminado.

—Nunca dije que había terminado.

—No, solo dijiste que querías el divorcio. Es la misma maldita cosa —dijo Hudson—. No puedes esperar que se quede sentada para siempre. Ella va a salir con alguien, y tú también. Retrocede.

Me zafé de ellos y me acomodé de nuevo en mi asiento. —Maldita sea.

Les di la espalda e intenté fingir que no estaban en la misma habitación que yo. No podía mirarla. No quería. Si lo hacía, sabría instantáneamente si se estaba divirtiendo. ¿Le brillaban los ojos? ¿Se inclinaba hacia él? ¿Le tocaba el brazo?

—¿Qué está pasando en el trabajo? —preguntó Ian.

Estaba tratando de distraerme. Nada funcionaría, pero aprecié el esfuerzo. —Tengo un nuevo cliente que viene el jueves. Es el nuevo dueño de Jones Family Maple Farm.

—¿En serio? —preguntó Ian—. Pensé que ese lugar estaba bloqueado en el tribunal testamentario.

Asentí. —Lo estaba, pero ya se ha resuelto. Es bueno, además. Ha pasado demasiado tiempo desde que estuve allí.

—¿Recuerdas cuando fuimos allí por primera vez en aquella excursión escolar? ¿Qué éramos? ¿Cuarto grado?

Me reí. —Sí, creo que sí. Ese fue el primer momento en que te odié.

Ian se rió. —El sentimiento era mutuo.

—Todavía no puedo creer que le dijeras a la Sra. Adams que fui yo quien rompió el grifo.

Ian se encogió de hombros. —No lo habría roto si no me hubieras empujado.

—Y no te habría empujado si no hubieras intentado besar a la chica con la que yo estaba tomado de la mano.

Ambos nos reímos. Ninguno de los dos recordaba el nombre de la chica, pero fue la primera por la que peleamos. Solo empeoró a medida que crecíamos. Las apuestas eran más altas, las mujeres más importantes para nosotros y las amenazas más grandes. Si no me hubiera decidido por Melody, no estaba seguro de que Ian y yo pudiéramos habernos hecho amigos. Dejamos de pelear por chicas porque la encontré a ella. En realidad, ella me encontró a mí. Ella lo era todo para mí.

Me giré en mi taburete y busqué por el bar hasta que la encontré. Estaban en una mesa, pero ella estaba de frente a mí. No reconocí al tipo con el que estaba, lo que me hizo preguntarme quién era y dónde lo había conocido.

—No puedo creer que esté aquí en una cita —murmuré.

El peso de mi situación cayó con fuerza sobre mi pecho. Lo odiaba jodidamente. Ella era mi esposa, el amor de mi vida, y se estaba riendo de algo que dijo otro hombre. Un hombre que intentaría besarla. Un hombre que pensaría que podría llamarla. Que querría más con ella.

Porque qué hombre no lo haría. Era perfecta, maldita sea.

Excepto que quería otro hijo, incluso si eso la mataba.

—Tal vez deberías empezar a salir con alguien —dijo Ian en voz baja.

Hudson acababa de acercarse y se sobresaltó al escuchar lo que dijo Ian. Giró sobre sus talones y caminó hacia el otro extremo de la barra.

Deseé poder escapar tan fácilmente.

—No quiero a nadie más.

Ian asintió. —Lo entiendo. Pero si Melody está siguiendo adelante, tal vez deberías pensarlo. Si te estás escabullendo de tu casa y evitando hablar con ella, no vas a arreglar las cosas.

—¿No me estabas diciendo hace un momento que me disculpara con ella?

Ian asintió de nuevo. —Y todavía creo que deberías hacerlo. Pero si ella está saliendo con alguien, podría ser demasiado tarde.

Saqué mi teléfono. —¿Cómo se llama esa aplicación que usaste? ¿Esa que hizo Karissa?

—En Busca del Galán de Papel. ¿Por qué?

Toqué la pantalla mientras Ian se daba cuenta de lo que estaba haciendo.

—No es buena idea, amigo.

—¿Por qué no? Acabas de decirme que debería salir con alguien.

—Sí, pero...

—¿Pero qué? Mi esposa está sentada al otro lado de la

habitación con otro hombre. Mi maldita esposa, tío. Está aquí con alguien más. Y está riendo y hablando y coqueteando. No está sentada esperando a que yo me disculpe con ella. Está siguiendo adelante. Debería hacer lo mismo. Tú acabas de decirlo.

Ian mantuvo mi mirada durante un largo minuto y luego apartó la vista. Ignoré su desaprobación y me registré para obtener una cuenta. Había un montón de preguntas para responder, pero me senté allí y las respondí todas.

En algún momento, mientras me concentraba en la aplicación, Ian me dio una palmada en la espalda y se fue. Seguí trabajando. No tendría el valor para hacerlo en otro momento. Tenía que ser justo entonces, cuando mi esposa estaba en una cita con otro hombre.

Toqué para publicar mi perfil y finalmente levanté la vista de mi teléfono. Hudson estaba sirviendo cerveza. Piper sonreía a un cliente en una mesa. Y Melody se había ido.

Tragué el resto de mi cerveza tibia e intenté no imaginar dónde estaba Melody. O qué estaba haciendo. O cuánto más feliz era sin mí en su vida.

Sí, yo fui quien se alejó. Yo fui quien dijo que deberíamos divorciarnos. Yo fui quien se comportó como un idiota. Pero lo hice todo para que ella viera cuánto la amaba. Para que viera que prefería perderla y dejarla vivir que sentarme a verla morir.

Estaba debatiendo si pedir otra cerveza y algo de comida cuando alguien se subió al taburete que Ian había dejado vacante. Me giré para ver quién se sentaría junto a mí e instantáneamente fruncí el ceño.

—Es tan bueno verte, cuñado-pronto-a-ser-ex —dijo Willow con una sonrisa.

A Willow nunca le caí bien. No estaba seguro de por qué, pero no le agradaba. Hacía todo lo posible por meterse bajo mi piel y todo lo que podía para crear una brecha entre

Melody y yo. Había una parte de mí que se preguntaba si Melody y yo estaríamos teniendo tantos problemas si Willow no estuviera cerca para remover las cosas.

—¿Qué quieres, Willow? —exigí.

Ella sonrió con suficiencia y echó sus rizos rojos por detrás del hombro. —Solo iba a tomar algo.

—¿Y tenías que elegir el taburete junto a mí para hacerlo?

Se encogió de hombros. —Beber solo no es bueno para ti.

Puse los ojos en blanco y busqué mi billetera. Era mejor largarse de allí antes de que dijera algo que me enojara que sentarme allí y esperar a que lo hiciera. Tenía cerveza en casa, y había bebido solo lo suficiente como para dejar de preocuparme si eso era malo para mí.

—¿Te vas? Pensé que tal vez querrías saber cómo le fue a Amber hoy —dijo Willow con una mirada triste.

Amber. La maldita sabía exactamente lo que estaba haciendo. Si mencionaba a Amber, sabía que no me iría. Me sentaría de nuevo y escucharía porque se trataba de mi hija.

Funcionó, maldita sea.

—¿Qué le pasó a Amber?

Willow negó con la cabeza. —Nada. Parece que tuvo un buen día en la escuela. Y cenamos panqueques. Una amiga suya vino.

—¿En una noche de escuela? —pregunté. Melody y yo siempre fuimos claros. Nada de citas de juego durante la escuela. Estábamos de acuerdo.

—Bueno, Melody tenía una cita con el padre de la niña, así que les resultó mejor si yo cuidaba a ambas niñas. Y Gina era increíblemente linda. Su padre también lo es.

—No quiero oír esto —dije, levantándome de nuevo.

Willow se rio. —No, probablemente no. Porque mi hermana es más feliz sin ti en su vida. Puede hacer las cosas que quiere hacer. Puede salir con hombres que no van a decirle lo que puede y no puede hacer. Va a vivir sus sueños.

—¿Por qué no dejas de preocuparte tanto por los sueños de Melody y piensas en los tuyos, Willow? ¿Por qué tienes que tener tu nariz metida en su trasero todo el tiempo? ¿Es que tienes una vida tan miserable que tienes que vivir a través de tu hermana todo el tiempo? —escupí.

Por una fracción de segundo, sus muros se desmoronaron y pareció herida. Luego se levantaron de nuevo y sonrió con suficiencia otra vez. —Uno de mis sueños es ver a mi hermana feliz. Verla con un montón de niños. Saber que está viviendo la vida que siempre soñó vivir. Y ella lo va a hacer. El tipo con el que salió es realmente agradable. Su hija es adorable. Y él quiere más hijos, igual que Melody. Ella dijo que le gustó lo suficiente como para volver a verlo. Así que tal vez mi hermana obtenga todas las cosas que quiere. Un gran marido, una familia numerosa y felicidad. Todas las cosas que no tenía cuando estaba contigo porque eres un terco idiota demasiado egoísta para ver lo que está justo frente a ti.

Willow no me dio la oportunidad de responder. Saltó del taburete y se alejó entre la multitud. La observé por un segundo, y luego sentí que sus palabras calaban en mí.

A Melody le gustaba el tipo. Él quería más hijos.

Lo que significaba que dejarla no era suficiente para mantenerla a salvo. Todavía estaba dispuesta a arriesgar su vida. No le interesaban otras formas de formar una familia, lo que significaba que no estaba a salvo.

La ira y el miedo se revolvieron dentro de mí. Si les permitía tomar el control, no sería bueno. Tenía que salir de allí.

Tiré algunos billetes en la barra y saludé a Hudson. Él añadiría la diferencia a mi cuenta si no le dejaba suficiente. Me puse el abrigo de un tirón y salí por la puerta trasera hacia donde el paseo del río bordeaba la cala.

Nunca consideré vivir en ningún otro lugar excepto Cala

MacKellar. El pequeño pueblo en el que crecí siempre fue mi hogar, pero más que eso, era donde Melody quería estar. Su vida familiar no fue la mejor mientras crecía, pero estaba decidida a cambiar eso para Amber.

Cuando se enteró de que estaba embarazada de Amber, estábamos muy emocionados. Mi consultorio estaba en marcha y comenzando a mejorar. Melody trabajaba como maestra de segundo grado en la Escuela Primaria Cala MacKellar. Le encantaba, pero cuanto más se acercaba la fecha de parto de Amber, menos quería volver a enseñar después de que naciera. Melody quería quedarse en casa con nuestra hija en lugar de cuidar a los hijos de otras personas.

Apoyé su decisión, e hicimos algunos sacrificios, pero siempre lo logramos porque nos teníamos el uno al otro. Éramos un equipo.

Cuando quedó embarazada de Steven, ninguno de los dos consideró la posibilidad de que algo estuviera mal. Perderlo fue un shock para nuestro sistema, del que no habíamos podido recuperarnos. Melody estuvo en el hospital durante casi una semana después de que perdimos a Steven, y verla así casi me mató. Pero llevarla a casa después y verla empezar a desaparecer fue aún peor. Dejó de ser mi esposa y compañera. Era una extraña en mi casa. Nos enfadábamos el uno con el otro todo el tiempo, y luchábamos por coexistir.

Y ahora, ella estaba siguiendo adelante. Salió en una cita con otro padre de la escuela. Habló con él y le habló de sí misma. Le sonrió. Tal vez incluso lo besó.

Odiaba la idea de dejarla ir. Odiaba quedarme sentado sin hacer nada mientras perdía a mi familia para siempre. Pensé con seguridad que a estas alturas ella ya habría entrado en razón y se habría dado cuenta de que yo tenía razón. En lugar de eso, estaba planeando una familia con otra persona.

¿Qué demonios iba a hacer?

## MELODY

Me encantaba oír reír a Amber. Su risita cuando estaba feliz era el mejor sonido en todo el mundo. Saber que yo había hecho algo que la hizo emitir ese sonido siempre me hacía sentir que podía lograr cualquier cosa.

—¿Te divertiste con Gina anoche? —le pregunté, esperando conocer sus pensamientos sobre la posibilidad de que yo saliera con alguien.

Asintió e hizo otra bola de nieve.

—Sí, fue divertido. Pero dijo que su papi iba a besarte. Peleamos por eso porque le dije que la única persona a la que tú besas es mi papi, no al suyo.

Mi sonrisa se congeló. Evité mirarla mientras trataba de pensar cómo explicarle a mi hija de cinco años que su papi ya no quería besarme.

—Bueno, quizás bese a su papi alguna vez. ¿Te molestaría eso?

Arrugó la cara y se quedó mirando la nieve por un minuto. Cuando encontró mi mirada, sus ojos lucían menos felices.

—Creo que eso molestaría a Papi.

Forcé una sonrisa para ella.

—Siempre amaré a tu papi, pero él ya no vive aquí.

—Eso no significa que debas estar besando a otro papi —dijo. Su voz se hizo más fuerte. Su cuerpo estaba tenso.

—En cierto modo sí, cariño. Tu papi ya no quería besarme. Quería vivir en otro lugar en vez de conmigo. Así que, podría besar a otro papi.

—¡No! No puedes. Tienes que besar a mi papi, no al de Gina. ¡Odio a Gina! ¡Y odio a su papi! —corrió hacia la casa y cerró la puerta de golpe.

Suspiré y la seguí, odiando tener que lidiar con la ira de Amber sola. Amaba a mi hija, pero el divorcio era algo que nunca pensé que tendría que aprender. Especialmente no siendo una niña de cinco años.

Su abrigo estaba en el suelo justo dentro de la puerta. Sus botas, las siguientes. Luego su bufanda, gorro y guantes. Recogí cada artículo mientras seguía el rastro hasta la puerta cerrada del dormitorio de Amber. Llamé suavemente, pero no respondió.

Cuando abrí la puerta, estaba acostada boca abajo en su cama. La llamé por su nombre y ella giró la cabeza lejos de mí.

—No me caes bien —dijo.

Recordé haber pensado las mismas palabras muchas veces cuando era niña sobre mi propia madre. Mi madre era fría, distante y casi cruel, y juré que nunca sería como ella. Nunca les daría a mis hijos una razón para odiarme.

Pero lo hice.

—Lo sé, Amber. Y lo siento. Desearía poder cambiar las cosas con tu papi, pero no puedo. Él fue quien se marchó. Yo lo amo, y siempre lo amaré.

—¿Él no te ama? —preguntó, volteándose para mirarme. Se apresuró a sentarse y cruzó las piernas.

Me encogí de hombros.

—No lo sé. Dijo que ya no quería estar casado conmigo.

Su labio tembló y sus ojos se llenaron de lágrimas.

—¿Eso significa que también va a dejar de quererme a mí?

La puse en mi regazo y besé la parte superior de su cabeza.

—No, bebé, no. Por supuesto que no. Papi siempre te amará. Siempre te pondrá en primer lugar. Él no se irá a ningún lado y siempre estará en tu vida.

—Pero se fue. Dijiste que ya no quería vivir aquí. No quería vivir conmigo.

Negué con la cabeza.

—No, Amber. No. Eso no es cierto —dije con firmeza—. Tu papi viviría contigo si pudiera. Cuando se mudó, acordamos que lo mejor para ti sería quedarte en tu habitación, en tu cama, en tu casa donde siempre has vivido. Él fue quien quiso irse, y como su horario de trabajo hace difícil llevarte a la escuela y recogerte, acordamos que yo me quedaría en la casa contigo.

—Quiero que los dos vivan aquí —se quejó Amber suavemente.

Asentí y la atraje a mis brazos otra vez.

—Lo sé, bebé. Yo también.

Nos sentamos en su cama unos minutos más, simplemente abrazándonos. Miré su reloj y supe que necesitaba empezar la cena. Le ofrecí un trato.

—¿Qué tal si empiezo a hacer la cena mientras tú llamas a Papi? Cuéntale sobre tu día y dile que estás pensando en él.

Se apartó y asintió, con una sonrisa finalmente de vuelta en su rostro.

Amber se acomodó en el sofá con mi teléfono mientras sonaba. Cuando sonrió y dijo: "Papi", me fui a la cocina para comenzar la cena.

Una de las comidas favoritas de Amber eran tacos con

macarrones con queso, así que puse agua a hervir y carne molida en una sartén para dorarla. Saqué el resto de los ingredientes y estaba revolviendo la carne cuando sonó el timbre.

Amber seguía hablando con Ramsey cuando pasé para ver quién estaba en la puerta. Sonreí cuando vi a mi hermana a través de la mirilla.

—Hola —dije al abrir la puerta—. No sabía que vendrías.

Se encogió de hombros y entró, cerrando la puerta tras ella.

—Quería ver cómo estabas y visitar a mi sobrina favorita.

—Está hablando con Ramsey. Tuvimos un pequeño problema antes.

—¿Problema? —preguntó Willow.

Asentí y moví la cabeza hacia la cocina. Willow captó la indirecta y colgó su abrigo, luego me siguió fuera de la habitación.

—Le pregunté si se había divertido con Gina el otro día. Intentaba saber qué pensaba sobre la posibilidad de que yo saliera con alguien.

—¿Y?

Me encogí de hombros y agregué la pasta al agua hirviendo, luego revolví la carne y añadí el condimento para tacos. Estaba evitando la pregunta, y ambas lo sabíamos. Pero Willow era paciente.

—Dijo que Gina le contó que yo iba a besar a su papá, y Amber se enfadó porque se supone que solo debo besar a Ramsey.

Willow negó con la cabeza.

—Sabía que discutieron por algo, pero ninguna de las dos quiso decirme qué era. ¿Qué le dijiste?

Suspiré.

—La verdad. Que Ramsey ya no quiere estar casado

conmigo y que podría besar a otros papás porque el suyo ya no quiere besarme.

Willow sonrió.

—¿Cómo se lo tomó?

—Me preguntó si Ramsey también dejará de quererla a ella.

La sonrisa de Willow desapareció.

—Pobrecita. Esto es mucho para que ella lo maneje.

Asentí.

—Lo es. Y lo odio. Siempre dije mientras crecía que no quería que mis hijos tuvieran que lidiar con las cosas que nosotras enfrentamos. La mala crianza y no poder expresar las emociones.

—Y no lo está haciendo —argumentó Willow.

—No, pero tampoco tiene la infancia que esperaba que tuviera. Sus padres se están divorciando.

—Cuando éramos niñas, teníamos tanto miedo de terminar como mamá y papá. Personas que no podían decir nada. Tú querías una gran familia que fuera salvaje, se amara ferozmente y siempre estuviera ahí el uno para el otro.

—Tanto para ese sueño —dije con amargura.

Willow asintió.

—Por eso dejaste ir a Ramsey. Porque no estaba interesado en apoyar tu sueño. No estaba dispuesto a intentarlo de nuevo.

—Estaba preocupado por mí —dije.

—Era un cobarde. No podía manejarlo. Todos los embarazos tienen riesgos. Todos los días tienen riesgos. Lo usó como excusa para conseguir lo que quería.

—Pero...

—No, Mel. Tú y yo sabemos que eso es lo que pasó. Sé que lo amas, pero nunca ha sido el adecuado para ti. Ahora tienes la oportunidad de encontrar a alguien que sí lo sea. Alguien que quiera las mismas cosas que tú.

Asentí, sabiendo que tenía razón pero sin que me gustara. Ella nunca fue del equipo Ramsey, pero sabía cuánto lo amaba. Fue la primera persona a quien le dije cuando me di cuenta de que lo amaba. Aunque era cinco años menor que yo, Willow siempre fue la persona con la que hablaba. Sobre todo.

—No quiero que Amber salga lastimada por todo esto —admití.

Willow me ofreció una sonrisa amable que decía que no iba a conseguir lo que quería. No esta vez.

—Va a salir lastimada, Mel. Sus padres se están separando. Su mundo está cambiando. Cuando él se fue, fue difícil. Cuando se dé cuenta de que nunca volverá y que alguien más compartirá tu cama, será aún más difícil. Pero lo superará. Los niños sobreviven.

Asentí y esperé que Willow tuviera razón. Normalmente la tenía, por eso la escuchaba. Me conocía mejor que cualquier otra persona en el mundo, y adoraba a Amber como debería hacerlo una tía. Teníamos suerte de tenerla.

—¡Tía Willow! —gritó Amber, corriendo a la cocina. Willow la tomó en brazos y la hizo girar, ambas riendo.

—¿Cómo está mi princesa hoy? —preguntó Willow.

—Bien. Mami y yo jugamos en la nieve cuando llegamos a casa. Y Papi dijo que siempre me va a querer a mí y a Mami, así que Mami no tiene que besar al papá de Gina otra vez.

Las cejas de Willow se alzaron. Me miró.

—Amber, cariño, esa no es realmente la verdad —dije.

Amber se volvió hacia mí, su frente arrugada en el medio.

—Pero Papi dijo que te quiere. Y dijo que me quiere a mí.

Asentí y me agaché frente a ella.

—Sí, cariño. Y yo quiero a Papi y a ti. Pero Papi y yo ya no vamos a estar casados.

Su labio tembló y las lágrimas llenaron sus ojos otra vez.

—Pero Papi te quiere. ¿Por qué no seguirás casada con él?

Mi respiración se quedó atrapada en mi garganta. Desearía tener una buena respuesta para ella. Una que tuviera sentido para su mente de cinco años.

—A veces las personas que se aman no están realmente destinadas a estar juntas. A veces alguien se enferma o muere o...

—¿Papi va a morir? —chilló.

—¿Qué? No. Amber, no, cariño, Papi está bien.

—¿Entonces tú? —gritó, sus ojos salvajes de miedo.

—No, Amber. Nadie va a morir. Nadie está enfermo. Es...

—¿Entonces por qué tú y Papi no pueden seguir casados? Suspiré.

—Porque Papi y yo queremos cosas diferentes.

—¿Como cuando yo quiero macarrones con queso para cenar pero tú me dices que tengo que comer pollo en su lugar? —preguntó.

Willow tosió para disimular una risa, pero yo simplemente asentí solemnemente.

—Exactamente así.

—Pero tú siempre me haces hacer lo que tú quieres. ¿Por qué no haces lo mismo con Papi? Haz que él haga lo que tú quieres para que puedan seguir casados y no tengas que besar al papá de Gina.

Quería reírme, pero era demasiado triste para encontrarle la gracia. Estaba rompiendo el corazón de mi hija. Destrozando su infancia. Ella quería a sus padres juntos. Yo también lo quería, pero ninguna de las dos iba a conseguir lo que queríamos. Y estaba harta de sentir que nada de lo que hacía importaba.

Le lancé una mirada a Willow, y ella sonrió y luego tomó en brazos a Amber.

—¿Por qué no me muestras qué libro están leyendo tú y Mami ahora?

Willow llevó a Amber fuera de la habitación. Amber

hablaba constantemente sobre La telaraña de Carlota y en qué parte del libro estábamos. Le contó a Willow toda la historia, su voz desvaneciéndose mientras caminaban por el pasillo alejándose de mí.

Cuando ya no pude escucharlas, finalmente respiré aliviada. Quería estrangular a mi marido. Él fue quien pidió el divorcio. Él fue quien se negó a hablar sobre tener más hijos. Él fue quien se marchó. Y yo tenía que romper el corazón de nuestra hija y tratar de explicarle por qué una y otra vez.

Apestaba.

Terminé la cena mientras Amber y Willow estaban fuera. Cuando regresaron, tenía tres platos de comida en la mesa y agua en tres vasos.

—Ooh, ¿me quedo a cenar? —preguntó Willow a Amber.

Amber asintió emocionada.

—Sí, sí. ¿Te quedarás, tía Willow?

Willow sonrió.

—Por supuesto, princesa. ¿En qué asiento debo sentarme?

—Ese —dijo Amber, señalando uno de los asientos. Amber eligió el suyo, luego yo me senté en el último.

Willow y Amber hablaron sobre libros, la escuela y todo excepto Ramsey y yo hasta que terminamos la cena. Me mantuve en silencio, prefiriendo dejar que reinara la alegría en lugar del miedo y la tristeza. Amber le pidió a Willow que se quedara y le leyera, así que dejé que Willow le diera su baño a Amber y le dije buenas noches antes de que Willow le leyera y la arropara.

Estaba sentada en el sofá cuando Willow salió de la habitación de Amber.

—¿Está dormida?

Willow asintió.

—Como un tronco. Apenas aguantó la mitad del capítulo.

—Gracias —le dije.

Se hundió en el sofá junto a mí y asintió.

—Siento que no esté llevando esto bien. Merece más que esto.

—Estoy haciendo lo mejor que puedo —dije suavemente, odiando que incluso mi hermana, mi mejor amiga, pensara que no estaba cumpliendo mi papel como madre.

Negó con la cabeza.

—Me refiero a su padre. Ramsey no debería dejarte a ti con toda esta carga para resolverlo. Él debería estar explicándose. Es un idiota.

—¿Por qué lo odias? —le pregunté. Siempre había sabido que a mi hermana no le caía bien, pero nunca supe por qué. Y nunca había tenido el valor de preguntarle.

Ante mi pregunta directa, se quedó paralizada.

—Sabes que nunca me ha caído bien.

Asentí.

—Lo sé. Lo que no sé es por qué.

—No es adecuado para ti —dijo Willow, evitando mi mirada.

—¿Por qué eso significa que debes odiarlo? ¿No podría ser simplemente que no te caiga bien, en lugar de odiarlo?

Se encogió de hombros.

—Te amo. Eres por quien me preocupo. Él no te merece. —Se puso de pie y miró hacia la puerta—. ¿Necesitas ayuda para limpiar la cocina?

Negué con la cabeza y me levanté con ella.

—Me encargué mientras le leías a Amber.

—Está bien, entonces probablemente debería irme.

—No tienes que hacerlo —dije. Deseaba poder retirar mi pregunta. Willow odiaba a Ramsey porque sabía que no era adecuado para mí. No necesitaba saber más que eso. Quizás realmente no había nada más que eso.

—No, necesito irme. Tengo algunas cosas que hacer esta noche. Te veré en un par de días.

Me abrazó y saludó con la mano mientras salía por la puerta hacia la fría noche. Me quedé parada en medio de la sala preguntándome por qué todos los que amaba parecían querer estar en cualquier lugar menos conmigo.

ANTES DE IRME A LA CAMA, revisé mi teléfono para ver si Willow me había enviado un mensaje. Normalmente lo hacía después de caminar a casa desde mi casa. Y normalmente también lo hacía antes de irse a dormir.

Le envié un mensaje rápido deseándole buenas noches y esperé. Nada apareció de inmediato, así que abrí En Busca del Galán de Papel para ver si tenía nuevas coincidencias. Quizás ver a alguien que no fuera el papá de un compañero de clase de Amber era una mejor idea.

Había algunos hombres que coincidían conmigo. Leí sus perfiles rápidamente, deslizando el dedo hacia la derecha en cada uno de ellos. Según Willow, las citas eran un juego de números. Si salía con muchos hombres, era más probable que encontrara a mi nuevo El Indicado.

Todavía no había cerrado la aplicación cuando apareció un mensaje de una de mis nuevas coincidencias.

RH142

Hola Mamá telaraña. ¿Cómo estás?

¿En serio? ¿Esa era su frase de apertura? Sonaba como si tuviera tanta experiencia en citas en la última década o dos como yo. Pero se había puesto en contacto, así que tenía que responder.

MAMÁ TELARAÑA

Hola. Bien. ¿Y tú?

Vaya, sí, era muy buena en esto.

RH142

Estoy bien, gracias. Veo que eres madre.
¿No son geniales los niños?

Volví a su perfil. Tenía una hija, trabajaba en un campo profesional y estaba divorciado. Su foto de perfil era una araña, lo que resultaba gracioso ya que la mía era una telaraña.

Volví al chat y respondí.

MAMÁ TELARAÑA

La mayoría de las veces. Mi hija se enfadó esta noche cuando traté de explicarle por qué su papi y yo no vamos a volver a estar juntos.

RH142

La mía también tuvo una crisis esta noche.
Esa es la parte más difícil. Cuando quieres quitarles el dolor y no puedes.

MAMÁ TELARAÑA

Estoy de acuerdo. Mi hija no entiende que dos personas pueden amarse y aun así no querer estar juntas. Por supuesto, tampoco estoy segura de entenderlo a veces.

RH142

¿Cuánto tiempo llevas divorciada?

No había opción para separada, así que mi perfil decía divorciada. No me gustaba mentir, por lo que admití la verdad.

MAMÁ TELARAÑA

En realidad no lo estoy. Hemos estado separados desde el verano pasado. Pero poner casada tampoco me parecía correcto.

RH142

Igual. Lo siento. Es horrible. Pensé que iba a
estar con ella para siempre.

MAMÁ TELARAÑA

De acuerdo.

RH142

¿Puedo preguntar por qué tu nombre es
Mamá telaraña?

Me reí.

MAMÁ TELARAÑA

El libro favorito de mi hija es La telaraña de
Carlota. Lo leemos cada noche antes de que
se vaya a dormir. Fue lo único que se me
ocurrió.

RH142

Eh. Es una extraña coincidencia. La mía hace
lo mismo.

No. No había maldita manera. No podía ser. No.

RH142

¿Eres Melody?

—¡No! ¿Estás bromeando? ¿Qué demonios? —gemí.

MAMÁ TELARAÑA

¿Ramsey?

RH142

Vaya. Bueno, supongo que tenemos mucho
en común. Tiene sentido que nos
emparejaran.

MAMÁ TELARAÑA

Sí, pero esto obviamente no funciona o no
estaríamos ambos en este sitio. Lo siento,
pero tengo que irme.

Cerré la aplicación sin esperar su respuesta e ignoré cuando apareció una. ¿Cuáles eran las malditas probabilidades?

Abrí los mensajes y miré el texto que le envié a Willow. Todavía aparecía como no leído. Lo que significaba que no me estaba hablando. Casi le envié un mensaje sobre haber coincidido con Ramsey, pero él era la razón por la que Willow se había ido antes.

Bloqueé mi teléfono y decidí que lo mejor para mí era dormir. Todo siempre era mejor después de una buena noche de sueño.

## 7

## RAMSEY

Todavía estaba conmocionado a la mañana siguiente mientras me sentaba en mi oficina e intentaba pensar en cualquier cosa que no fuera Melody. ¿Cuáles eran las probabilidades de que Melody y yo estuviéramos emparejados en esa aplicación? Aparentemente altas, pero maldición, no era lo que esperaba.

Me dije a mí mismo que iba a contactar a una de las mujeres con las que había hecho match y entablar una conversación. Necesitaba seguir adelante. Y la única mujer que elegí, aquella cuyo perfil me resultó más interesante, era mi maldita esposa.

La parte más jodida era que estaba disfrutando hablar con ella antes de descubrir quién era. Me sentía bien, orgulloso de mí mismo por atreverme a salir ahí fuera. Y entonces ella mencionó que siempre leían La telaraña de Charlotte y todo encajó.

¿Qué demonios?

Simplemente no era justo que la única mujer con la que quería hablar fuera mi esposa. Y definitivamente ella no estaba interesada.

Consideré seriamente eliminar la aplicación, pero no pude hacerlo. Miré la conversación otra vez, imaginando la sonrisa de Melody cuando coqueteaba conmigo, luego su sorpresa cuando se dio cuenta de quién era yo. Tenía que aferrarme a esa sonrisa.

Un golpe en mi puerta me hizo meter el teléfono en el bolsillo antes de invitar a mi nuevo cliente a entrar. Me levanté y rodeé mi escritorio mientras él abría la puerta.

Colin Jones presionó sus labios en una sonrisa y miró alrededor de la habitación antes de entrar completamente. Noté sus desgastadas botas de trabajo combinadas con su traje limpio y ordenado. La chaqueta azul marino y los pantalones negros no combinaban realmente, y la camisa gris debajo parecía una camiseta.

Yo llevaba uno de mis mejores trajes. Gris con una camisa formal azul marino, zapatos negros y una corbata roja. Era uno de mis trajes de poder porque me sentía bien con él, y después de coquetear con Melody, necesitaba esa armadura extra. Excepto que no se sentía como una armadura cuando Colin Jones lo examinó.

—¿Tú eres el abogado de mi abuela? —me preguntó, mostrando clara sorpresa en su rostro.

Asentí y le ofrecí mi mano. Él la miró durante un largo momento antes de extender la suya y estrechar la mía—. Ramsey Holland. Es un placer conocerlo, Sr. Jones.

Él soltó una risa y negó con la cabeza. Su cabello oscuro estaba cortado corto y no se movió con el gesto. Estaba listo para salir corriendo por la puerta si sus ojos marrones oscuros eran alguna indicación. No estaba impresionado conmigo.

—¿Por qué no nos sentamos y hablamos, Sr. Jones? —ofrecí, dando un paso atrás.

Él miró mi silla y observó la habitación nuevamente. Traté de ver mi oficina desde su perspectiva. No era enorme, pero hacía lo posible para que fuera impresionante. Las estanterías contenían una combinación de libros de texto y premios que había recibido, además de algunos elementos decorativos. Las paredes exhibían mis títulos. Las sillas para invitados eran cómodas y mi escritorio era imponente. Pero el Sr. Jones claramente no veía las mismas cosas.

—No creo que esto vaya a funcionar —dijo con cuidado.

—Trabajé con su abuela durante años. ¿Puedo preguntar por qué no está dispuesto a sentarse y hablar conmigo?

Me miró y suspiró—. Escucha, no soy un tipo corporativo. Trabajo al aire libre y me gusta. Elegí la ropa más elegante de mi armario, y aun así parezco un vagabundo a tu lado. Necesito a alguien que sea un poco más auténtico. Alguien que entienda lo que es luchar un poco.

Se dio la vuelta para marcharse y supe que tenía que decir algo—. Estoy en proceso de divorcio —solté.

Él hizo una pausa y me miró por encima del hombro. Cuando vio que no estaba bromeando, se volvió y cruzó los brazos sobre el pecho—. ¿Y?

—Vivo en el antiguo apartamento de mi amigo porque me mudé de la casa que compartía con mi esposa e hija. No sé cocinar para mí mismo, así que como fuera casi todas las noches. Finalmente me inscribí en una aplicación de citas y la primera mujer a la que contacté resultó ser mi esposa actual.

Una carcajada escapó de él. Trató de cubrirla rápidamente, pero ya estaba en el aire.

Sonreí—. Tampoco soy un tipo corporativo. Soy dueño de esta firma porque siempre quise ayudar a las personas. Si alguien quiere tener su propio negocio, quiero ayudarles a que eso suceda. Algunos de mis clientes prefieren a un tipo que parezca tener su vida en orden, pero ninguno sabe que no vivo con mi esposa. Y claro que no voy a decirles que me encontré con ella en un sitio de citas seis meses después de haberla abandonado.

Colin respiró profundamente y negó con la cabeza—. Creo que podrías estar tan jodido como yo.

Sonreí—. Puede que te gane. ¿Por qué no te sientas y hablamos un poco más sobre lo que está pasando con la granja?

Colin finalmente cerró la puerta tras él y asintió. Se sentó en una de las sillas para invitados, y yo volví detrás de mi escritorio. Agarré la carpeta que había preparado para él y le entregué la carta que estaba dentro.

—¿Qué es esto? —preguntó.

—Tu abuela la dejó conmigo. Quería que la tuvieras cuando decidieras hacerte cargo.

Me miró con cuidado, luego dio vuelta a la carta sellada. No la había leído aún, así que no sabía qué decía. Esperé mientras Colin la abría y leía la página.

—¿Esto es real? —preguntó.

Negué con la cabeza—. ¿A qué te refieres?

—Dice que hay dos personas que podrían heredar la propiedad.

—¿Qué? —solté, intentando agarrar la carta. Retiré mi mano—. ¿Puedo verla?

—¿No la has leído?

Negué con la cabeza—. No. Me pidió que se la diera a su nieto cuando viniera aquí buscando ayuda, pero no dijo nada sobre que hubiera dos de ustedes.

—No tengo primos —dijo Colin lentamente.

Leí rápidamente la carta. Cleotha no nombraba a nadie, solo decía que esperaba que se trataran bien el uno al otro.

—¿No tienes primos? —repetí, finalmente entendiendo lo que había dicho.

Colin negó con la cabeza—. No. ¿Crees que estaba loca?

Me reí—. Para nada. Cleotha Jones estaba completamente

lúcida. Debe haber alguna explicación. Era la madre de tu padre, ¿verdad?

Colin asintió—. Sí. Y él no tenía hermanos.

—¿Y tú tampoco?

Colin negó con la cabeza otra vez—. No. Por eso no sé de qué está hablando.

Doblé el papel y lo coloqué encima de mi teclado—. Investigaré esto cuando terminemos. Por ahora, hablemos de lo que necesitas hacer para el negocio.

—¿Estás seguro de que puedo? Si hay alguien más, ¿esa persona no tendrá voz en las decisiones?

Respiré hondo—. Es posible. Pero si no quiere involucrarse, entonces no lo hará. Si quiere hacerlo, ustedes dos tendrán que resolver los detalles, pero necesitas poner las cosas en marcha en la dirección correcta. Estás dentro de tus derechos legales para hacerlo.

Colin suspiró aliviado y asintió—. Si estás seguro, entonces eso es lo que necesito hacer. La primavera estará aquí antes de que me dé cuenta, y tengo mucho trabajo que hacer si vamos a obtener sirope de arce de estos árboles cuando empiecen a descongelarse.

—Vas a hacer muy feliz a mucha gente en esta zona.

Colin se rió—. Mientras no lo arruine todo.

Le sonreí—. No lo harás. Ahora, hagamos un plan.

Cuando Colin salió de mi oficina, revisé todo lo que tenía sobre su abuela y su familia. Como no era mucho, no tardé en darme cuenta de que no tenía idea de quién era el otro nieto.

¿Podría estar equivocada? No lo creo. Cleotha fue muy clara en su carta de que había dos de ellos. Nunca nombró a nadie, ni siquiera a Colin. Encontrarlo a él fue sencillo, pero no había rastro de este otro nieto.

Salí de mi oficina y fui a buscar a Penny. Había sido mi asistente durante años y era la mejor persona que conocía cuando se trataba de desenterrar información. Estaba en el cuarto de almacenamiento, clasificando archivos.

—¿Cleotha Jones tiene un segundo nieto? —le pregunté cuando se dio la vuelta y me vio parado en la puerta.

Penny se encogió de hombros—. No que yo sepa. ¿Por qué?

Negué con la cabeza y le entregué la carta—. Esta carta dice que hay dos.

—¿El Sr. Jones no sabría si tiene un primo? —preguntó con una risa.

Negué con la cabeza otra vez—. Dice que su padre era hijo único y él también. No conoce a ningún primo.

—Ooh, un misterio. ¿Quieres que investigue?

Asentí—. Sí, por favor. Si alguien puede encontrar respuestas a esto, definitivamente eres tú.

Ella sonrió—. Gracias, jefe. Oye, ¿cómo van las cosas con Melody?

Gemí. Penny no solo era mi asistente, se había convertido en una amiga. Era un poco más joven que Melody y yo, pero estaba casada con su amor de la secundaria y tenía una hija un poco más pequeña que Amber. Cuando Melody y yo nos separamos, Penny estaba casi tan alterada como yo.

—No muy bien. Sigo cometiendo errores con ella.

—¿Qué hiciste ahora?

Me reí—. Me emparejaron con ella en una aplicación de citas.

—¿Qué? —preguntó Penny, medio riendo.

—Me inscribí en esta aplicación de citas el otro día después de que ella saliera con alguien. Estaba furioso y decidí que quería seguir adelante, así que me registré.

—Aunque todavía amas a tu esposa y realmente no quieres seguir adelante.

Sonreí tímidamente. Me conocía demasiado bien—. Sí, bueno, ella no me quiere de vuelta.

—Pero os emparejaron, así que tuvo que aceptarte, ¿verdad? ¿No es así como funciona?

Asentí—. Sí, pero ella no sabía que era yo. La aplicación no usa nuestras fotos. Estábamos hablando y era... agradable. Pero descubrí quién era y se lo pregunté. No creo que estuviera feliz por ello.

—Probablemente solo estaba sorprendida. Tal vez esa sea una forma de hablar con ella. Coquetear con ella.

—No puedo coquetear con ella.

—¿Por qué no? Todavía es tu esposa. Y la amas.

—Precisamente por eso. No quiero que piense que estoy...

—¿Que estás qué?

—No lo sé —suspiré—. Solo... quiero recuperar a mi familia. Quiero que deje de salir con otros hombres y planear tener más hijos con ellos. Quiero que me quiera de vuelta.

—Tal vez lo hace, pero estás tan obsesionado con que ella no se quede embarazada que no escuchas todo lo demás.

—Ni siquiera sé qué significa eso.

—¿Alguna vez le has preguntado por qué está dispuesta a arriesgar su vida para tener otro bebé?

Lo pensé por un segundo, luego negué con la cabeza—. Solo dijo que siempre soñó con una familia numerosa.

—Vale, pero ¿por qué?

—Porque su propia familia no fue muy buena.

—Muchas personas tienen infancias terribles. Eso no significa que tengan que tener familias numerosas. Hay algo más.

—¿Como qué?

Penny se encogió de hombros—. Solo Melody conoce esa respuesta —Penny me dio una palmada en el hombro y sonrió—. Necesitas hablar con tu esposa. Yo encontraré al nieto perdido.

Penny salió de la habitación y yo me quedé allí parado. Hay algo más. Otra razón por la que Melody quiere más hijos. ¿Por qué está dispuesta a arriesgar su vida?

No tenía nada. Pero necesitaba entender, así que iba a tener que hacer las preguntas difíciles.

NO ME TOCABA ESTAR con Amber esta noche, así que me fui a casa después del trabajo. No, no a casa. Al apartamento de Ian. Le agradecía que me dejara quedarme allí, pero odiaba cada segundo de estar en ese lugar.

La tienda estaba tranquila cuando entré, lo cual no era inusual. Ian trabajaba menos horas durante el invierno, ya que la mayoría de las personas no pensaban en sus barcos hasta que el clima mejoraba y había la opción de salir y disfrutar del agua.

Casi había llegado al apartamento antes de escuchar algún ruido. Era silencioso, como si fácilmente pudiera estar soñando, pero estaba bastante seguro de que había alguien allí.

—¿Hola? —llamé. El espacio era grande y abierto, pero todavía había muchos lugares donde esconderse.

—Shh —fue la respuesta casi inmediata.

—¿Quién está aquí? —exigí, sin estar dispuesto a dejar que alguien se escondiera o me sorprendiera. Saqué mi teléfono y lo desbloqueé—. Voy a llamar a la policía.

—Relájate, Ramsey —dijo Ian desde algún lugar en la oscuridad—. Solo somos nosotros.

—Me diste un maldito infarto —respiré. Mi corazón latía en mi pecho.

Ian dio un paso hacia la luz y se enderezó la camisa. Blake estaba justo detrás de él tratando de arreglarse el cabello.

—Lo siento —dijo Ian—. Blake vino a verme y nos dejamos llevar un poco.

—¡Ian! —lo reprendió Blake.

Ian se rio y se encogió de hombros—. ¿Realmente crees que a Ramsey le importa?

Blake me dio una sonrisa avergonzada y sus mejillas se pusieron rojas—. No es algo muy educado de hacer.

Negué con la cabeza—. Está bien. Ustedes deberían ser felices. Después de todos los años que escuché a este tipo quejarse de que estabas con otra persona, me alegra que las cosas vayan bien.

Blake apoyó su cabeza en el hombro de Ian y lo miró. Melody solía hacer lo mismo conmigo, y me hacía sentir como el hombre más afortunado del mundo. Ella era todo lo que siempre quise o necesité, pero ya no me miraba así.

—Las cosas van realmente bien —dijo Ian—. De hecho, nos vamos a casar.

—¿Qué? No me digas. Eso es genial. Felicidades —dije, luchando contra la desesperación que carcomía mis entrañas. Estaba feliz por ellos, y mi propio matrimonio fallido no era su culpa.

—Gracias —dijo Ian felizmente.

Blake sonrió, como si pudiera ver el dolor que trataba con tanto esfuerzo de ocultar.

—¿Cómo está Melody? —preguntó Blake en su lugar.

Forcé una sonrisa—. Bien, creo. Está saliendo con alguien.

—Sí, Ian me lo contó. ¿Estás bien con eso?

Solté una risa y negué con la cabeza—. No, realmente no. Mi esposa está viendo a otros hombres y tratando de encontrar a alguien nuevo que la deje embarazada. No estoy nada bien con eso.

—¿Has hablado con ella al respecto? —preguntó Blake. Me miró con sus ojos marrones. Esperanza. Esa era la emoción en ellos. Una mujer al comienzo de una relación. Alguien que no había sido destruida por la persona que amaba. Una mujer que todavía creía que el amor podía durar para siempre.

Yo perdí eso en algún momento de los últimos años.

Respiré hondo y negué con la cabeza—. Le dije algo el fin de semana pasado y no salió bien. Fui un idiota y ella me lo echó en cara. Está siguiendo adelante, y lo mejor que puedo hacer es dejarla. Siempre la amaré, pero no soy bueno para ella.

—No creo que eso sea cierto —dijo Blake con una sonrisa tentativa—. Creo que Melody todavía te ama. Creo que sería más feliz contigo.

—Siempre y cuando esté dispuesto a dejarla embarazada y matarla.

—¿Qué? —jadeó Blake.

Negué con la cabeza—. Su médico dijo que si volvía a quedar embarazada, podría morir. Ella no está dispuesta a escuchar e insiste en que quiere más hijos. Es la razón principal por la que me fui. No puedo quedarme sentado y ver que eso suceda.

—Vaya —respiró Blake—. No tenía idea. Lo siento mucho.

Me encogí de hombros—. Es lo que es. Ella va a hacer lo que quiera hacer.

—Realmente creo que...

—Creo que deberíamos dejar que Ramsey se relaje un poco, cariño —dijo Ian con cuidado.

—Oh, cierto. Lo siento. Parece que últimamente quiero arreglar las relaciones de los demás. Lo siento, Ramsey —dijo Blake.

Asentí.

Ella se acercó y me abrazó, luego me soltó y salió con Ian.

Cuando la puerta se cerró tras ellos, me dirigí al apartamento y dejé mis cosas sobre la mesa. Toda mi ropa estaba en el dormitorio, pero seguía sin sentirse como mi hogar. No quería estar allí, pero ir a O'Kelley's otra vez me hacía sentir como un completo perdedor. No podía pasar todas las noches en el bar. Lo que significaba que necesitaba encontrar algo para comer y algo que hacer.

Pedí comida y cambié de canales para encontrar algo que ver. Me detuve en la película favorita de Melody, El diario de Noah. No pude evitar imaginarla sentada allí conmigo mientras alcanzaba mi teléfono para decirle que estaba puesta.

En lugar de enviar un mensaje de texto, abrí En Busca del Galán de Papel. Sonreí cuando leí nuestro intercambio de la noche anterior, luego le envié un nuevo mensaje.

RH142

El diario de Noah está en la televisión ahora mismo. Pensando en ti. Pensé que tal vez querrías verla.

No esperaba una respuesta, pero una llegó casi de inmediato.

MAMÁ TELARAÑA

Gracias. Casi tengo a Amber en la cama. Necesito relajarme y olvidarme de la vida por un rato esta noche.

RH142

¿Todo bien?

Ella no respondió de inmediato y supuse que era porque estaba acostando a Amber. Esperé, con la esperanza de que respondiera, mientras veía la película.

Sonó el timbre y fui a buscar mi comida, luego regresé para terminar de ver la película. Había un mensaje esperando.

MAMÁ TELARAÑA

Amber está luchando con todo esto. El tipo con el que salí la otra noche era agradable, pero su hija parece pensar que fue algo serio. Tengo la sensación de que él no le contó sobre sus otras citas, así que ella piensa que la nuestra fue importante. Le ha estado molestando mucho a Amber en los últimos días.

RH142

¿Quieres que hable con ella otra vez?

MAMÁ TELARAÑA

Gracias, pero no. Eso solo la confunde más. Se bajó del teléfono después de hablar contigo convencida de que volveríamos a estar juntos, y tuve que decirle que no era lo que tú querías. Estaba muy enfadada conmigo. Willow tuvo que calmarla.

RH142

No quería causar problemas. ¿Estás segura de que no quieres que hable con ella?

Esperé a que respondiera y supe que tenía que decir algo más.

Tenía un mensaje escrito y listo para enviar, pero ella se me adelantó.

MAMÁ TELARAÑA

Estoy segura. Gracias por avisarme sobre la película. Voy a verla y a dormir un poco. Nos vemos el viernes.

Se desconectó antes de que pudiera responder. Antes de que pudiera decirle que estaba equivocada. Antes de que pudiera decir que recuperar a nuestra familia era lo único que quería.

## 8

Para cuando llegué a la casa el viernes por la noche, había decidido hablar con Amber otra vez, aunque Melody dijo que no era necesario. Melody no tenía por qué ser la única que lidiaba con la confusión de Amber sobre nuestra situación.

Llegué a la casa y toqué el timbre. Todavía tenía las llaves en el bolsillo, pero no me parecía correcto usarlas cuando ya no era realmente mi casa. Pagaba las facturas, pero no podía entrar como si viviera allí, así que no lo hice.

Amber abrió la puerta con una enorme sonrisa en su cara. Melody estaba justo detrás de ella, asegurándose de que todo estuviera bien, con una sonrisa igual. Excepto que la sonrisa de Melody era solo para Amber.

—¡Papi! —gritó Amber mientras saltaba hacia mí.

La atrapé y la levanté en mis brazos, presionando mi nariz contra su cabello. El mismo aroma a fresa de siempre me invadió, haciéndome sentir como en casa. A Amber siempre le encantó el champú con aroma a fresa, y era bueno saber que algunas cosas no habían cambiado.

—Hola, chica lista. ¿Cómo estás?

—Estoy genial porque ya estás aquí. Ahora podemos cenar todos juntos.

Miré a Melody. Ella observaba a Amber con una sonrisa triste, y cuando Amber mencionó la cena, se encontró con mi mirada. Levanté una ceja y ella asintió.

—Bueno, cenar juntos suena bastante genial. ¿Ayudaste a mamá a cocinar?

Amber asintió.

—Sí. Me mantuve fuera de la cocina para que mamá pudiera concentrarse.

Contuve una sonrisa mientras Melody negaba con la cabeza y sonreía, indicándome que la respuesta de Amber estaba totalmente acertada.

—Bueno, eso fue muy útil, estoy seguro.

—Lo fue, papi. Mamá lo dijo.

—Bien. ¿Estamos listos para comer ahora? —Miré a Melody esperando una respuesta.

—Sí, todo está listo. No estaba segura de exactamente cuándo ibas a llegar.

Era una de las cosas por las que discutíamos antes de que me fuera. Mis horarios. Lo que nunca le confesé a Melody era que tenía miedo de volver a casa la mayoría de los días hacia el final. No sabía cómo ayudarla, y nunca decía lo correcto, así que empecé a trabajar cada vez más tarde para evitar pelear con ella.

Una vez me acusó de tener una aventura. Pensó que mis noches tardías las pasaba en la cama con otra mujer. Me dolió que pensara que yo podía mirar a alguien más cuando la mujer que amaba seguía viva, pero eso no cambiaba el hecho de que no estaba siendo justo con ella. La dejaba con Amber durante más horas y no estaba cumpliendo con mi parte como su esposo y su roca en la que apoyarse.

—Debería haber llamado —le dije en lugar de decir cualquiera de las cosas que pasaban por mi mente.

Ella sonrió, pero no le llegó a los ojos. Estaba tratando de recordar la última vez que la hice sonreír y toda ella se iluminó. Había pasado un tiempo.

—Llévame, papi —dijo Amber, rompiendo cualquier tensión que mantenía a Melody y a mí juntos.

Me volví hacia ella y sonreí de nuevo, luego seguí a Melody hasta la cocina. Nos sentamos a la mesa que era demasiado grande para nuestra pequeña familia de tres y Amber me contó todo sobre su semana.

Melody se movía por la cocina, su cuerpo curvilíneo oculto por la camiseta suelta y los pantalones de chándal que llevaba. Traté de mantenerme concentrado en Amber, pero saber que Melody no estaba huyendo de mí captaba mi atención. Esa era su ropa informal, su ropa de estar en casa, y si la llevaba puesta, significaba que no iba a salir corriendo tan pronto como terminara la cena.

—Paaaapiii —se quejó Amber.

Aparté mi atención de Melody y sonreí a Amber.

—Sí, cariño.

—No me estás escuchando.

—Lo siento. Dímelo otra vez.

—Dije que tengo que hacer un buzón para San Valentín. Mamá dijo que podemos hacerlo todos juntos. ¿Podemos hacerlo esta noche?

Miré a Melody buscando su aprobación, pero ella ocultó sus ojos de mí.

—Um, ya veremos.

—¿Te vas después de cenar?

De nuevo, miré a Melody.

—No tenía planeado irme...

—Voy a encontrarme con la tía Willow —dijo Melody—. Te lo dije, cariño. Por eso no podemos hacerlo esta noche. Pero encontraremos un día.

—¿Lo vas a hacer? —solté.

Melody me miró. Un destello del dolor que causé la última vez que se reunió con Willow iluminó su mirada y luego desapareció cuando el desafío se instaló y me retó a decir algo al respecto.

Forcé una sonrisa que no sentía. Mi esposa iba a salir otra vez. Para conocer hombres y coquetear y quién sabe qué más. Willow solo la ayudaría a hacer todo eso. Tal vez incluso la animaría a algo más que coquetear.

Quería exigirle que se quedara en casa y nos ayudara a Amber y a mí con su proyecto de San Valentín. Quería decirle que hasta que no estuviéramos divorciados, no se le permitía tocar a otro hombre. Quería cargarla sobre mi hombro y llevarla a la cama que compartimos durante una década y mostrarle lo que estaba perdiendo sin mí.

Todo lo que hice fue sonreír y seguir comiendo mi cena.

Amber hizo el resto de la conversación por nosotros. Cuando terminamos de cenar, Melody desapareció en el dormitorio con la puerta cerrada.

Amber me mostró lo que aprendió en la clase de baile esa semana. Traté de prestarle atención, pero la mitad de mi concentración estaba en Melody y en lo que estaba haciendo detrás de la puerta cerrada. Cuando vivía allí, nunca cerrábamos la puerta a menos que nos estuviéramos desnudando juntos. Era solo un cambio más, un recordatorio más de que ya no pertenecía allí.

Cuando la puerta se abrió de nuevo, Amber apenas tenía un cuarto de mi atención. Olí a Melody antes de que entrara en la habitación, su ligero aroma floral llegando a mi nariz. Me volví para mirarla y cada fibra de mi ser se alzó y quiso exigirle que se cambiara. Sus jeans abrazaban sus curvas de una manera que me hacía agua la boca. Su blusa era suelta pero escotada. Cuando se inclinó para ponerse las botas, imágenes de doblarla sobre el sofá y la mesa y la cama e incluso mi escritorio me asaltaron.

Una pequeña franja de piel era visible mientras su blusa se deslizaba por su espalda mientras cerraba la cremallera de sus botas. No podía recordar la última vez que la había tocado o besado. Ella no había sido mía en tanto tiempo que estaba empezando a olvidar cómo olía y lo suave que era su piel. Nunca pensé en esas cosas antes, pero ahora las echaba de menos. Echaba de menos todo lo que había que saber sobre mi esposa.

Y me estaba matando.

No era lo suficientemente fuerte para alejarme de ella. No era lo suficientemente hombre para decirle que siguiera adelante. Todavía la amaba y la deseaba, y dejar que saliera por la puerta no era una opción.

—¿Por qué no te quedas aquí y pasas el rato con nosotros? —sugerí cuando Melody se puso de pie y alcanzó su abrigo.

Ella no me miró.

—Le dije a Willow que estaba a punto de salir. Pero estaré en casa esta noche.

Pronunció la última frase con una mirada fulminante que fue casi tan dolorosa como la bofetada que me dio la última vez.

Asentí y decidí no presionar. Presionarla para hablar, presionarla para que renunciara a su sueño de una gran familia, presionarla para que estuviera presente... eso fue lo que me llevó a irme. Solo podía presionar hasta cierto punto.

Melody le dio las buenas noches a Amber y le dio un abrazo y un beso, luego me saludó con la mano y desapareció en la noche. Me quedé sentado por un largo tiempo, mirando la puerta y deseando que volviera a entrar.

Amber llamó mi nombre varias veces antes de que la reconociera. Cuando finalmente lo hice, me preguntó:

—¿Por qué mamá no se queda aquí con nosotros?

Sonreí.

—Mamá necesita tiempo para visitar a la tía Willow. Solo

están divirtiéndose. ¿Qué tal si hacemos algo para mamá? Algo que le muestre cuánto la extrañamos estando aquí con nosotros.

Los ojos de Amber se iluminaron.

—¡Sí! A mamá le encantará eso.

—¿Qué deberíamos hacer? Podemos limpiar la casa para que mamá no tenga que hacerlo.

Amber arrugó la nariz.

—Eso no es divertido. Deberíamos hacerle algo.

—¿Como qué?

Amber se dio golpecitos con el dedo en la barbilla durante un minuto, luego sus ojos se abrieron y me miró con una gran sonrisa.

—¡Deberíamos hacerle a mamá una tarjeta de San Valentín! Ella dijo que siempre le encantó el Día de San Valentín. Solía ser uno de sus días favoritos. Deberíamos darle una tarjeta para que le guste de nuevo.

Los niños suelen decir la cosa más sincera que te despedaza por completo. El Día de San Valentín era nuestro día. Un día en que nos celebrábamos mutuamente. Estaba enterrando la cabeza en la arena, ignorando el hecho de que el día se acercaba, y se acercaba rápido. No estaba seguro de poder soportarlo sabiendo que no lo pasaría con Melody, pero Amber tenía razón. No se trataba de mí. Se trataba de Mel.

—Creo que es una gran idea —le dije a Amber.

—¡Genial! Iré a buscar todos los materiales.

Se dirigió hacia los materiales de arte en la esquina de la sala de estar. Melody siempre quiso que Amber se sintiera libre de expresarse de la manera que creyera correcta, así que mantenía materiales de arte, libros y mucho papel y lápices cerca en todo momento. También se aseguraba de que los muebles de la sala no estuvieran demasiado juntos para que

Amber tuviera espacio para bailar si ese era el estado de ánimo que la invadía.

Amber luchaba por levantar la caja, así que me apresuré y se la quité.

—¿Qué tal si preparamos las cosas en la mesa? Así podemos extenderlo todo y ver qué queremos usar.

Amber asintió.

—Tengo muchas ideas para mamá. Le va a encantar.

Sonreí y la seguí hasta la mesa. Ella se subió a una silla y se sentó sobre sus rodillas mientras yo desempacaba la caja. Los rotuladores, los crayones y los lápices de colores estaban cada uno en contenedores individuales. Hojas de papel llenaban el fondo de la caja. Purpurina derramada cubría la mayoría de las hojas de papel. Había pegamento, pequeñas bolsas de purpurina, pegatinas, cinta decorativa y sellos tirados en la caja. Podríamos hacer cien cosas para Melody y nunca hacer mella en los suministros de esa caja.

—¿Qué quieres hacer primero? —le pregunté a Amber.

—Una tarjeta. Mamá debería tener una tarjeta que diga que la amamos.

—Suena bien. ¿Rosa?

Amber negó con la cabeza.

—A mamá le gusta el color rosa más oscuro.

Busqué hasta encontrar el tono correcto y lo saqué. La esquina tenía purpurina, pero la mitad se cayó sobre la mesa cuando Amber intentó doblar el papel por la mitad. Dos de las esquinas estaban cerca, pero las otras dos estaban desalineadas por más de dos centímetros. Su labio inferior tembló.

—No lo hice bien.

—¿Qué tal si lo intento yo mientras decides lo que quieres poner en la tarjeta?

Me la entregó y agarró pegatinas y rotuladores mientras yo doblaba la hoja por la mitad. Cuando se la puse de nuevo delante, sacó la lengua y empezó a dibujar corazones en la página.

La observé durante unos minutos mientras cubría la parte delantera con corazones. Añadió algunas pegatinas, luego abrió el papel y escribió *Con amor, Amber* en el interior.

—¿Tú también vas a firmar? —me preguntó, volviéndose para mirarme con sus ojos marrones.

Asentí y le di una sonrisa.

—Lo haré. Si te parece bien.

Ella asintió y tiró el rotulador sobre la mesa. Rodó hacia mí y lo agarré antes de que rodara por el borde y cayera sobre mí. Firmé mi nombre y le devolví el rotulador a Amber. Ella continuó felizmente mientras yo me sentaba y me preguntaba si ese sería el último San Valentín que le daría a Melody.

Mi garganta se tensó con ese pensamiento y le dije a Amber que volvería enseguida. Caminé por el pasillo hasta el baño y me contuve de entrar en mi antiguo dormitorio.

Cuando me fui, honestamente creí que Melody me detendría. Pensé que nunca me dejaría irme. Cuando lo hizo, me senté en la entrada, esperando que saliera corriendo y me dijera que estaba equivocada. Cuando eso no sucedió, conduje directamente a casa de Ian y me dije que ella solo necesitaba algo de tiempo para pensarlo y que yo volvería en uno o dos días.

Habían pasado seis meses. Seis meses preguntándome qué me estaba perdiendo. De querer estar allí. De odiarme a mí mismo por alejarme.

No estaba dispuesto a ceder e intentar tener otro bebé. No podía. Perder a Steven fue lo peor que había experimentado en mi vida, pero casi perder a Melody fue peor. Saber que si volvía a quedar embarazada, era probable que ocurriera lo mismo, me decía que el embarazo no era una opción. No podía tener más hijos, no si quería estar presente para ellos. Porque si el embarazo no la mataba, era muy probable que no llevara el embarazo a término. Y si perdía otro bebé, sabía que no volvería.

Y si la perdía a ella, nunca me lo perdonaría.

Traté de hablar con ella sobre adopción o acogida, pero no estaba interesada en ninguna de las dos opciones. Dijo que quería volver a estar embarazada. No estaba interesada en escuchar sobre los riesgos. Simplemente quería estar embarazada.

Me lavé las manos y saqué mi teléfono. Era un imbécil, pero no podía evitar enviar un mensaje a Hudson pidiéndole que se asegurara de que Melody no se fuera con otro hombre. O hiciera algo con otro hombre.

Hudson entendía. Su esposa se había ido y nunca volvería. Sabía cómo se sentía la pérdida. Y afortunadamente, era el tipo de amigo al que no le importaba ayudarme a sufrir mi miseria.

"No hay hombres", respondió por mensaje. "Está sentada en el bar y estoy fulminando con la mirada a cualquiera que se acerque demasiado".

"Eres un excelente amigo", respondí.

Él contestó con un pulgar hacia arriba.

Guardé mi teléfono y volví a la cocina donde Amber había hecho un desastre enorme.

—Vaya. ¿Qué pasó aquí?

Amber miró alrededor como si no fuera gran cosa y se encogió de hombros.

—Muy bien, pequeña. Ahora definitivamente tenemos que limpiar para mamá.

—Después de que termine esta.

Asentí y comencé a recoger las cosas y a guardarlas de nuevo en la caja. Mientras ella trabajaba, saqué la escoba y la aspiradora, sabiendo que Amber no iba a ser de mucha ayuda con ninguna de las dos.

Finalmente terminó su obra maestra excesivamente brillante y la levantó para mostrármela. El pegamento todavía estaba húmedo, así que algunas de sus piezas comenzaron a deslizarse.

—Déjala ahí, cariño. Vamos a dejar que se seque el pegamento —le dije.

—Pero entonces mamá la verá. Tengo que ponerla en mi armario para que no la vea —dijo Amber.

—¿Qué tal si me la llevo yo? Así podemos mantenerla en secreto hasta el Día de San Valentín.

Amber asintió.

—Buena idea, papi. Puedes dársela cuando tú y mamá vayan a su cita.

—Um, ¿qué cita?

—La que siempre tienen para el Día de San Valentín. La tía Willow siempre me cuida.

—¿Cómo sabes eso? —le pregunté. Nunca hicimos un gran alboroto sobre qué día era cuando Melody y yo nos íbamos, pero obviamente Amber unió los puntos de todos modos.

—Siempre es cuando tenemos nuestra fiesta de San Valentín en la escuela. Por eso sé que a mamá le gustarían los corazones. Ella me dijo que los corazones significan que amas a alguien.

Asentí.

—Sí, significan eso. Y no estoy seguro de que mamá y yo vayamos a nuestra cita este año.

—¿Por qué no? —preguntó Amber. Inclinó la cabeza y bostezó. Su pelo rojo se balanceó suavemente, sus rizos rebotando sobre sus hombros.

—Bueno, porque mamá y yo no estamos juntos ahora mismo.

—Ya lo sé —dijo Amber—. Pero mamá volverá más tarde y entonces estaréis juntos.

—No es eso lo que quería decir.

Entre sus cejas se arrugó con confusión.

—¿Entonces qué quisiste decir?

—Quiero decir que mamá y yo ya no vamos a estar casados por mucho tiempo. Y...

—Pero dijiste que todavía amas a mamá —dijo Amber—. Si la amas, ¿por qué no quieres estar casado con ella?

—Sí quiero estar casado con ella, pero las cosas son complicadas cuando eres un adulto. No todo es tan simple como sí o no.

—Creo que no quiero convertirme en adulta —dijo Amber como si tal cosa—. Creo que voy a quedarme como una niña para siempre.

Me reí.

—Desearía tener esa opción. Ser adulto no siempre es divertido.

—Y no puedes hacer las cosas que quieres, como seguir casado con mamá. ¿Mamá no quiere estar casada contigo?

Negué con la cabeza.

—Nada de esto es culpa de mamá. Simplemente no estuvimos de acuerdo, y no podemos encontrar la manera de estar de acuerdo nuevamente.

—Entonces, si no estoy de acuerdo contigo o con mamá, ¿ya no querréis ser mis padres?

Sonreí y la atraje hacia mí, sentándola en mi regazo. Besé su cabello y respiré su aroma a fresa.

—No, cariño. Eso nunca va a pasar. Todavía quiero estar casado con mamá. Y siempre voy a querer ser tu papá. Y mamá siempre va a querer ser tu mamá. Ambos te amamos, y yo siempre amaré a mamá.

Amber respiró hondo y bostezó otra vez.

—Está bien, papi.

Nos quedamos sentados unos minutos antes de que se durmiera en mis brazos. La tomé en brazos y la llevé a su habitación. La arropé y encendí su luz nocturna, luego cerré la puerta y me dirigí de nuevo a la cocina.

Recogí los materiales de arte, luego limpié la cocina. No puse un pie en su habitación, pero me aseguré de que el resto de la casa estuviera lo más perfecta posible. Y cuando era casi medianoche y Melody aún no había llegado a casa, me senté en el sofá y encendí la televisión, esperando que mi esposa llegara a casa lo antes posible.

## 9

## MELODY

Quería haber llegado a casa más temprano, pero Willow me convenció de quedarme afuera con ella. Le envié un mensaje a Ramsey, pero nunca respondió, lo que significaba que estaba enfadado. No tenía muchas ganas de entrar a mi casa y que me acusara de ser una cualquiera otra vez.

Respiré profundamente y me mordí el labio para evitar mostrar una expresión de culpa. No le debía nada. Si estaba enfadado, tendría que lidiar con ello.

La puerta se abrió en silencio. La televisión estaba encendida en la sala, pero por lo demás la casa estaba tranquila. Me quité los zapatos y colgué mi chaqueta. Le envié un mensaje a Willow para hacerle saber que estaba en casa y cerré la puerta con llave. Costumbre.

Entré a la sala y me detuve. Ramsey estaba en el sofá, la televisión encendida, pero él profundamente dormido. Su cabeza descansaba contra el respaldo del sofá, su boca ligeramente abierta.

Lo miré por un minuto pero no pude resistir el impulso de acercarme y sentarme junto a él. Se movió pero no despertó. Me incliné más cerca, admitiendo para mí misma lo débil que seguía siendo cuando se trataba de él. Odiaba lo mucho que lo deseaba, lo mucho que todavía lo quería. Después de amarlo durante dos décadas, alejarme no era fácil. Y decirle que no tampoco.

Dormido, parecía el chico del que me enamoré. El chico que me hizo soñar con una vida juntos. Tuvimos esa vida, por un tiempo, pero ya no existía. Se había ido pero no olvidado. ¿Qué cruel era eso? Podía mirarlo y todavía recordar todos los sueños y planes que teníamos para nuestra vida juntos, pero al igual que mi esposo, estaban fuera de alcance.

Pero estaba dormido. No estaba completamente fuera de mi alcance. Me acerqué más a él, y no se movió. Siempre había tenido el sueño pesado, el tipo de hombre que nunca escuchó a Amber llorar en medio de la noche. Quería enojarme con él en ese momento, y lo estaba, pero también me encantaba pasar esas noches de desvelo acurrucada con nuestra hija. Ella tenía su nariz y sus cejas, y cuando dormía, era como mirar a él de niño.

Pasé mi dedo por su nariz, apenas rozando su piel. Su aliento hacía cosquillas en mi dedo, y mi necesidad de tocarlo creció. Acaricié suavemente su mejilla y respiré profundo. Extrañaba acostarme con él y escuchar los latidos de su corazón bajo mi oído. Extrañaba sentir sus brazos a mi alrededor, todo su cuerpo apretado contra el mío. Extrañaba todo lo que se podía extrañar de ser la mitad de una pareja, pero lo extrañaba con Ramsey.

Me acerqué más a él y apoyé mi cabeza en su pecho. El ritmo constante de su corazón alivió parte de la tensión que había sentido últimamente. Tensión en la que no quería pensar. Ramsey estaba allí. No iba a recordarme que estaba allí para ver a Amber. Estaba allí. Y yo podía, con cuidado, lentamente, deslizar mi brazo alrededor de su cintura y pretender que nada había cambiado.

Suspiré y casi lloré de lo bien que se sentía. Me permití disfrutar por otro minuto, pero sabía que necesitaba alejarme de él antes de que despertara.

Empecé a moverme, y su brazo se deslizó hacia mi espalda. Me mantuvo en mi lugar. Pensé que seguía dormido, pero susurró: —No te vayas.

Lo miré y el deseo en sus ojos me robó el aliento. No me había mirado así en años.

—No te vayas, Mel. Por favor.

Me quedé inmóvil, atrapada entre el pasado y el presente. Él me abandonó, me dejó, pero me estaba mirando como lo hacía antes. Antes de que perdiéramos a Steven. Antes de que nos perdiéramos el uno al otro.

—Mel —gimió, inclinándose hacia mí.

Mi vacilación fue aceptación, y en el momento en que sus labios tocaron los míos, supe que no era vacilación. No, era miedo y deseo y necesidad y dolor, todo junto. Cada emoción que había sentido en mi vida, la había sentido con el hombre que ahora pasaba sus brazos alrededor de mi espalda y me instaba a subirme a su regazo.

No me resistí y dejé que me atrajera sobre él. Mis muslos se separaron y me hundí, sintiendo la familiar protuberancia de su pene endureciéndose entre mis piernas. El sexo fue algo que desapareció después de Steven, pero aún lo extrañaba. Un vibrador era bueno, pero un hombre que sabía cómo usar lo que le había sido dado era aún mejor.

Ramsey inclinó mi cabeza hacia un lado y presionó su lengua entre mis labios. No podía detenerlo, y no quería hacerlo. Lo deseaba. Lo necesitaba.

Envolví mis brazos alrededor de su cuello y me acerqué más. Cada centímetro de su cuerpo se sentía como volver a casa. Alivio. Era cómodo. El hombre que había amado para siempre. La persona que me mostró lo que realmente significaba el amor. Claro, amaba a mi hermana, y de alguna manera, amaba a mis padres, pero Ramsey fue la persona que me mostró que el amor debía ser desordenado y salvaje y divertido. No era una obligación. Era asombroso y hermoso y algo que no venía con reglas.

Sus manos ahuecaron mi trasero y me acercaron más. Gimió cuando me mecí contra él. Se apartó de nuestro beso para deslizar sus labios por mi garganta.

—Joder, te he extrañado. Sabía que eventualmente superarías todo.

Ni siquiera sumergirme en agua helada me habría hecho quedar congelada más rápido. Me eché hacia atrás y lo miré fijamente, segura de que había oído mal. —¿Qué acabas de decir?

Me miró como si casi hubiera olvidado que estaba allí. Sus ojos estaban vidriosos de deseo, su pene aún duro entre mis piernas. No se necesitaría mucho para que me corriera, pero ya no estaba ni cerca del estado de ánimo adecuado.

Empecé a bajarme de él, pero me sujetó con fuerza, negándose a soltarme. —¿Ahora quieres aferrarte?

—¿Qué demonios significa eso? —soltó.

Suspiré y me bajé. Me dejó ir, y me sentí tan sola como la primera vez que se alejó de mí.

Él suspiró y se puso de pie. Su pene seguía en atención, pero ambos ignoramos el elefante en la habitación. —Supongo que debería irme.

Me crucé de brazos y asentí.

Me miró por un largo momento, pero no cedí. No podía. No si pensaba que iba a aceptar cualquier cosa que quisiera solo porque era malditamente bueno en la cama. El sexo nunca había sido nuestro problema hasta que dejamos de tenerlo. Sabía que yo era la razón de eso. Perder a Steven me asustó muchísimo, y no dejé que Ramsey me tocara.

Dijo que entendía, pero cuanto más tiempo pasaba, más tenso se ponía. Y cuanto más tenso se ponía, más difícil era para mí interesarme en el sexo. Y así sucesivamente hasta que tropezamos a través de un encuentro más incómodo que nuestra primera vez.

No, el sexo definitivamente no era la respuesta a nuestros problemas. Y dejar que el sexo tomara el control no iba a arreglar nada, y definitivamente no iba a convencerme de superar todo.

La puerta se cerró tras él, pero podía sentir lo mucho que quería dar un portazo. La cerré con llave de nuevo y apagué las luces una vez que escuché su SUV salir de la entrada.

Necesitaba una ducha y unas horas de sueño, pero primero, necesitaba limpiar la cocina. No lo hice antes de irme porque pasar tiempo con Ramsey y Amber era demasiado difícil. Casi empecé a imaginar que éramos una familia otra vez, y eso era peligroso.

Entré en la cocina y jadeé. Estaba limpia. Impecable. El fregadero estaba vacío, la mesa despejada, incluso el suelo parecía haber sido lavado.

Miré alrededor como si hubiera alguna respuesta mágica sobre cómo había sucedido. Apagué las luces y regresé a la sala, sorprendida al darme cuenta de que también había sido limpiada.

Ramsey no limpiaba la casa cuando vivía allí. Odiaba hacerlo. Cuando yo quería limpiar, siempre se ofrecía a llevarse a Amber para que yo pudiera terminar más rápido. Ambos sabíamos que era solo porque él no quería ayudar, pero yo lo hacía más rápido cuando ellos no estaban.

Pero él limpió la casa sin que se lo pidieran y con Amber en casa. Lo hizo por mí.

Saqué mi teléfono para enviarle un mensaje, pero un mensaje de texto no se sentía correcto. Nos enviábamos mensajes sobre Amber, sobre cuándo iba a venir. Vi su cara cuando le envié un mensaje. Pero a través de En Busca del

Galán de Papel, era un buen tipo con el que disfrutaba hablar.

MAMÁ TELARAÑA

> Gracias por limpiar. Realmente no tenías que hacer eso.

No estaba segura de si respondería, pero casi inmediatamente llegó un mensaje.

RH142

> Amber y yo queríamos hacer algo por ti.

MAMÁ TELARAÑA

> Gracias. Significa mucho.

RH142

> Te mereces más. Te mereces todo.

MAMÁ TELARAÑA

> Una vez tuve todo lo que quería.

RH142

> Yo también. Espero tenerlo todo de nuevo algún día. Si puedo mantener mi pie fuera de mi boca.

No sabía cómo responder a eso, así que no lo hice. Cerré la aplicación y fui a mi habitación. Todavía estaba alterada, y sabía que no dormiría hasta que liberara parte de la energía que corría por mi cuerpo.

Miré mi cama y me mordí el labio. Miré hacia la puerta y decidí cerrarla. También puse el seguro. Luego me quité la ropa y encendí la ducha. Esperé hasta que el agua estuviera caliente, luego entré y respiré profundamente. Cerré los ojos y reproduje mi fantasía favorita. Una que no era realmente una fantasía sino un gran recuerdo, el mejor recuerdo.

Amber estaba durmiendo, así que decidí tomar una

ducha. Había ganado mucho peso cuando estaba embarazada de ella y no me sentía segura con mi cuerpo. Deslicé mis manos sobre mi vientre y me deprimió que no se hubiera aplanado más después de que ella naciera. Incluso ahora, todavía llevo el peso extra alrededor de mi vientre, pero me he acostumbrado y ya no me siento tan molesta por ello.

Pero esa fue la primera vez que me permití llorar. No me di cuenta de que Ramsey estaba en casa hasta que abrió la puerta de la ducha y me rodeó con sus brazos por detrás. No quería que me viera. La única vez que habíamos tenido sexo desde que nació Amber fue con las luces apagadas, y con el resplandor de las luces del baño, me avergonzaba de cómo me veía.

—Saldré en un minuto —le dije, sin voltearme.

Besó mi cuello y preguntó: —¿Por qué estás llorando?

Podía mantenerme fuerte mientras no pensara en ello, pero que él preguntara era imposible. Me estremecí e intenté contener mis lágrimas otra vez, pero él me apretó más contra su espalda y me sostuvo.

—No soy hermosa —susurré, entonces y ahora. Una parte de mí todavía sentía ese dolor. No podía evitar preguntarme si hubiera recuperado mi figura si mi esposo no habría salido por la puerta, pero ese era un pensamiento para otro momento.

Deslicé mi mano entre mis muslos y dejé que las palabras de Ramsey de hace años y la mirada en sus ojos de hace horas llenaran mi mente. Me deseaba. Siempre me había deseado. En la ducha ese día, besó cada centímetro de mi cuerpo y me dijo cuánto amaba todos ellos. Y cuando finalmente me corrí, prometió amarme para siempre.

Mis dedos estaban resbaladizos con mi flujo. Acaricié mi clítoris y me dije a mí misma que era la mano de Ramsey entre mis piernas en lugar de la mía. Ramsey era quien me excitaba. Introduje un dedo dentro y llevé la humedad a mi clítoris una vez más, luego acaricié rápidamente el botón hasta que estaba jadeando y apenas podía mantenerme en pie.

No tardé mucho en correrme, todo mi cuerpo temblando con mi liberación. Mis rodillas se debilitaron, y deseé que mi esposo estuviera allí para sostenerme. Siempre se aseguraba de que yo estuviera a salvo.

Respiré entrecortadamente y terminé mi ducha, sin sentir tanto alivio como había esperado. Deseé que hubiéramos podido terminar lo que Ramsey y yo empezamos en el sofá, pero estaba sola y me sentía sola.

Alejé los pensamientos y me envolví en una toalla, luego me vestí para dormir. No pasaría mucho tiempo antes de que estuviera despierta de nuevo y comenzando un nuevo día. Íbamos a patinar sobre hielo con Willow, lo que significaba que íbamos a salir de casa por un rato.

Quité el seguro de mi puerta y la abrí otra vez, luego me metí en la cama. El lado de Ramsey ya no olía como él. Escondí una de sus camisas en su funda de almohada justo después de que se fue, pero Willow la encontró y la sacó. Dijo que no era bueno para mí aferrarme a él.

Tampoco era bueno para mí dejarlo ir.

El sueño no llegó fácilmente, pero eventualmente me quedé dormida soñando con una vida con Ramsey. Pero solo era un sueño.

UNA HORA de patinaje sobre hielo era todo lo que podía soportar. Agarré un chocolate caliente y me senté a un lado, viendo a Amber y Willow deslizarse sobre el hielo. Familias patinaban alrededor de la pista. Era fácil identificar a los niños que jugaban hockey o tomaban clases de patinaje.

Había muchos de ellos. Y muchos padres que habían estado patinando toda su vida.

La pista se llenaría más por la noche cuando los adolescentes ocuparan el hielo, coqueteando y jugando. Una de mis primeras citas con Ramsey fue patinando sobre hielo. Intenté ser genial y no usé guantes. Mis manos estaban congeladas al final de la noche, pero él las calentó, luego me besó y calentó el resto de mí.

—Quiero saber qué puso esa expresión en tu cara —dijo Blake, tomando asiento junto a mí. Sonrió, sus ojos marrones amables como siempre.

Todavía no estaba segura si Blake y yo éramos realmente amigas o no. Era bastante agradable, pero Ramsey definitivamente se quedaría con Ian en nuestro divorcio, y supuse que Blake iría con él. Lo que significaba que acercarme a Blake era inútil.

—Solo pensando.

—¿Sobre Ramsey? —preguntó suavemente.

Sonreí tristemente como respuesta.

—Lo siento. No debería haber dicho nada.

Negué con la cabeza. —No, está bien. ¿Cómo van las cosas con Ian?

Ella sonrió ampliamente y probablemente se veía igual que yo cuando estaba pensando en Ramsey hace un minuto.

—Las cosas están bien. Muy bien. Nosotros... um... estamos comprometidos.

Sonreí a través del dolor y le dije que me alegraba por ella.

—Gracias. Me siento un poco culpable por decírtelo.

Negué con la cabeza. —No deberías. Para nada. A veces las cosas funcionan, y a veces no. Lo bueno para ti es que si la mitad de los matrimonios terminan en divorcio, tú estás en la mitad buena.

—Ah, Melody. Lo siento mucho.

Me encogí de hombros. —Está bien.

—Todavía no puedo creer que ustedes dos no hayan vuelto a estar juntos. Ian estaba seguro de que hablarían antes.

—Hablar no es nuestro fuerte —murmuré.

Blake jadeó, luego se rió. —Bueno, parece que tal vez no deberían hablar.

Solté una risa. —Ya lo intentamos, fracasamos.

—¿Recientemente?

Miré mi teléfono. —¿Hace doce horas?

—¡No! ¿En serio? ¿Por qué falló?

Respiré profundamente aire frío y verifiqué que Amber siguiera patinando y no pudiera escucharme. —Perdí la cabeza y me acurruqué junto a él mientras dormía en mi sofá. Despertó y me besó. Luego dijo que sabía que superaría todo eventualmente.

—No lo hizo.

Apreté los labios en una sonrisa.

—¿Qué le pasa?

—¿A quién? —preguntó Elise, sentándose al otro lado de Blake. Estaba en calcetines, con patines marrones de alquiler junto a sus pies. Metió un pie en el patín y apretó los cordones.

Cerré la boca. No conocía a Elise para nada. Era un año menor que Willow y alguien que solo conocía por vivir en el mismo pueblo. Sin embargo, ella era todo lo que yo quería ser. Joven y hermosa y segura de sí misma. Recogía hombres y no le importaba nada más que divertirse.

Deseaba poder ser tan despreocupada, aunque fuera solo por un día.

—Ramsey le dijo a Melody que sabía que superaría todo eventualmente mientras se besaban en el sofá anoche —respondió Blake.

Las cejas de Elise se levantaron mientras me miraba. Se

puso el otro patín mientras hablaba. —Primero, bien por ti porque tu marido está buenísimo. Segundo, ¿supongo que estabas involucrada en el besuqueo?

Asentí con renuencia.

—Entonces, ¿a quién le importa? Si va a ser un idiota, va a ser un idiota. Pero, ¿puede ser un idiota que haga que tus orgasmos sean un partido de dobles en lugar de individuales?

—¡Elise! —jadeó Blake. Se volvió hacia mí—. Lo siento mucho por ella.

—No te disculpes por mí —dijo Elise—. Ella se casó con él. Claramente todavía lo ama, y todos saben que él suspira por ella y espera el día en que lo deje volver a casa. O lo sacas de su miseria y haces las paces o lo dejas ir. Tenerlo en vilo no es bueno para ninguno de los dos.

—No lo tengo en vilo —protesté.

Elise se encogió de hombros. —No estoy juzgando. Créeme, he tomado muchas decisiones malas sobre hombres en mi vida. Si lo que sucedió puede arreglarse, arréglalo. Si no, sigue adelante. —Elise se levantó con sus patines y miró entre Blake y yo—. Voy a patinar. Ustedes dos pueden averiguar qué está pasando, pero yo creo en ser directa. No vale la pena jugar.

Con eso, se alejó. Quería decirle que no estaba jugando con Ramsey, ¿pero lo estaba haciendo? No era mi intención. Maldita sea.

—Creo que las relaciones siempre son complicadas. Pasé cinco años con William, y ni una sola vez sentí ni un poco del amor que siento por Ian. Pero Ian me asusta muchísimo. Incluso ahora, con un anillo suyo en mi dedo, tengo miedo de que se aburra de mí y me deje.

—¿Por qué?

Ella se rio. —Porque si tú y Ramsey no pueden hacer que funcione, no estoy segura de que alguien pueda.

Negué con la cabeza. —Ramsey y yo no estábamos destinados a estar juntos.

—¿Crees eso? ¿Realmente, honestamente, con todo tu corazón lo crees?

uve que sonreír mientras sacudía la cabeza porque ella tenía razón. No lo sabía. —Me enamoré de él antes de saber qué era el amor.

Blake sonrió. —Creo que así es como sabes que está destinado a ser. No necesitas definirlo. No tiene que tener un nombre. El amor es un sentimiento, un deseo de hacer feliz a la otra persona a cualquier precio.

Suspiré y asentí. —Por eso Ramsey y yo terminamos. Siempre he querido una familia grande. Mi familia... no siempre fue buena durante mi infancia. Willow y yo hablábamos de casarnos y tener muchos hijos. De tener una familia grande con mucho amor, risas y alegría en lugar de lo que vivimos. —Me encogí de hombros—. Todavía tengo ese sueño. Ella no, pero yo sí.

Blake asintió y se inclinó para ponerse uno de sus patines. Terminó de atarse el primero antes de decir: —Cuando era niña, soñaba con tener un padre. Un hombre en mi vida que mantuviera a mi madre sobria y cuidara de mí, que se encargara de las cosas para que yo pudiera ser una niña.

—Mierda, Blake. No tenía idea.

Ella negó con la cabeza. —Está bien. Pero lo que digo es que todos tenemos sueños cuando somos niños. Todos queremos cosas. Solo tú sabes si el sueño que tenías de niña sigue siendo un buen sueño, o si tu sueño debería cambiar para tener algo más que deseas aún más. Porque estuvimos aquí sentadas y hablaste de Ramsey, pero no dijiste nada sobre querer más hijos.

—Yo... —Tenía razón.

—¡Mami! ¿Viste mi giro? —preguntó Amber, corriendo hacia mí con sus patines. Willow caminaba lentamente tras ella.

—Buen trabajo, cariño —dije, aunque no estaba prestando atención. Estaba demasiado ocupada hablando de Ramsey como para ver a la hija que ya tenía.

—Fue como en clase de baile pero sobre hielo. La tía Willow dijo que lo hice muy bien —dijo Amber, casi gritando mientras se dejaba caer en el banco junto a mí.

—Lo hiciste muy bien, cariño.

Blake tocó mi brazo. La miré y ella sonrió. —Voy a patinar. Fue bueno hablar contigo.

Asentí. —Igualmente. Felicidades, por cierto. Ustedes dos merecen ser felices.

Sonrió. —Tú también.

Sonreí y la vi alejarse. Willow tomó el asiento de Blake y preguntó: —¿De qué iba todo eso?

—Te contaré después.

Willow entendió y no preguntó más. Ayudé a Amber a quitarse los patines y todos decidimos que era hora de almorzar cuando nos fuimos. Intenté convencerlas de ir a casa a almorzar para no tener que gastar dinero, pero ellas estaban decididas a comer perros calientes y papas fritas.

Just Frank's estaba ocupado, incluso para un sábado por la tarde. Esperamos en la fila con todos los demás nuestro turno. Amber se sentó en las barras metálicas que nos separaban de la gente del otro lado. A medida que avanzábamos, ella se deslizaba, quejándose de que le dolían los pies por patinar.

Cuando llegó nuestro turno, todas pedimos perros calientes, papas fritas y bebidas. Amber pidió helado, pero le dije que no porque necesitaba comer primero. Willow pidió un batido y prometió compartirlo con Amber si se comía su almuerzo.

Amber sonrió después de eso.

Nos sentamos y comimos mientras Amber ponía al día a Willow sobre su semana. Terminó contando que Ramsey se unió a nosotras para cenar la noche anterior.

—Y Papi dijo que todavía ama a Mami —declaró Amber.

Mi corazón dio un vuelco con sus palabras. Blake había dicho lo mismo. Y Elise.

—Y Mami siempre amará a Papi porque él le dio a ti —dijo Willow, tocando la nariz de Amber.

Amber rió y siguió comiendo. Su perro caliente había desaparecido, y sus papas fritas estaban desapareciendo. Sus ojos seguían desviándose hacia el batido que permanecía intacto frente a ella.

—Papi y yo también hicimos un regalo para Mami —dijo Amber—. Pero Papi se lo llevó para que Mami no lo vea.

—¿En serio? —pregunté.

Amber asintió. —Sí, pero no voy a decirte qué es.

—¿Me lo dirás a mí? —preguntó Willow.

Amber la miró y luego me miró a mí. Entrecerró los ojos y dijo: —¿Vas a decírselo a Mami?

Willow jadeó y se echó para atrás. —¿Por qué haría eso?

La mirada de Amber se intensificó, y tuve que luchar por no reírme. —Porque le cuentas todo a Mami. Los escuché a ella y a Papi peleando por eso. Ella te cuenta todo y a él no. Por eso se fue. Y no quiero decírtelo si vas a contárselo a Mami y hacer que Papi se enoje otra vez.

Todos los pensamientos de risa se desvanecieron. La sonrisa de Willow también desapareció. Intercambiamos una mirada antes de que yo forzara una sonrisa y llamara la atención de Amber.

—La tía Willow no es la razón por la que Papi se fue, cariño. La tía Willow quiere que Mami y Papi vuelvan a estar juntos, pero Mami y Papi tienen algunas cosas que resolver.

—Papi va a trabajar todos los días. Debería trabajar más rápido.

Exhalé una risa y asentí. —Debería. Y está trabajando duro. Pero no sé si Papi y yo alguna vez arreglaremos todo.

—¿Por qué no?

—Porque a veces las personas no arreglan todo.

Amber entrecerró los ojos otra vez. —¿Como cuando estaba bailando y rompí tu marco de fotos?

Asentí. —Sí, algo así.

—Pero lo siento mucho, Mami. Dijiste que me perdonaste. —Su labio tembló.

Sonreí y la abracé. —Así es, cariño.

—Entonces, ¿por qué tú y Papi no pueden perdonarse?

—Espero que podamos algún día.

WILLOW REGRESÓ a casa con nosotras después del almuerzo. Amber fue a su habitación a jugar, y Willow me preguntó qué había dicho Blake en la pista.

—Estábamos hablando de Ramsey.

—¿Qué hay de mi cuñado que pronto será ex?

Miré hacia el pasillo, y la cara de Willow se tensó. Fue lo suficientemente rápido como para que la mayoría de la gente no lo hubiera notado, pero yo conocía a mi hermana y esa mirada significaba que estaba preocupada por lo que iba a decir.

—No es gran cosa.

—Sin embargo, no dices qué fue.

—Me besó.

—¿Qué? —preguntó, con los ojos muy abiertos y nada contenta.

—Cuando llegué a casa anoche, estaba durmiendo en el sofá. Parecía el chico del que me enamoré, y no pude resistirme a acostarme con él. Solo por un minuto. Pero se despertó y comenzó a besarme.

—¿Y?

—Luego dijo que sabía que eventualmente superaría todo.

—Es un idiota.

—Sigue siendo mi esposo —dije.

—No por mucho tiempo. Escucha, Mel, te quiero. Y quiero a Amber. Y me encantaría que tu pequeña familia no se destrozara, pero tú y yo sabemos que Ramsey no es para ti.

—Siempre has dicho eso.

Asintió. —Sí, y tenía razón. Él te lastimó, Mel. No solo una vez. La primera vez que te lastimó fue en el instituto. Luego otra vez, peor, cuando se fue a la universidad y terminó contigo. Después decidió que tenía que estar contigo, pero no siempre fue fácil. ¿Cuántas veces me dijiste que coqueteaba con otra o miraba a otra chica frente a ti? ¿Cuántas veces pensaste en terminar con él? Y peor que todo eso, ¿cuántas veces renunciaste a lo que querías porque él quería otra cosa?

—Es mi esposo —dije en voz baja.

Willow asintió. —Lo sé. Pero actúas como papá la mitad del tiempo.

Me eché hacia atrás al instante.

Willow negó con la cabeza. —Mamá está a cargo. Ambas lo sabemos. Siempre lo ha estado. Nunca creyó en mostrar afecto. Quería que fuéramos fuertes. Y papá lo permitió. Él accedió a todo lo que ella quería y nunca se enfrentó a ella.

Crecimos sin saber si nuestros padres realmente nos amaban porque él no podía plantarle cara.

—Amber sabe que es amada —argumenté.

—Lo sabe —concedió Willow—. También sabe que sus padres están peleando y piensa que es mi culpa. Tal vez se culpa a sí misma. Ambos le dicen que todavía se aman...

—Eso no desaparece —dije con fiereza.

Willow negó con la cabeza. —No, no desaparece. El amor persiste y te abofetea justo cuando crees que se ha ido. Te alcanza el pecho y te aprieta el corazón cuando te convences de que todo ha terminado. Arde a través de tus venas y te mata desde dentro hacia fuera cuando te das cuenta de que no es correspondido.

—¿Will? —No sabía que amaba a alguien. Nunca hablaba de ello.

Ella se rio. —Veo demasiadas películas. Y no quiero ser como esas mujeres. Tú tampoco deberías serlo. Ramsey te ha lastimado una y otra vez. Es el padre de tu hija, pero ya no es para ti. Se fue, Melody. Cruzó esa puerta y la única vez que regresa es por Amber. No ha vuelto para pedirte que lo dejes mudarse de nuevo, ¿verdad?

Negué con la cabeza.

—¿Te ha dicho que todavía te ama y quiere intentarlo de nuevo?

Volví a negar.

—¿Ha dicho que intentará tener otro hijo?

—No.

—¿O que lo significas todo para él y no puede vivir sin ti?

—No, Willow, no. Sabes que no ha dicho nada de eso. ¿Por qué estás haciendo esto?

Me dio unas palmaditas en la mano y me sonrió con tristeza. —Porque quiero que recuerdes que todas las cosas que quieres no vienen de él.

Tragué saliva para deshacer el nudo en mi garganta y

asentí. Tenía razón. Ramsey estaba esperando a que yo cediera, como siempre hacía. Estaba tan desesperada porque me notara en el instituto que me entregué pieza por pieza hasta convertirme en la esposa de Ramsey. Ya no era Melody. Era la esposa de Ramsey, la mamá de Amber y la hermana de Willow. No era Melody. Ya no.

TODO LO QUE Willow dijo permaneció en mi mente durante el fin de semana. Si no otra cosa, me hizo darme cuenta de que no podía quedarme sentada esperando a que las cosas con Ramsey mejoraran. Necesitaba comenzar a vivir mi vida sin él. No iba a volver, y si lo hacía, claramente sería en sus términos.

Después de dejar a Amber en la escuela el lunes por la mañana, me dirigí directamente a O'Kelley's. Porque cuando te sientes mal por ti misma, no quieres ir a casa y no quieres ir a ver a la mujer feliz que acaba de comprometerse. No, quieres ir al bar local y beber a las diez de la mañana.

Era un buen lugar para pensar, y Hudson siempre sabía todo lo que pasaba. Tal vez podría ayudarme a encontrar trabajo. Si no otra cosa, me daría algo que hacer además de beber todo el día.

Había algunas personas dentro, pero en su mayoría estaba tranquilo. Hudson estaba detrás de la barra y me dio una mirada extraña cuando tomé un taburete frente a él.

—Um, ¿hola?

—Buenos días. ¿Puedo tomar un lemon drop?

Su mirada confusa no desapareció. —¿Sabes qué hora es?

Miré hacia la puerta y señalé el letrero de Abierto iluminado junto a ella. —¿Está encendido el letrero?

Asintió.

—Entonces, ¿están abiertos?

Asintió de nuevo.

—¿Qué me estoy perdiendo?

—¿A qué te refieres?

—Si están abiertos, ¿por qué no puedo tomar una bebida?

Suspiró y se alejó. Lo vi agarrar el vodka y un trozo de limón. Colocó una copa de martini sobre la barra y abrió la tapa de una coctelera. Vertió el vodka y luego añadió un poco de hielo. Exprimió el limón y añadió una cucharada de azúcar. Luego puso la tapa y agitó la bebida. La vertió en la copa de martini, añadió una rodaja de limón y la colocó frente a mí.

—Gracias —dije, levantando la copa para brindar con él. Tomé un sorbo, el sabor agrio haciendo que mis labios se fruncieran mientras el vodka me quemaba la garganta. Nunca había sido una gran bebedora, pero definitivamente disfrutaba de una bebida de vez en cuando. El vino era mi opción habitual en casa porque era fácil, pero cuando salía, me gustaba probar cosas diferentes.

—¿Qué estás haciendo aquí? —preguntó Hudson después de un minuto.

Me encogí de hombros. —Tenía ganas de tomar algo, y no quería estar sola ahora mismo.

Su rostro se suavizó muy ligeramente. Su barba ocultaba la mayor parte de su cara, y la mayoría de sus emociones, pero sus ojos revelaban lo que sentía. Normalmente el bar estaba oscuro y concurrido y no me daba cuenta, pero con las luces encendidas y muy poca gente, tenía más oportunidad de estudiar a Hudson.

—Lo entiendes, ¿verdad? —pregunté.

Dudó un momento y luego asintió. Miró alrededor y se encogió de hombros. —Por eso siempre estoy aquí.

Sonreí y sorbí mi bebida.

La puerta principal se abrió y Hudson levantó la vista

mientras lavaba la coctelera. Hizo un gesto hacia la parte trasera y rodeó la barra.

—Estaré en la parte de atrás unos minutos con la entrega —me dijo—. No tardaré mucho.

No estaba segura de por qué me lo decía, pero asentí. Siguió al tipo con la carretilla a través de la puerta batiente, su rostro nuevamente una máscara de emociones.

El tipo regresó un minuto después con una carretilla vacía y salió. No pasó mucho tiempo antes de que volviera, rodando las cajas por la puerta otra vez.

—¿Dónde está Hudson? —me preguntó alguien.

Me volví y sonreí al hombre. —Está ocupado con la entrega.

—Mierda. Necesito irme y quería pagar mi cuenta.

Me bajé del taburete y fui hasta el extremo de la barra. Había trabajado lo suficiente como adolescente y estudiante universitaria como para poder manejar cualquier caja registradora. Tecleé algunas cosas en la pantalla y extendí la mano para tomar la tarjeta del hombre. Encontré su cuenta y giré la pantalla para que él se asegurara de que estaba bien.

—Ese soy yo. ¿Tienes permiso para hacer esto?

Le sonreí al tipo y tuve un momento de inspiración. —Lo tengo, porque voy a empezar a trabajar aquí pronto.

—¿En serio?

Asentí. —Sí. Hudson aún no lo sabe, pero así será.

El tipo se rio y firmó su recibo. Me lo devolvió y asintió. —Buena suerte.

—Gracias. Que tengas un buen día.

Saludó con la mano mientras salía por la puerta. El repartidor iba justo detrás de él. Archivé el recibo y me giré para volver a mi asiento cuando encontré a Hudson observándome con los brazos cruzados. No parecía contento.

—¿Qué estás haciendo detrás de la barra?

—Ayudando —dije—. Ese tipo quería pagar su cuenta, y tú no estabas aquí, así que me ocupé de ello.

—¿Cómo sabes usar esto?

—Fui bartender en la universidad. Uno de mis muchos trabajos.

—¿Sabes preparar bebidas?

Asentí.

—¿Y puedes manejar la caja?

Asentí de nuevo. —Lo que significa que deberías contratarme.

Hudson soltó una carcajada.

—Hablo en serio —le dije, acortando la distancia entre nosotros—. Necesito un trabajo. No puedo quedarme en casa todo el día todos los días. Estoy perdiendo la cabeza. Y Ramsey no va a volver, lo que significa que voy a necesitar encontrar un trabajo. Por favor, Hudson. Necesito esto.

Suspiró y agarró la visera de su gorra de béisbol. Se la quitó y se rascó la cabeza afeitada. Luego se volvió a poner la gorra y negó con la cabeza. —No. No es buena idea.

—Es una idea perfecta —argumenté mientras pasaba junto a mí—. No tendrás que entrenarme. Ya sé hacer todo. Puedo ayudar durante el día mientras Amber está en la escuela y algunos fines de semana cuando Ramsey se la lleve. Será genial.

—No necesito una persona nueva.

—¿En serio? —pregunté, cruzando los brazos y mirándolo fijamente.

—Sí, en serio.

—¿Qué pasa cuando recibes entregas?

—Esas llegan tres veces por semana, y no tardan mucho.

—¿Qué hay de reabastecer la barra?

—Los bartenders lo hacen durante su turno.

—¿Qué hay del papeleo?

Se quedó inmóvil. Sabía que pasaba la mayor parte de su

tiempo en la parte delantera, lo que significaba que o se llevaba el papeleo a casa o no se hacía.

—He estado administrando mi hogar durante años. Y cuando estaba creciendo, ayudaba a mi padre con su contabilidad.

—¿Cuánta ayuda?

—Solía hacer sus impuestos.

—Maldición —respiró Hudson.

—Te dije que soy perfecta para el trabajo. Cuando me necesites enfrente, ayudaré. Y cuando no, puedo ayudar con el papeleo y asegurarme de que todo esté en orden. Vamos, Hudson, dame un trabajo.

Él gruñó. —Ramsey me matará.

Negué con la cabeza y forcé una sonrisa. —Ramsey no será mi esposo por mucho tiempo más. No le importa lo que haga.

Algo brilló en los ojos de Hudson, pero apartó la mirada antes de que pudiera descifrar qué era. Cuando volvió a mirarme, había desaparecido. —Bien. Estás contratada.

Sonreí ampliamente. —No te arrepentirás, Hudson. Gracias.

Murmuró algo mientras se alejaba. Realmente no me importaba qué. Tenía un trabajo, algo que era solo para mí fuera de Ramsey. No iba a ser la esposa de Ramsey o la mamá de Amber en O'Kelley's. Solo iba a ser Melody.

## 11

## RAMSEY

Penny entró en mi oficina con una sonrisa en la cara. —Creo que he encontrado lo que estás buscando.

—¿Y qué es eso? —le pregunté.

—Otra oportunidad con Melody.

Suspiré y la miré. —Ya hemos hablado de esto, Penny.

—Lo sé —dijo, sentándose en la silla frente a mi escritorio. Se recogió el cabello castaño detrás del cuello y lo dejó caer sobre su hombro—. Pero realmente creo que esto es bueno.

Suspiré de nuevo y levanté las cejas, dejándola continuar.

—Bueno, ustedes siempre han tenido algo especial con el Día de San Valentín, ¿verdad?

Asentí.

—Deberías sorprenderla totalmente con una cita —sonrió Penny, con los ojos bien abiertos y brillantes.

No quería desanimarla, pero no tenía idea de cómo una cita podría ayudar.

—Antes de que digas que no, escúchame —añadió, perdiendo parte de su entusiasmo.

Asentí y entrelacé los dedos sobre el escritorio. Al menos así no los apretaría en un puño pensando en todas las veces y todas las formas en que había arruinado mi matrimonio.

—Deberías empezar con una cena fuera. Algún lugar agradable, tal vez bajar a Syracuse o... bueno, no sé dónde deberías ir, pero definitivamente una cena. Después de cenar, ve a dar un paseo. Un lugar donde puedan hablar. Tomen un poco de aire fresco y cuéntale lo que está pasando últimamente. Y luego deberías llevarla a bailar. Envuélvela en tus brazos, abrázala y dile cuánto la amas. Luego pueden ir a un hotel para tener sexo ardiente.

Una risa brotó de mí. Siempre resultaba impactante, de una manera horrorizada, cuando Penny hablaba de sexo. Había trabajado para mí durante años antes de que tuviéramos una conversación sobre algo que no fuera trabajo. Era callada, tímida y extremadamente introvertida. Todavía lo era, pero definitivamente había salido de su caparazón conmigo.

Lo tomé como un cumplido, pero aún me desconcertaba.

—No creo que eso vaya a funcionar —dije con cuidado.

—¿Por qué no?

Sonreí. —Porque no soluciona el problema principal que tenemos.

—¿Que es?

—Ella quiere quedarse embarazada de nuevo, y yo no estoy dispuesto a arriesgarme a perderla.

—Tener sexo no garantiza que quede embarazada. Es decir, todavía la deseas, ¿no?

La sesión de besos de la otra noche cruzó por mi mente. Asentí. —Definitivamente.

—¿Qué fue eso?

—¿Qué?

—Esa mirada —dijo ella—. ¿Por qué pusiste esa cara?

Negué con la cabeza. —Nada.

—No me mientas. Sé que me estás mintiendo. ¿Qué pasó?

—La besé.

—¿A Melody?

Puse los ojos en blanco.

—¿En serio? —chilló Penny. Rebotó en su asiento y aplaudió—. ¿Por qué no me lo dijiste?

Agité una mano en su dirección.

Resopló y se quedó quieta. —Bien, no me emocionaré. Ahora, cuéntame todo.

Suspiré de nuevo.

—Estoy esperando —dijo después de un minuto.

—Pasé tiempo con Amber el viernes por la noche. Melody volvió a salir. Cuando regresó, yo estaba dormido en el sofá. Se sentó a mi lado y comenzó a tocarme.

Las cejas de Penny se dispararon hacia arriba.

—No de esa manera. Solo puso su mano en mi cintura y apoyó su cabeza en mi pecho. De todos modos, me despertó, y cuando iba a alejarse, le pedí que no lo hiciera, y luego la besé.

—¿Te besó ella también?

—No al principio, pero sí.

—Eso es bueno, ¿verdad? ¿No es bueno? ¿Por qué no pareces como si fuera bueno?

—Porque metí la pata y actué como un idiota.

Penny dejó caer las manos en su regazo y me miró con rabia. —¿Estás bromeando?

—No lo hice a propósito. Pensé que era un paso en la dirección correcta, pero ella se enojó y me echó.

—Tienes que dejar de hacer estupideces con tu esposa. Como abandonarla en primer lugar.

—Pero ella está...

—No —dijo Penny—. No tienes derecho a defender tus acciones acusándola de algo. Ella quiere hijos. Si la quieres, tal vez tengas que superar tus miedos.

—Yo...

—Dije que no. No puedes hablar ahora. Tienes que escuchar. Melody siempre ha hecho todo por ti. Siempre ha estado ahí. Es perfecta para ti. Es una persona increíble y no la mereces...

—Vaya, gracias.

Ella negó con la cabeza. —Sabes que es verdad.

Asentí.

—No tengo idea de lo que ustedes dos realmente pasaron cuando perdieron a Steven. Todo lo que sé es que si Melody quiere otro hijo, no va a cambiar de opinión porque tú lo digas. Las mujeres arriesgamos nuestras vidas todo el tiempo porque pensamos que no estaremos en la mayoría que tiene problemas. Estamos ciegas cuando se trata de formar una familia, especialmente si eso es todo lo que siempre hemos querido. No sé cuál es la respuesta, pero no vas a encontrar a alguien mejor para ti que Melody. No me importa cuántas aplicaciones de citas pruebes.

—¿Cómo supiste...?

—¿Que estás probando citas en línea? Lo sé todo, jefe. Y estás arruinándolo. Necesitas averiguar cómo vas a arreglar las cosas con ella. Y necesitas hacerlo ahora.

—No creo que pueda ceder en esto. No es una cuestión de querer hijos o no. Me encantaría tener más hijos. Pero después de Steven, su médico dijo que no es buena idea que quede embarazada.

—Si ella está saliendo con otros hombres que quieren hijos, entonces el que tú la dejes no está resolviendo esto. Necesitas encontrar una manera de arreglar las cosas con ella y asegurarte de que esté a salvo —dijo Penny con suavidad.

—Penny, esto... —suspiré—. ¿Hay algo más? ¿Has encontrado algo sobre el Sr. Jones y su primo desconocido?

Penny suspiró y me miró fijamente por un largo momento, luego me pasó una hoja de papel. —Parece que la

Sra. Jones quedó embarazada cuando era adolescente. Nunca se lo dijo a nadie y dio al bebé en adopción.

—¿En serio? —pregunté.

Penny asintió. —Nunca lo habría encontrado excepto que estaba buscando.

—¿Dónde estabas buscando?

—En una de esas pruebas de ADN caseras. La Sra. Jones hizo una, pero no había registro de ninguna coincidencia en ninguna parte. Lo hizo tan temprano que no mucha gente las había hecho, pero ahora, hay una coincidencia.

—Vaya —respiré, recostándome en mi silla—. Nunca se me habría ocurrido buscar en esas bases de datos.

Penny sonrió. —Gracias.

—¿Sabemos algo sobre el otro nieto? Espera, ¿dijiste que tuvo un hijo? ¿Quién es su hijo?

—Cleotha tuvo una niña. Su hija creció en un buen hogar al sur de Syracuse. Parece que tuvo una gran educación con una familia maravillosa. Se casó justo después de la universidad y se estableció en el mismo pueblo donde creció. Tuvieron un hijo. La hija de Cleotha murió hace unos años, y parece que el yerno también, dejando al nieto por su cuenta. Claro, no es un niño. Está casado, trabaja y es independiente, pero...

—Sigue siendo un heredero. Necesitamos contactarlo. Pedirle que venga aquí.

Penny asintió. —Ya lo hice. Tienes una cita con él el jueves.

Asentí y acepté el archivo que Penny había preparado sobre el nuevo heredero.

—También he llamado al Sr. Jones y he programado una cita con él para el miércoles. Pensé que querrías informarle y tal vez darle la opción de estar presente para la reunión con su primo.

—Buena idea. Gracias, Penny.

Penny asintió, pero se quedó en su lugar como si estuviera esperando algo más.

—¿Sí? —dije.

—Sobre Melody...

—Penny, por favor. Ahora no.

Ella suspiró y se marchó.

Nadie entendía lo difícil que era hablar de Melody como si hubiera algo que yo pudiera hacer. Lo único que quería era mantenerla a salvo. Asegurarme de que siguiera por aquí. Pensaba que irme lo conseguiría, pero nada estaba saliendo como yo esperaba.

Pasé el resto del día trabajando en mi oficina. No quería hablar más con Penny sobre Melody, y tenía mucho papeleo que poner al día para mis clientes.

Cuando finalmente estaba listo para irme por el día, Penny estaba bailando fuera de la puerta de mi oficina.

—¿Qué estás haciendo? —le pregunté.

Tomó mi pregunta como una invitación y entró. —Necesito decirte algo, pero creo que te va a enojar, así que no estoy segura si debería decírtelo realmente.

—¿Es más consejo sobre cómo hacer que las cosas funcionen con Melody?

Penny dudó, luego negó con la cabeza.

—¿Es más sabiduría sobre cómo arruiné mi matrimonio?

Ella volvió a negar con la cabeza.

—¿Entonces qué es?

—Melody consiguió un trabajo.

—¿Qué? ¿Por qué? ¿Dónde?

—¿En O'Kelley's?

—¿Me estás preguntando o me estás diciendo?

—Um, diciendo. Maxwell la vio allí en el almuerzo hoy. Dijo que acababa de empezar a trabajar allí.

Mi sangre ardió. Hudson era mi maldito amigo, y contrató a mi esposa sin decírmelo. Sin preguntarme.

—Él dijo que estaba realmente emocionada por el trabajo y dijo que se sentía como una carga para ti.

Mi corazón dolió con esas palabras. Melody nunca había sido una carga. Cuando decidimos que se quedaría en casa con Amber, yo estaba feliz. Nunca esperé que dejara de hacer eso, incluso con Amber en la escuela.

—Yo, um, solo pensé que querrías saberlo. Antes de que lo escucharas de alguien más. Lo siento, Ramsey —dijo Penny con una mueca, y luego salió corriendo antes de que pudiera decir algo.

Gruñí, el sonido fuerte en la oficina silenciosa y vacía. De todos los lugares donde podía trabajar, tenía que trabajar allí. Hudson cuidaría de ella, pero también tenía un trabajo que hacer. No podría mantener las manos de todos lejos de ella.

¿Por qué le dio un trabajo? Ni siquiera me había dado cuenta de que estaba pensando en contratar a alguien. ¿Y por qué no me lo mencionó?

Estaba enfadado con Melody por pensar que alguna vez la consideraría una carga, pero estaba más enfadado con Hudson por darle un trabajo sin hacérmelo saber. Necesitaba hablar con ambos, pero Hudson me dejaría darle un puñetazo si lo necesitaba. A Melody, nunca consideraría ponerle una mano encima.

En lugar de ir a casa de Ian para cambiarme, fui directo a O'Kelley's. Aparqué a una manzana del bar e intenté usar el corto paseo para deshacerme de parte de mi ira. No ayudó mucho.

Hudson me vio entrar y asintió hacia el extremo de la barra. Seguí su indicación, aliviado de que estuviera dispuesto a enfrentar esto de frente.

Puso una cerveza en el mostrador frente a mí y esperó mientras yo daba un sorbo. Quería creer que me ayudaba a calmarme, pero realmente no lo hacía.

—¿Por qué? —pregunté.

Él se rió suavemente. —Es persistente.

—¿Qué diablos significa eso?

—Significa que cuando Melody entró aquí esta mañana y me pidió una bebida, comenzamos a hablar. Cuando yo estaba lidiando con una entrega, ella cerró una cuenta para mí. Y cuando le dije que no estaba contratando, hizo que fuera imposible decirle que no.

—¿Así que simplemente la contrataste? ¿Sin decirme nada en absoluto?

Hudson negó con la cabeza y se quitó el sombrero. Se frotó la cabeza rapada. Era una táctica para ganar tiempo, una que le había visto hacer muchas veces con clientes difíciles. Estaba tratando de encontrar una manera de decir algo que sabía que yo no iba a querer escuchar.

—Melody dijo que necesitaba un trabajo. Dijo que iba a necesitar ganar su propio dinero. Está preocupada de que no sigas pagando para que ella se quede en casa. Y está aburrida. Quiere algo que hacer.

—Ella tiene cosas que hacer —gruñí.

—¿Como qué? —preguntó Hudson.

—Como estar ahí para nuestra hija si necesita a su madre. No puede hacer eso muy bien si todos los malditos borrachos aquí la están manoseando.

Hudson me miró fijamente y se apoyó en la barra. Ambas manos se volvieron blancas por su agarre mortal, y sus ojos brillaban de furia. Se acercó tanto a mí que pude ver que sus ojos no eran solo oscuros, sino que tenían un poco de plateado. No me gustaba estar tan cerca de mi amigo, pero me negué a retroceder.

—En primer lugar, si ella siente que necesita más en su vida, no voy a decirle que está equivocada. En segundo lugar, nunca te molestaste en preguntar cuál es su trabajo. Y en tercer lugar, que te jodan por pensar que alguna vez permitiría que algo así sucediera aquí.

—Sabes que pasa —respondí—. Lo has detenido antes.

Él asintió. —Exactamente. Lo he detenido. Y uno o dos bates de béisbol muestran a todos que no pueden tocar. No he tenido un problema en más de un año.

—Pero no tienes forma de garantizar su seguridad.

Me miró furiosamente otra vez. —No, porque se casó con tu estúpido trasero. Va a volver a salir lastimada.

Me recosté en mi asiento, herido y enojado de que él fuera por ahí.

—Saca la cabeza de tu culo y actúa como un maldito adulto.

—Que te jodan, Hudson.

—¿Eso es todo lo que tienes? Porque si no estuvieras siendo una basura inútil, podría decirte que está trabajando en la oficina y solo durante el día cuando Amber está en la escuela. Que sé que su horario no es propio y que no tengo ningún problema en dejarla salir en cualquier momento que necesite estar con Amber. Y que solo está haciendo esto porque quiere protegerse a sí misma. Está sola. Y eso no le hace bien a nadie. Así que le di un trabajo a la esposa de mi amigo con la esperanza de poder ayudarla. Esto no tiene nada que ver contigo.

Suspiré y dejé que sus palabras se hundieran. En lugar de pensar en Melody, estaba concentrado en mí mismo. Estaba enojado porque quería controlar todo. No quería que ella tuviera que pensar en trabajar porque si dependía de mí, no pensaría en dejarme. No quería que se preocupara por nada más que por Amber porque entonces no pensaría en dejarme. Estaba siendo egoísta, porque yo fui quien la dejó. Yo fui quien nos hizo esto.

—Soy un idiota —admití.

Hudson asintió y cruzó los brazos sobre el pecho.

—Soy un idiota egoísta.

Él asintió de nuevo.

—Y lo siento.

—Mejor —dijo Hudson—. Escucha, lo entiendo. Quieres protegerla. Si ustedes dos no se siguieran amando, todo esto sería mucho más fácil. Si ella fuera una persona horrible, podrías dejarla ir sin pensarlo dos veces. El problema es que la amas, y ella te ama, y ninguno de los dos quiere realmente alejarse.

—Ella no me quiere de vuelta, sin embargo.

—Tal vez no, pero tampoco quiere que te vayas. Y creo que Amber yendo a la escuela fue una transición más difícil de lo que ella esperaba. Me dijo esta mañana que no quería estar sola.

—¿Te dijo que la besé?

Las cejas de Hudson desaparecieron bajo el borde de su sombrero.

—Fue una cosa más que arruiné. No debería haberla besado. Dije que pensaba que finalmente había superado lo del bebé.

Hudson resopló. —Parece que el beso no fue lo que arruinaste. Fue el hablar.

Puse los ojos en blanco. —De cualquier manera, lo arruiné. No sé qué decirle más. Es como si ya ni siquiera la conociera.

—Entonces vuelve a conocerla. Empieza de nuevo. Intenta algo diferente.

—¿Como qué?

Hudson asintió hacia donde Melody salía de la parte trasera. —Como decir que lo sientes.

## 12

## MELODY

Sabía que Ramsey iba a descubrir que estaba trabajando en O'Kelley's, pero esperaba tener la oportunidad de decírselo antes de que lo averiguara. No iba a entenderlo, y probablemente se enfadaría, pero no podía prohibirme trabajar allí.

Me quedé paralizada cuando lo vi hablando con Hudson. Salí para preguntarle a Hudson sobre una factura que encontré, pero cuando vi a Ramsey sentado al otro lado de la barra, no pude moverme. Hudson miró alrededor, me vio allí parada y me hizo un gesto con la cabeza, y Ramsey levantó la vista.

Sus ojos se encontraron con los míos, y entré en pánico. Me di la vuelta y corrí hacia la relativa seguridad de la oficina donde solo se permitía la entrada a empleados. Sí, sabía que Hudson podía darle permiso, pero era agradable pensar que podía escapar por un minuto.

Si no otra cosa, era una oportunidad para respirar antes de que Ramsey entrara en el pequeño espacio donde me escondía.

Consideré seriamente esconderme debajo del escritorio,

pero tarde o temprano tendríamos que enfrentarnos por mi nuevo trabajo. No hay mejor momento que el presente.

Ramsey llamó en el marco de la puerta y levanté la vista de la factura como si estuviera sorprendida de verlo. —Hola. ¿Qué estás haciendo aquí?

Entró y cerró la puerta tras él. Probablemente para que nadie lo oyera gritar. Ramsey no se emocionaba a menudo, pero cuando lo hacía, el miedo se manifestaba como ira. Aunque, la ira también se manifestaba como ira, así que nunca contaba con que sus emociones fueran las que yo esperaba.

El día que se fue, tuvimos una pelea sobre Steven. Empezó nuestro día y nos puso a ambos de mal humor para el resto. Mencioné que quería intentarlo de nuevo, ya que habían pasado meses desde que perdimos a nuestro hijo, y Ramsey se enfadó conmigo. Dijo que estaba poniendo un límite y que ya no íbamos a hablar de tener más hijos. Yo estaba furiosa y me reí de él. De hecho, le dije que me quedaría embarazada de nuevo participara él o no.

Supongo que no debería haberme sorprendido cuando dijo que deberíamos divorciarnos, pero aun así dolió. Incluso seis meses después, seguía doliendo.

—Penny mencionó que conseguiste un nuevo trabajo. Vine a hablar con Hudson sobre eso.

—Ramsey, por favor, no me quites esto. Sé que tú y Hudson sois amigos y te gusta pasar tiempo aquí. Solo estoy aquí esta noche porque Amber tiene clase de baile. Normalmente, estaré aquí durante el día cuando tú estés en el trabajo, así que no interferiré en tu vida. Puedes pasar el rato con Hudson y hacer lo que quieras.

—¿Como qué? —preguntó, con voz baja y mortal.

Me encogí de hombros. —No te estoy juzgando. Dijiste que querías el divorcio, así que eres libre de hacer lo que quieras.

Respiró hondo y caminó más adentro de la habitación. Se sentó en la silla al otro lado del escritorio y se reclinó. Entrelazó sus dedos y los apoyó en la parte posterior de su cabeza.

Mis ojos se desviaron hacia sus brazos. Tenía unos brazos estupendos. El tipo de brazos que hacen que una mujer se sienta segura y protegida. Nunca le costó levantarme, incluso cuando aumenté de peso y me sentía enorme. Me hacía sentir pequeña y delicada, todo gracias a esos brazos.

Estaban ocultos bajo la camisa de vestir que llevaba. Recordaba cuándo consiguió esa. Fue el Día de San Valentín hace dos años. Estábamos intentando quedarnos embarazados, así que nos fuimos todo el fin de semana. Pasamos tiempo en Syracuse y fuimos de compras. Le dije que no era romántico que le regalara camisas de vestir, pero él dijo que necesitaba algunas y que a veces la parte romántica era pasar tiempo juntos, no lo que nos regalábamos.

Ese fue el fin de semana en que me quedé embarazada de Steven.

—Tengo un cliente nuevo —dijo Ramsey en lugar de abordar mi comentario—. Es el nuevo dueño de Jones Family Maple Farm. Es un tipo realmente bueno. No creció en la zona, así que no está muy familiarizado con lo que necesita hacer, pero es inteligente y capaz, y le encanta trabajar al aire libre.

—Ah, así que exactamente como tú —bromeé.

Ramsey se rio, sus ojos arrugándose en las comisuras. Ramsey no era fanático del aire libre.

—Cuando vino a verme por primera vez, la Sra. Jones le había dejado una carta. Me dijo que se la entregara a su nieto cuando viniera a administrar la granja. La carta decía que ella tenía dos nietos.

Mis cejas se alzaron.

—Más o menos así me sentí yo también. No lo sabía. Ella siempre hablaba de su hijo, así que seguí esa pista en lugar de buscar otro hijo. Su nieto se quedó completamente sorprendido por la noticia.

—Supongo que es mejor que su padre haya tenido otro hijo.

Ramsey se rio. —Siempre veías el lado positivo de las cosas.

—Es parte de mi encanto.

Sonrió. —Hay muchas partes en tu encanto.

Le devolví la sonrisa. —Gracias.

Asintió.

—Entonces, ¿sabes quién es el otro nieto?

Asintió de nuevo. —Penny lo encontró a través de un sitio de pruebas de ADN en línea.

Me reí. —Solo a Penny se le ocurriría buscar allí. Buena captura.

—Eso es lo que le dije. Viene a mi oficina el jueves.

—¿Y estás nervioso por eso? —pregunté. A Ramsey no le gustaba dar malas noticias. Siempre fue un hombre del tipo "el vaso está medio lleno". Dijo que yo veía el lado positivo de las cosas, pero era porque no tenía otra opción. Si no viera la vida de esa manera, me habría derrumbado hace mucho tiempo. Pero Ramsey era alguien que siempre facilitaba encontrar un lado positivo porque él también los buscaba.

—Me cae bien Colin, el nieto que conozco. Es un buen tipo. Con los pies en la tierra y cercano. Es alguien con quien puedo imaginarme tomando una cerveza después del trabajo. —Su mandíbula se tensó al recordar dónde estábamos y por qué. Luego forzó la frustración a un lado y sonrió de nuevo —. Pero el otro nieto es un desconocido. Tiene un trabajo, pero eso siempre puede cambiar. Si tiene interés en administrar la granja, están obligados a hacerlo juntos.

—¿No es que uno se quede con todo? —pregunté.

Ramsey negó con la cabeza. —Cleotha dejó claro que no quería que ninguno de ellos quedara excluido de la granja si querían participar. Su preferencia sería que lo hicieran juntos.

—Como desconocidos.

Ramsey asintió. —Como desconocidos y primos.

—Vaya. Eso es pedir mucho.

—Sí, lo es. Colin ya renunció a todo, pero él sabía sobre la granja. No vivía en la zona, pero es un tipo soltero al que le encanta estar al aire libre. Su primo está casado, con familia y un trabajo de oficina.

—¿Qué crees que va a pasar? —pregunté.

Suspiró y se reclinó, mirando al techo. Me tomé un momento para apreciar al hombre que amaba. Su cabello oscuro estaba lo suficientemente largo como para necesitar un corte. Me pregunté quién se estaba ocupando de eso, pero nunca lo pregunté. La barba incipiente en su barbilla indicaba que no se había afeitado esa mañana. Su traje era bueno, pero no era su traje de poder. Aun así, era uno de mis favoritos. Su corbata había desaparecido, con su camisa un poco abierta en la garganta. Su piel estaba ligeramente expuesta. Quería pasar mi lengua por su clavícula y saborearlo de nuevo.

Después de besarlo unos días antes, no había podido pensar en mucho más que en besarlo de nuevo. Durante meses, no extrañé el sexo. Fue un alivio cuando Ramsey no insistió por las noches. Pero ahora que el sexo no era una opción, lo extrañaba. Extrañaba la sensación de sus manos por todo mi cuerpo. La presión de su piel contra la mía. El sabor de sus labios. El dolor del deseo que me llenaba mientras aumentaba mi necesidad hasta que me corría intensamente para él. Luego, la plenitud que sentía cuando se deslizaba dentro de mí.

Ramsey estaba hablando de nuevo cuando levanté la vista de su clavícula. No me estaba mirando, así que no tenía idea de que no le estaba prestando atención.

—...triste, ¿sabes? Quiero decir, ¿cómo pasó toda su vida sin contarle a nadie?

—Las personas guardan secretos para protegerse a sí mismas y a los demás. Usualmente es porque piensan que las personas a las que les ocultan cosas no entenderían —dije.

Ramsey me miró, con sus ojos tristes y heridos. —¿Es por eso que nunca hablaste conmigo sobre Steven?

Solo escuchar su nombre me dejó sin aire en los pulmones. Mis ojos se llenaron de lágrimas instantáneamente, y me preocupó no poder tomar otro respiro.

Ramsey solo se sentó y me observó. No intentó consolarme, lo cual dolió. Cuando estaba molesta, me gustaba que me abrazaran.

Extendí la mano hacia él, cerrando los ojos en caso de que no estuviera dispuesto a tocarme. No podía soportar el dolor sola, y no podía ver a mi esposo rechazándome. Esperar a que viniera a mí se sintió como una eternidad, pero probablemente solo fueron unos segundos antes de que Ramsey me levantara de la silla y se sentara, luego me bajó sobre su regazo.

Me abrazó mientras recuperaba el control de mis emociones. Una lágrima se deslizó por mi rostro, y Ramsey la limpió. Lo miré y el mismo dolor que sentía estaba en sus ojos.

—Perderlo casi me mata. Después de todas las esperanzas que teníamos, sostenerlo y despedirnos fue lo más difícil que he enfrentado en mi vida. Pero perderte después de eso... habría preferido morir —dijo suavemente.

—Yo también —admití—. Quería morir. No pude proteger a nuestro hijo mientras estaba dentro de mi cuerpo. Mi cuerpo me traicionó y no lo mantuvo a salvo. Yo soy la razón...

—No —dijo Ramsey con firmeza—. No es tu culpa.

Sharon te lo ha dicho, todos los médicos dijeron lo mismo. Eres la única que cree que fue tu culpa.

—No sé cómo no puedes culparme.

Ramsey apartó el cabello de mi rostro e inclinó mi barbilla hasta que nuestras miradas se encontraron. Su sonrisa era tentativa y triste, pero estaba ahí. La misma sonrisa que tenía en su rostro la primera vez que me invitó a salir. La sonrisa que me dio antes de que durmiéramos juntos por primera vez. La misma sonrisa de la noche en que me propuso matrimonio.

—Te amo —dijo simplemente—. Eres la mejor madre del mundo. No hay forma de que hubieras hecho algo para lastimar a Steven, o a alguien, si pudieras controlarlo. Nunca te culparía, Melody. Nunca.

—Oh, um, perdón —dijo Hudson, entrando sin llamar—. Yo, um...

—Querías asegurarte de que no nos estuviéramos matando el uno al otro —completó Ramsey.

Me apresuré a bajarme de su regazo y evité el contacto visual con ambos hombres. —Necesito ir a recoger a Amber. Yo, um... Adiós.

Salí corriendo de la oficina, pasando junto a un confundido Hudson y atravesando el bar que me ignoraba aún más como empleada. Salté a mi coche y me apresuré hacia el estudio de danza, apenas llegando a tiempo.

Mi teléfono vibró en mi bolso, pero lo ignoré mientras recogía a Amber de clase y la llevaba a casa. Ella me ayudó a preparar la cena y apenas pudo mantenerse despierta lo suficiente para comerla. Las noches de baile siempre eran las más difíciles porque gastaba el último poco de energía que le quedaba.

Una vez que tomó su baño y se fue a la cama, revisé mi teléfono. Tenía una alerta de En Busca del Galán de Papel.

RH142

Siento haberte molestado. No era mi
intención.

MAMÁ TELARAÑA

Está bien. Es solo que es difícil hablar del
tema.

Dejé mi teléfono y limpié la cocina rápidamente. Regresé a la sala de estar y admití que yo también estaba cansada. Había pasado mucho tiempo desde que pasé un día en pie, y estaba exhausta. También estaba sudada y olía un poco.

Me aseguré de que la casa estuviera cerrada y apagué todas las luces, luego tomé una ducha rápida y me metí en la cama. Pensé en leer un libro, pero incluso eso se sentía como que requeriría demasiada energía. Conecté mi teléfono y me di cuenta de que tenía otro mensaje de Ramsey.

RH142

Para mí también es difícil hablar de Steven.
Aún más difícil porque siempre supe que te
dolía tanto.

MAMÁ TELARAÑA

Perder un hijo es una de las cosas más
difíciles que una pareja puede atravesar.

RH142

Cierto. Frecuentemente lleva al divorcio.

MAMÁ TELARAÑA

No me gusta ser promedio.

RH142

Lo odio.

Me reí. Ramsey no había sido promedio en toda su vida. Siempre fue más guapo, más inteligente y mejor en deportes que todos los demás. Era parte de quién era, y una parte que lo hacía humilde en muchos aspectos. Reconocía que esas eran cosas que Dios le había dado sobre las que no tenía ningún control, y a veces, se sentía culpable. Nunca lo dijo explícitamente, pero yo sabía que así se sentía.

MAMÁ TELARAÑA

Lo promedio no siempre es malo.

RH142

No, no lo es. Desearía haber sido más promedio cuando crecía.

MAMÁ TELARAÑA

Eras perfecto.

RH142

Tú todavía lo eres.

Sonreí. Ramsey y yo no habíamos hablado así en casi dos años. Desde el día que descubrimos que perdí a Steven. El día anterior, la vida era normal y éramos felices. Pero cuando lo perdí, todo cambió. Nosotros cambiamos, y no habíamos podido encontrar el camino de regreso el uno al otro.

Pero ahora, a través de En Busca del Galán de Papel, estábamos hablando de nuevo. Incluso coqueteando.

RH142

Debería dormir un poco. Tengo muchas cosas que hacer esta semana para prepararme para conocer al misterioso primo el jueves. Gracias por hablar conmigo hoy.

MAMÁ TELARAÑA

Gracias por no enfadarte por el trabajo.

RH142

Solo quiero que sepas que nunca, y quiero decir nunca, te pediré que dejes la casa o pagues por algo o hagas algo diferente. Acordamos que te quedarías en casa con Amber, y si quieres trabajar, no voy a impedírtelo, pero tampoco voy a dejar de apoyarte a ti y a Amber. Nunca.

Sonreí y contuve los miedos en mi corazón. Podía decir eso, pero cuando encontrara a alguien nuevo, y lo haría, ella podría no sentirse igual. Podría querer más dinero, o podría querer la casa, así que necesitaba estar preparada. Necesitaba protegerme.

MAMÁ TELARAÑA

Gracias.

Pero eso era todo lo que podía decirle a Ramsey.

O'KELLEY'S NO ABRÍA hasta un poco más tarde los miércoles, así que mi tercer día en el trabajo fue corto. En lugar de ir a casa después de dejar a Amber, decidí desayunar en Cracked.

Blake estaba trabajando y sonrió cuando entré. Señaló con la cabeza hacia una mesa mientras tomaba un pedido, luego se acercó mientras yo miraba el menú.

—Buenos días. No suelo verte por aquí. ¿Cómo estás?

Asentí. —Estoy bien. Pensé en desayunar aquí en lugar de ir a casa.

—¿Trabajando un poco más tarde hoy?

—Sí, O'Kelley's abre a mediodía en lugar de a las diez, así que tengo tiempo que matar.

Blake sonrió. —Espero que esto no suene mal, pero me sorprendió cuando Ian dijo que estabas trabajando allí.

Me encogí de hombros. No sabía cuánto quería compartir con ella. Era agradable, pero apenas estábamos rascando la superficie como conocidas. Amigas sería quizá exagerar. —Sí, no hago mucho.

La sonrisa de Blake desapareció y negó con la cabeza. —No, lo siento. No lo dije de esa manera. Solo quería decir que Hudson realmente no deja entrar a nadie. Ha estado cerrado desde que Hillary murió. Piper y todos los demás que trabajan allí dan a entender que apenas los tolera. Pero tú estás en su oficina y dirigiendo las cosas después de solo dos días. Eso es todo lo que quería decir. Lo siento. Um, ¿qué puedo traerte para desayunar ya que tengo el pie en la boca?

—Está bien —le dije. No me gustaba hacer que la gente se sintiera mal o incómoda, así que me forcé a sonreír y pedí el desayuno.

Blake se apresuró y puso mi orden. Cuando regresó con la cafetera, no se detuvo a hablar. Sí, estaba un poco ocupado, pero sabía que era porque la hice sentir incómoda.

Cuando trajo mi comida y preguntó si necesitaba algo más, dije: —Estaba aburrida.

—Um, ¿disculpa?

Le sonreí, esperando que no me juzgara. —Estaba aburrida en casa. Trabajé antes de Amber, pero Ramsey y yo decidimos que me quedaría en casa una vez que ella naciera. Con ella en la escuela, no sé qué hacer durante todo el día. Fui a O'Kelley's para preguntarle a Hudson si conocía a alguien que estuviera contratando, pero terminé convenciéndolo de que me contratara a mí. Estaba aburrida y tenía miedo de que Ramsey dejara de apoyarme una vez que realmente estuviéramos divorciados.

Blake suspiró y se hundió en el asiento frente a mí. Su pecho descansaba en el borde de la mesa cuando se inclinó hacia adelante. Sus ojos marrones gritaban lástima, que era exactamente lo que no quería.

—No tengo idea de lo que estás pasando. No voy a sentarme aquí y fingir que entiendo. Y no lo digo para que parezca que soy mejor que tú, solo que no estoy tratando de decir que lo entiendo. Me encantaría decirte que eso nunca va a pasar, pero tampoco podemos predecirlo. Lo que sí quiero decirte es que lo siento. Siento que te sientas así. Y siento no haber estado ahí para ti.

Agité mi mano. —No necesitas preocuparte por eso.

Sonrió. —Quería ser amiga. Todavía quiero. No me acerco a la gente con facilidad porque siempre siento que estoy entrometiéndome en sus vidas. Tú y Willow son tan cercanas que siento que realmente no necesitas a alguien más, pero todos necesitamos personas.

—Está bien. Supuse que Ramsey se quedará con Ian, y por extensión contigo, en el divorcio, así que no tiene sentido que nos volvamos cercanas.

Blake soltó una risita. —Eso probablemente sea cierto, pero Ian nunca me ha dicho qué hacer. No cuando se trata de con quién soy amiga.

—Sí, pero nunca se sabe...

Sonrió. —Él sabe lo que le conviene. Le negaría el sexo si tratara de controlarme así.

Una risa sorprendida salió de mí. Blake Dewitt y yo definitivamente no éramos lo suficientemente cercanas para hablar de sexo.

Sonrió. —¿Ves? Ahora tenemos que ser amigas porque te dije que le negaría el sexo a mi prometido si se comporta como un idiota.

Me reí.

—Ven a la noche de chicas el domingo. Nos reunimos en Novios Literarios Ilimitados a las siete —dijo Blake.

Negué con la cabeza. A Finley realmente no le caía bien, e ir a su librería no era una gran idea. —No creo que pueda.

—¿Por qué no? —insistió Blake.

—Um, bueno, tengo a Amber.

—Pídele a Ramsey que la cuide.

—Y Finley me odia.

Blake se encogió de hombros. —Lo superará.

Solté una risa. —No estoy tan segura de eso.

—Lo hará si te presentas. Tendrá que hacerlo. Vamos, Melody. Somos amigas, así que tienes que venir.

Suspiré y dije: —Lo pensaré.

Blake se puso de pie y sonrió. —Bien. Y seguiré molestándote hasta que digas que sí, así que contaré con que sea un sí.

Negué con la cabeza sabiendo que tenía razón.

—¿Hay algo más que necesites ahora? —preguntó.

—No, estoy bien.

—Disfruta.

—Oye, Blake —dije mientras empezaba a alejarse.

—¿Sí?

Encontré su mirada. —Gracias.

Sonrió y apretó mi hombro.

## 13

## RAMSEY

Todo lo que Colin sabía era que habíamos encontrado a su primo. No sabía nada sobre cómo tenía un primo o quién era. No esperaba con ansias tener que contárselo.

Penny y yo estábamos tensos todo el día. En lugar de dar vueltas por mi oficina sintiéndome desorientado, le envié un mensaje a Melody.

RH142

> Reunión con Colin hoy. Creo que podría vomitar.

Dejé el teléfono en mi escritorio y me dije a mí mismo que no estaba esperando su respuesta, pero cuando lo hizo, agarré el teléfono tan rápido que casi se me cae.

MAMÁ TELARAÑA

> Eso probablemente caería como un pedo en misa. Bebe algo y respira. Lo peor ya pasó. Él ya sabe qué noticia le vas a dar. Es poco probable que conozca a su primo. Te va a ir muy bien.

Gracias. Siempre sabes qué decir para hacerme sentir mejor.

MAMÁ TELARAÑA

Solo intento ayudar. Tengo que irme. Estoy en el trabajo.

Guardé el teléfono y respiré hondo. Luego otra vez. Melody tenía razón. Colin había asimilado bien la noticia de un primo desconocido. La reunión era solo para hablarle sobre quién era el primo y contarle lo que sabía. Y para preguntarle si tenía interés en conocer a su primo.

Cuando Colin llamó a mi puerta treinta minutos después, me sentía más en control. Nos dimos la mano y se sentó frente a mí, sosteniendo mi mirada con la suya, oscura.

—Quítame la venda y dímelo ya —dijo.

—Tu primo se llama Carter Sinclair. Vive cerca de Albany. Creció al sur de Syracuse. Es hijo único, y su madre era la hermana de tu padre.

—¿Era? —preguntó Colin.

Asentí. —Ella y su esposo fallecieron hace unos años. Carter está casado, tiene dos hijos y, por lo que puedo ver, tiene un buen trabajo. Está conectado con su comunidad.

—Entonces, no va a querer mudarse aquí, ¿verdad?

Negué con la cabeza. —No necesariamente. Tengo una reunión con él mañana para contarle todo.

—¿Aún no lo sabe?

Volví a negar. —Me he puesto en contacto con el abogado del patrimonio de tu abuela. Como su testamento decía explícitamente que la granja pasaría a su nieto, ellos necesitan estar presentes para notificárselo. No podemos decírselo por teléfono. También nos gustaría que tú estuvieras allí.

Colin se recostó en su silla con un resoplido. Pasó una mano por su cabello oscuro y luego por su cara. Se inclinó hacia adelante con un suspiro y me miró. —¿Qué demonios se supone que debo hacer?

Respiré hondo y se lo expliqué todo. —Nunca ocultaste información. No tenías idea de que tenías un primo, o una tía, así que no estás en problemas con nada de esto. El peor escenario para ti es que tengas un socio que no sabe nada sobre trabajar al aire libre.

Las cejas de Colin se levantaron y su boca se curvó en una sonrisa irónica. —¿Es un oficinista?

Asentí. —Lo es. Si tuviera que adivinar, no querrá dejar su vida. Pero no puedo tomar esa decisión por él, así que legalmente tenemos que informarle. Si quiere mudarse aquí, solo será dueño de la mitad de la granja. Hay reglas en una situación como esta, y si deciden administrarla juntos, funcionará como una sociedad.

—¿Y si no quiere? ¿Si quiere quedarse donde está? ¿Simplemente me quedo con toda la granja?

Exhalé lentamente y me alisé la corbata. Sabía que iba a preguntar, porque Colin era un tipo inteligente, pero planear mi respuesta y realmente decírselo eran dos cosas diferentes. —Ahí es donde las cosas se complican. Básicamente pueden pasar dos cosas. Si él no quiere la propiedad, puede renunciar a sus derechos y firmar algo diciendo que tú eres el dueño absoluto de la granja y que él no tiene ningún derecho sobre ella.

—¿Y si no lo hace? —preguntó Colin con miedo en su voz.

—Si no lo hace, podría pedirte que le compres su parte.

—Mierda —suspiró. Luego hizo un gesto de dolor—. Lo siento.

Negué con la cabeza. —No es una palabra que nunca haya dicho antes. Y prácticamente refleja mis pensamientos.

Soltó una risa pero no sonrió. —Seré honesto. No tengo el dinero para comprarle su parte.

Asentí. —No me sorprende. La granja no es barata. La

mayoría de la gente no tiene ese dinero en efectivo. Si Carter insiste en que quiere que le compres su parte, puedes sacar un préstamo contra la propiedad o puedes venderla.

Colin se rio. —Estás bromeando, ¿verdad?

Negué con la cabeza. —Sé que no tiene sentido. Venderla cuando estás tratando de salvarla. El problema ahora es que no tenemos idea de quién es tu primo. Si es un empresario despiadado, podría decir que si es la mitad de su derecho de nacimiento, entonces posee la mitad. Se arrastrará por los tribunales mientras tú continúas trabajando y tratando de obtener ganancias, sin saber si tu trabajo valdrá la pena. Si es una persona razonable, y espero que lo sea, entonces con suerte toda esta conversación termina cuando salgas por esa puerta.

Colin se recostó en su silla nuevamente y miró por la ventana detrás de mí. Podía ver el agua si era un día despejado. En enero, el agua se congelaba a veces, pero algunos de los grandes barcos todavía pasaban y rompían el hielo. Elegí la oficina que tengo porque estaba lo suficientemente lejos del centro de la ciudad para sentir que podía concentrarme, pero lo suficientemente cerca para estar disponible si Melody me necesitaba. Y ahora que Amber estaba en la escuela, estaba solo a una cuadra de la primaria, lo que era realmente agradable.

Colin se aclaró la garganta y levantó sus ojos hacia los míos nuevamente. —Cuando era niño, mi padre me trajo aquí un verano. El jarabe fluía y recuerdo querer panqueques todo el tiempo que estuvimos de visita con su madre. Ella fue amable conmigo y dijo que esperaba que yo me hiciera cargo algún día. Mi padre nunca estuvo muy interesado en la granja de arce, y para cuando terminé la universidad y conseguí un trabajo, mi abuela y mi padre casi no estaban en contacto. Consideré llamarla para pedirle trabajo, pero no pensé que me contrataría recién salido de la universidad, así que nunca lo hice.

—Ella te mencionó una vez. Me dijo que quería que trabajaras para ella, pero sabía que amabas tu trabajo y no le parecía bien pedirte que lo dejaras —le dije.

Colin entrelazó sus dedos y sonrió. —Desearía que lo hubiera hecho. Sí amaba mi trabajo, pero solo estaba allí hasta que sintiera que era lo suficientemente bueno para venir aquí. Cuando los abogados me llamaron, pensé que era una broma. Luego mi padre dijo que ella había muerto, y no podía creerlo. —Suspiró—. Amo ese lugar. Mi madre dijo que ella y mi padre se enamoraron allí, y creo que eso es parte de por qué mi padre se mantuvo alejado. Cuando mi madre murió, él no pudo enfrentarlo. Pero para mí, se siente como mi hogar. Perderlo... no es una opción.

Asentí y sentí el peso de su dolor sobre mí. Este lugar era su hogar, como Melody era el mío. Yo podía salvar su hogar, mantenerlo con él para que nunca lo perdiera. Y lo haría. No podía obligar a su primo a marcharse, pero esperaba que fuera una persona razonable que viera que aferrarse a la granja y dañar a su primo, que no había hecho nada malo, no solucionaría nada.

Y con suerte, sería suficiente para que Carter se comportara bien.

SONREÍ CUANDO VI SU MENSAJE. Me resistí a la tentación de contactarla, pero ella me envió un mensaje primero. Se sintió como una gran victoria.

RH142

Está preocupado. El primo es una incógnita.
Me duele por él porque ama ese lugar. Le
hará justicia y lo devolverá a lo que era antes
de que la Sra. Jones enfermara.

MAMÁ TELARAÑA

Eso apesta. ¿Crees que el primo lo querrá?

RH142

No tengo idea.

MAMÁ TELARAÑA

¿A qué hora es la reunión con el primo
desconocido mañana?

RH142

A las diez.

MAMÁ TELARAÑA

Bien. Acaba con eso temprano para que no
tengas que estresarte todo el día. Asegúrate
de desayunar bien.

Me reí en voz alta.

RH142

Lo haré. Y tienes razón. Gracias.

MAMÁ TELARAÑA

Buena suerte. Avísame cómo va. ¿Hablamos
mañana?

RH142

Definitivamente.

Sonreí mientras dejaba mi teléfono en la mesita de noche.
Se sentía muy bien que Melody preguntara sobre mi día. No
estaba seguro de cuándo fue la última vez que eso sucedió.

Definitivamente antes de Steven. Antes de perder a mi
esposa. Pensé que ella estaba volviendo unos meses después

del aborto, pero lo único que le interesaba era quedar embarazada de nuevo lo más rápido posible.

Me resistí y eso se convirtió en un problema. Un problema que creció porque amaba a mi esposa y quería hacerle el amor en cada oportunidad que tenía, pero no podía porque ella se negaba a tomar su anticonceptivo.

Solo después de que su médico le dijera que necesitaba comenzar a usar anticonceptivos lo hizo y pudimos tener sexo por primera vez desde Steven. Pero no fue bien.

Estábamos incómodos y rígidos, y no del buen tipo de rigidez. No del tipo que yo tenía en ese momento.

Cerré los ojos y dejé vagar mi mente. Melody en nuestro día de boda. Los ojos de Melody abiertos con placer la primera vez que dormimos juntos. Melody tomando mi mano cuando descubrió que estaba embarazada de Amber.

Me bajé los pantalones cortos y envolví mi mano alrededor de mi polla. Melody era tan buena como yo haciéndome llegar, y mantuve los ojos cerrados y dejé que mi mente creyera que era su mano la que me rodeaba.

Apreté mientras acariciaba hasta la punta y gemí. —Joder, Melody —gruñí. Se sentía demasiado bien.

Imaginé su cara sonriente. Su cara seductora. Su cara en el clímax. Gemí de nuevo y acaricié más fuerte.

—Melody —gemí, masturbándome más rápido. Mi puño bombeaba arriba y abajo por mi eje, acercándome más y más. Mi garganta hormigueaba y mis bolas se tensaban. Seguí adelante, viendo a Melody en mi mente.

Entonces todo se liberó. Gruñí durante el orgasmo, dejando que mi semen salpicara sobre mi mano y mis pantalones cortos. Todo el tiempo, reproduje los mejores momentos de Melody detrás de mis párpados. Siempre Melody.

Me limpié y cambié las sábanas, agradecido de que Ian mantuviera más de un juego de sábanas en el apartamento. El alivio fue temporal, sin embargo, porque tan rápido como llegó el alivio, la soledad se instaló y extrañé a mi esposa.

Simplemente extrañaba muchísimo a mi esposa.

PENNY ACOMPAÑÓ a los abogados del patrimonio a mi oficina. Eran de Alexandria Bay, así que no los conocía muy bien. Cuando Cleotha murió, trabajé con ellos lo suficiente para entregar la información que tenía, pero ellos se encargaron de la mayor parte de la información relacionada con el patrimonio de Cleotha.

Intercambiamos saludos y Penny nos trajo café a todos, sonriendo aunque estaba tan tensa como el resto. Kim y Roger, los abogados de A-Bay, todavía estaban tratando de entender cómo se les había escapado otro nieto.

—Yo tampoco lo habría notado —les aseguré—. Cleotha nunca mencionó otro hijo. Si no hubiera mencionado algo en su carta, nunca habríamos investigado.

—Solo desearía que hubiera mencionado al otro nieto antes de que leyéramos su testamento —dijo Kim poniendo los ojos en blanco.

Asentí. —Estoy de acuerdo, pero claramente no sabía cómo decírselo a su familia. Imagino que no estaba muy orgullosa de ello, aunque claramente nunca dejó de preocuparse por su hija y la familia de esta. Para que supiera que tenía otro nieto, y solo un nieto, obviamente siguió en contacto con la otra parte de su familia.

Roger levantó las cejas y asintió. —Supongo que puedo entender eso, pero ¿qué mal se sentirá el primero si algún primo que nunca supo que existía aparece y exige la mitad de todo? ¿No habría sido más fácil simplemente decir la verdad sobre todo desde el principio para que estuviera preparado?

—¿Alguno de ustedes tiene hijos? —les pregunté.

Intercambiaron una mirada y negaron con la cabeza.

—Decirle algo difícil a tu hijo es doloroso. Es algo que nunca quieres tener que hacer. Es peor cuando se trata de tu hijo porque los niños miran a sus padres como si fueran héroes, como si no pudieran equivocarse. Pero cuando tienes que decirle a tu hijo algo que hará que te vea de manera diferente... es imposible. Supongo que ella quería proteger a su hijo.

Kim y Roger parecieron avergonzados e incómodos. Bien. No tenían derecho a juzgar a Cleotha, ni a nadie. Hasta que caminaran en sus zapatos y supieran lo que había pasado, no podían juzgar. Nadie podía.

Penny rompió el hielo con una pregunta sobre cosas para hacer en A-Bay, y todos se instalaron en una conversación superficial mientras esperábamos a que llegara Carter Sinclair.

Cuando se abrió la puerta de entrada, Penny salió a recibir al Sr. Sinclair. Estuvimos en silencio mientras hablaban en voz baja. Penny se rio suavemente mientras sus voces se hacían más audibles.

Penny entró primero. Estaba mirando por encima de su hombro al Sr. Sinclair. Él estaba unos pasos detrás de ella y su paso vaciló cuando nos vio a todos esperando para hablar con él.

—Eh, hola —dijo con una sonrisa confundida.

—Sr. Sinclair. Gracias por venir hasta aquí para reunirse con nosotros. Sabemos que fue un viaje largo para usted. Soy Ramsey Holland —le dije. Extendí mi mano.

La estrechó sin vacilación a pesar del cansancio en sus ojos. —Por supuesto. Sonaba importante.

Kim y Roger se pusieron de pie y se presentaron. El Sr. Sinclair les estrechó la mano y dijo que era un placer conocerlos. Todos nos sentamos y Penny le ofreció café al Sr. Sinclair, y la tensión en la habitación continuó aumentando.

Cuando todos estuvimos listos, Penny se excusó y dejó al Sr. Sinclair a solas con nosotros, los abogados.

Todos habíamos acordado que yo le contaría lo que sucedió. Cuando Kim y Roger me miraron, el Sr. Sinclair siguió su mirada.

—Sr. Sinclair —dije con lo que esperaba fuera una sonrisa compasiva—. Sabemos que esta es una situación extraña. También sabemos que realmente no sabe qué está pasando.

Sonrió. —¿Alguien va a decírmelo?

Me reí. —Sí, señor. Por lo que entendemos, su madre fue adoptada. ¿Es eso cierto?

Asintió, frunciendo las cejas sobre sus ojos marrón oscuro, del mismo color que los de Colin. —Lo fue, pero no estoy seguro de qué tiene que ver eso con nada. Mi madre murió hace años.

—Lo sabemos, y lamento su pérdida, Sr. Sinclair —dije.

Asintió de nuevo. —Puede llamarme Carter.

Asentí. —Bien, entonces, Carter, la madre biológica de tu madre era una mujer llamada Cleotha Jones. Cleotha quedó embarazada de tu madre cuando era adolescente. Ocultó su embarazo de todos, así que nadie, creemos que incluyendo a su esposo e hijo, supo nunca sobre tu madre. Desafortunadamente, no sabemos nada sobre su padre biológico, pero sí sabemos que ella era tu abuela.

Carter se inclinó hacia adelante. —¿Cleotha Jones era mi abuela?

Asentí nuevamente. —Lo siento, pero falleció recientemente.

Carter negó con la cabeza y soltó una risa. —Um... está bien... vaya... ¿por qué diablos estoy aquí?

—Tu abuela, la Sra. Jones, tenía un hijo. Y su hijo tuvo un hijo. Él es tu primo —dije.

Carter miró las caras en la habitación y rápidamente

descartó a los dos hombres blancos como definitivamente no su primo.

Sonreí. —No es uno de nosotros. Lo siento. No, um, su nieto, su otro nieto, no está aquí. Él quería que habláramos contigo a solas. Colin creció no muy lejos de aquí, pero se mudó de regreso después de que falleció tu abuela.

Carter seguía confundido. Estaba arruinando todo el asunto. Necesitaba ir directo al punto.

—Bien, Carter, este es el asunto. Tu abuela... era dueña de una granja. La Granja de Arce de la Familia Jones. Es una enorme granja de árboles de arce que produce el mejor jarabe de arce de la zona. Cuando tu abuela enfermó, escribió una carta a sus nietos, una carta diciendo que quiere que se conozcan y que quiere que estén allí el uno para el otro. Y ambos han heredado su granja de arce, si están interesados.

Carter soltó una risa y negó con la cabeza. —Estás bromeando, ¿verdad? Quiero decir, esto no puede ser real. ¿Una abuela que nunca supe que existía murió y me dejó una granja?

Asentí, sin sonreír en absoluto.

La sonrisa de Carter desapareció. —¿Estás... estás hablando en serio?

Asentí de nuevo.

—Santa mierda —suspiró.

## 14

Seguí observando a Carter, tratando de entender lo que estaba pensando o sintiendo. Miró fijamente a la pared durante un minuto, y finalmente volvió a mirarme.

—Yo... ni siquiera sé qué preguntar.

—Bueno, señor Sinclair —comenzó Kim—, lo primero que necesita saber es que no tiene que decir nada ahora mismo. Puede asimilar esta información y tomar una decisión más tarde.

Me miró.

—¿Es cierto eso?

Asentí, aunque esperaba que decidiera rápidamente.

—Sí. Puede tomarse su tiempo.

Se relajó un poco después de eso.

—Eso es bueno. Es... es mucho para procesar. Ahora mismo siento que estoy un poco abrumado.

—¿Por qué no nos cuenta un poco sobre usted, Carter? —sugerí—. Está casado, ¿verdad?

Una sonrisa se dibujó en sus labios. Su mirada se perdió en la distancia. Definitivamente era un hombre enamorado.

—Así es. Amanda es lo mejor que me ha pasado. Nos

conocimos en mi primer trabajo después de la universidad. Desde la primera vez que la vi, supe que era la persona con la que iba a pasar mi vida. Es amable, hermosa, inteligente y la madre más maravillosa. Tenemos dos hijos, Caroline y Adam. A Caroline le encanta el baile, y a Adam le gusta el fútbol.

—¿Qué edad tienen? —pregunté.

—Caroline tiene doce años y Adam tiene nueve.

Asentí.

—A mi hija también le gusta el baile, pero solo tiene cinco años.

—¿Kínder?

Asentí nuevamente.

—Sí. Está agotada todos los días. Está dejando exhausta a mi esposa.

Carter sonrió.

—Recuerdo esos días. Fueron difíciles, pero muy divertidos. Antes de que aprendan lo cruel que puede ser la vida o lo crueles que pueden ser las personas. Espero que sea bueno con su esposa. Especialmente si es ella quien está en casa con más frecuencia.

Asentí pero no dije nada más sobre Melody. No me parecía correcto mentir, pero tampoco podía decirle la verdad.

—Amanda se quedó en casa hasta que Adam entró al kínder. Aguantó unos meses, luego decidió que necesitaba volver a trabajar. Se aburría demasiado todo el día sin los niños en casa. Solo trabaja a tiempo parcial, pero ha sido suficiente para que pueda salir un poco y aun así estar disponible si los niños la necesitan.

Sonreí.

—La mía acaba de empezar a trabajar esta semana. Sentía lo mismo.

Carter se rio entre dientes.

—Supongo que es bueno saber que las cosas no son tan diferentes por aquí —miró alrededor, divisando el río por la ventana—. Es una zona hermosa. ¿Cómo sería el trabajo si decidiera trabajar en esta granja? Supongo que tendría que trabajarla si quisiera aceptarla, ¿verdad? ¿Tendría un empleo?

Asentí, pero Roger fue el primero en responder.

—Tendría un trabajo. El testamento de su abuela solo establece que su nieto, o nietos como ahora sabemos, deben aceptar trabajar en la granja si obtienen alguna propiedad. No tendría que vivir allí, pero podría hacerlo. Es una granja de arce, así que probablemente está tranquila durante la mayor parte del invierno, pero ocupada desde la primavera hasta el otoño. Aunque no sé mucho al respecto. Quizás Ramsey pueda contarnos más.

—Roger tiene razón. Las cosas están tranquilas ahora, pero no pasará mucho tiempo hasta que se coloquen espitas en los árboles y se recolecte la savia. Es mucho trabajo manual, no es que esté tratando de asustarlo. La granja no ha estado completamente operativa durante algunos años. Cuando su abuela enfermó, no pudo mantenerla. Sus trabajadores eran mayormente temporales, y el cuidador de la propiedad se convirtió en cuidador de ella. Este año será el primero en varios años en que sucederá algo.

—¿Y dice que tengo un primo?

Asentí.

—Colin Jones. Ya ha dicho que quiere trabajar en la granja. Se mudó a la propiedad hace un mes y ha estado aprendiendo todo lo que puede y preparando las cosas para este año.

—¿Él sabe de mí? —preguntó Carter.

Asentí lentamente.

—Sí. Cleotha dejó una carta para su nieto, para que yo se la entregara cuando viniera a obtener información sobre la propiedad. Esa fue la primera vez que cualquiera de nosotros supo de usted. Mencionó en la carta que había dos nietos.

—Vaya —suspiró Carter—. Eso debió ser impactante.

Sonreí.

—Definitivamente lo fue.

—¿Cree, eh, cree que estaría dispuesto a conocerme? —preguntó Carter.

—Creo que sí —le dije—. Colin quería que tuviera la oportunidad de procesar todo esto sin que él estuviera aquí, pero creo que estaría dispuesto a reunirse. ¿Cuánto tiempo estará en la ciudad?

Carter se encogió de hombros.

—Planeaba regresar a casa esta tarde. Realmente no esperaba todo esto. Podría volver... el próximo fin de semana, creo. Tendría que consultarlo con Amanda y ver qué funciona para nosotros. ¿Es demasiado tiempo? ¿Necesita saberlo antes?

Negué con la cabeza.

—Está bien. Pero debo informarle que Colin está trabajando allí. Está organizando todo y preparándose para dirigir la granja. Sea cual sea su decisión, debe saber que él se queda. Está comprometido.

Carter asintió.

—Eso está bien. Creo que es realmente bueno.

Pude notar que Carter estaba casi terminando y necesitaba tiempo para procesar todo. Finalicé la reunión, agradeciéndole por conducir hasta aquí para reunirse con nosotros y pidiéndole que me informara lo que decidiera. También sugerí reunirme con él y su familia en Jones Family Maple Farm cuando vinieran, y prometí informarle si Colin estaba de acuerdo con la idea.

Kim y Roger no tardaron mucho en seguir a Carter, afortunadamente. Cuando todos se habían ido, volví a mi oficina y me hundí en mi silla.

—¿Cómo fue? —preguntó Penny.

Me froté la cara con las manos y negué con la cabeza.

—No tengo idea. Definitivamente estaba sorprendido.

—¿Qué crees que va a hacer?

Suspiré.

—Una parte de mí realmente pensaba que se iba a dar la vuelta y decir que no, pero preguntó si podía conocer a Colin y visitar la granja. Parece que podría estar interesado.

—¿Tuviste la sensación de que va tras el dinero?

Me encogí de hombros.

—No lo sé. Le dije que no ha funcionado en unos años porque quiero que entienda que no es algo en lo que pueda entrar y esperar mucho desde el principio, pero sigue siendo una granja enorme.

Penny torció los labios hacia un lado. Suspiró y se echó la coleta detrás del hombro.

—¿Qué le vas a decir a Colin?

—La verdad. Es todo lo que puedo hacer. Desearía tener más para él, pero por ahora, su vida no está establecida.

Penny se puso de pie y alisó el frente de su vestido.

—¿Quieres que lo llame? ¿Para acabar con esto?

Asentí.

—Gracias, Penny.

Mi conversación con Colin fue aproximadamente tan bien como esperaba. No tenía problema en conocer a Carter o mostrarle la granja, pero estaba preocupado. No es que no estuviera dispuesto a trabajar con Carter si eso era lo que Carter realmente quería, sino porque no conocía a Carter en absoluto. Podría ser genial para la granja, o podría ser una carga completa. Colin tenía más preguntas que las respuestas que yo tenía, y odiaba eso.

Después de hablar con Colin, le envié un mensaje a Melody y le dije que la reunión había terminado y no se había tomado ninguna decisión. Ella dijo que esperaba que todo saliera bien. Tenía otra reunión, así que no tuve mucho tiempo para charlar con ella y le dije que podríamos hablar más tarde.

ESE "MÁS TARDE" se convirtió en el día siguiente, cuando Melody estaba ocupada con Amber. Willow cenó con ellas y como no nos llevábamos bien, no intenté ponerme en contacto después de que Melody me dijera que Willow estaba allí.

No tuve noticias de Colin o Carter y me estaba volviendo loco preguntándome qué estarían pensando. Colin amaba Jones Family Maple Farm, y era quien estaba haciendo el trabajo para que volviera a funcionar. Tenía un buen plan para empezar poco a poco, y tomó la decisión correcta al invitar al antiguo cuidador a regresar para ayudarlo a aprender y comenzar.

Todo sonaba fácil, pero sabía que nada en la vida era realmente sencillo. Especialmente nada que valiera la pena.

Salí del trabajo el viernes por la noche y fui a lo de Ian. Él ya se había ido por el día, así que me cambié y volví a salir. En lugar de ir a O'Kelley's, conduje directamente pasando el pueblo hacia mi antiguo hogar.

Nunca había caído de improviso en casa de Melody. No desde que me mudé. Siempre la llamaba o le enviaba un mensaje para avisarle que iba a ir, pero necesitaba verla y no pensé en avisarle hasta que ya estaba en la entrada.

Me quedé sentado en mi SUV mirando nuestra casa. Su casa. Decidí que si las cosas progresaban hasta llegar realmente a divorciarnos, me aseguraría de que ella se quedara con la casa. No estaba dispuesto a cambiar nada más en ninguno de los dos.

La puerta púrpura fue lo que atrajo a Melody a la casa en

primer lugar. Dijo que era excéntrica y única, pero al mismo tiempo acogedora. A mí solo me importaba que a ella le encantara. Ella soñaba con llenar todos los dormitorios con niños y brindarles el tipo de amor que no tuvo al crecer. Todo en su vida giraba en torno a los niños.

Siempre volvía a los niños. No tenerlos, tenerlos, trabajar con ellos. Siempre se trataba de niños.

Todavía estaba sentado en mi SUV cuando la puerta principal se abrió. Melody miró hacia fuera y saludó tentativamente con la mano. Le devolví el saludo. Ella agitó la mano como invitándome a entrar, y finalmente apagué el vehículo y salí.

—No sabía que vendrías esta noche.

—Lo siento. Puedo irme.

Ella negó con la cabeza, su pelo castaño cayendo en cascada sobre sus hombros. Llevaba un par de pantalones de chándal y una camiseta holgada que solía ser mía en la universidad. Me la robó hace mucho tiempo, pero no pude evitar el impulso primitivo de tenerla cuando usaba mi ropa.

—No tienes que irte. ¿Por qué estás sentado aquí afuera?

Me encogí de hombros.

—No quería entrometerme en tu noche.

Sonrió con ironía.

—¿Así que decidiste sentarte en la entrada como un acosador?

Me reí entre dientes.

—En realidad no decidí nada.

Ella dio un paso atrás.

—Entra. Aún no hemos comido, pero hay suficiente para ti si tienes hambre.

Sonreí.

—Gracias.

Melody cerró la puerta detrás de mí y tomó mi abrigo para colgarlo. Amber se estrelló contra mí desde atrás, sorprendiéndome. Envolvió sus pequeños brazos alrededor de mis piernas.

—¡Papi!

—Hola, grandulona. ¿Cómo estuvo tu día?

—¡Genial! Pudimos colorear hoy en la escuela. Con rotuladores.

—Vaya, ¿en serio? —pregunté mientras la levantaba.

Ella asintió y me mostró sus manos cubiertas de rotulador.

—Sí, y ahora soy de todos los colores. ¿No es bonito, papi?

Sonreí.

—Claro que sí. Me encanta.

—A mí también. Mami dijo que tengo que lavármelo cuando me bañe.

—Bueno, tienes que escuchar a mami. Ella quiere asegurarse de que no te enfermes cuando te chupes los dedos y te comas el rotulador.

—No me los como, papi. Solo coloreo con ellos.

—¿Estás segura? Porque parece que también te comiste uno —señalé la mancha rosada en su mejilla.

Se rio y negó con la cabeza.

—No, solo quería una línea en mi mejilla como Noah. Se cayó de un árbol y se cortó la cara y la gente dijo que se veía raro, así que dibujé una línea en mi cara también.

Encontré la mirada de Melody por encima de la cabeza de Amber, y ella asintió. Mi garganta se hinchó y tragué con dificultad mientras abrazaba fuerte a Amber.

—Eres una niña muy dulce. No cambies nunca, ¿vale?

—Vale, papi —respondió con voz entrecortada.

La solté y ella se apartó para bajar. Corrió de vuelta a la mesa donde seguía coloreando. Melody señaló hacia la cocina, y la seguí.

—¿Estás bien? —preguntó en voz baja cuando estábamos solos.

Me encogí de hombros.

—No lo sé. Este caso con la granja es más difícil de lo que esperaba. Pensé que iba a ser uno sencillo donde podría entregar la carta, Colin se ocuparía de sus asuntos y yo podría disfrutar de los frutos de su trabajo. En cambio, estoy mediando entre dos hombres que no se conocen, uno de los cuales no sabe qué quiere hacer. Me está desgastando.

La mano de Melody se extendió para alcanzarme, pero cerró el puño y la retiró. Sonrió, evitando mi mirada, y dijo:

—Lo siento, Ramsey.

Me encogí de hombros.

—Supongo que es parte del trabajo.

—Sí, pero esa nunca ha sido tu parte favorita. Te gusta construir cosas, no destruirlas.

Me reí sin humor.

—Excepto lo nuestro. Eso lo destruí.

Los ojos de Melody se clavaron en los míos, tristes y heridos. Su mirada se deslizó desde mis ojos por mi cuerpo y algo más profundo, más oscuro, iluminó su mirada. Casi tan rápidamente, desapareció, pero cada célula de mi cuerpo reaccionó a ello. Mi polla se movió en mis pantalones, rogándome que la presionara contra la pared y reconstruyera todo lo que solíamos tener. Empezando por su deseo.

Melody jadeó. Sus ojos se agrandaron. Un rubor subió por su cuello. Sabía lo que yo estaba pensando, y si la conocía bien, que sí la conocía, ella estaba de acuerdo.

Maldita sea.

—Um, necesito revisar la cena —dijo y rápidamente salió de la habitación.

Me quedé allí mirándola, preguntándome si podría salirme con la mía siguiéndola y terminando lo que ella comenzó con ese lento examen de mi cuerpo. La respuesta fue definitivamente no cuando Amber me llamó para mostrarme su última obra maestra.

—¿Cómo va la escuela? —le pregunté.

—Bien. Mami dijo que puedo invitar a Makayla este fin de semana.

—Eso será divertido.

—Sí. Y la tía Willow podría venir el domingo por la noche. Mami va a salir y dijo que necesita que la tía Willow se quede conmigo. Así que, veré a Makayla el sábado y a la tía Willow el domingo.

—Y a mí el viernes —añadí, tratando de no sentirme herido porque su emocionante fin de semana no me involucraba.

—Lo sé, papi —dijo—. Pero siempre te veo los viernes.

Sonreí y le revolví el pelo. Sus rizos cayeron sobre su cara y ella me apartó con un suspiro exasperado.

—Papi.

—¿Qué? —pregunté inocentemente, y luego lo hice de nuevo.

—¡Papi! Estoy tratando de colorear un dibujo para mami. La hace feliz cuando coloreo. Está triste muchas veces.

Inspiré profundamente y cerré los ojos. Quería que Melody fuera feliz. Le estaba causando dolor, y esperaba que ella fuera más feliz si yo no estaba cerca lastimándola. Pero si estaba lo suficientemente triste como para que Amber lo notara, eso no era bueno.

—¿Por qué está triste mami?

Amber se encogió de hombros.

—No lo sé. Pero la escucho en su habitación por las noches a veces. A veces está en la ducha para que no la escuche hacer ruido, pero aun así la escucho.

—¿En la ducha?

Amber asintió.

—Sí. Llora y hace ruidos de enojo. A veces dice tu nombre, pero dijo que tú no estabas allí.

Todo encajó. Amber no la estaba escuchando llorar. Estaba escuchando a Melody masturbarse. En la maldita ducha. Pensando en mí.

—¿Están listos para cenar? —preguntó Melody, sonriendo mientras entraba en la habitación.

Levanté la vista hacia ella y encontré su mirada. Su sonrisa desapareció cuando vio la expresión en mis ojos. El rubor volvió y su respiración agitada levantaba sus pechos. Mis ojos se dirigieron a ellos, sus pezones duros bajo su ropa. Cruzó las piernas, algo que hacía cuando necesitaba alivio. Levanté una ceja y ella se mordió el labio.

Esta mujer definitivamente iba a matarme.

—Casi termino, mami. Le dije a papi que coloreo dibujos para que ya no estés triste. Tal vez él pueda quedarse esta noche para que no estés sola si quieres llorar esta noche —dijo Amber. Fue objetiva e inocente en su sugerencia, pero nada en su sugerencia era inocente.

Los ojos de Melody se agrandaron. Sabía que yo sabía exactamente de qué estaba hablando Amber. El pulso en su garganta palpitaba, acelerándose con cada respiración que tomaba.

Me puse más duro solo por estar sentado allí, junto a nuestra hija, viendo a mi esposa excitarse solo pensando en masturbarse más tarde. Mierda, no iba a sobrevivir a la cena y a la hora de dormir con Amber. No cuando existía la posibilidad de que Melody fuera el postre.

Dios, que haya una posibilidad.

## 15

## MELODY

Dios mío, tenía calor. Me estaba muriendo. Revisé la estufa para asegurarme de haberla apagado. Incluso me pregunté si había golpeado el termostato por accidente. Pero no, nada de eso era la razón por la que prácticamente estaba sudando a través de mi ropa. Ese honor recaía directamente sobre los anchos y sexys hombros de mi marido.

El hombre era un maldito misil de calor, y no iba a fallar.

Su mirada pasó de mi labio atrapado entre mis dientes a mis doloridos pezones que rogaban ser liberados de mi sujetador, hasta el latido pulsante entre mis piernas. Para cuando volvió a encontrarse con mis ojos, casi estaba segura de que podría llegar al orgasmo solo con la mirada en sus ojos.

Cuando Amber me preguntó una mañana si papá estaba allí por la noche, pensé que había tenido un sueño. Cuando dijo que me escuchó llorar de nuevo y que yo decía el nombre de papá, ella pensó que estaba enojada con él. Me di cuenta exactamente de lo que había escuchado e hice todo lo posible para disimularlo, pero obviamente no funcionó tan bien como esperaba.

Le dijo a Ramsey que estaba pensando en él mientras me daba placer. Y él unió las piezas como lo hice yo y llegó a la conclusión correcta.

Todavía deseaba a mi marido.

—¿Deberíamos comer? —preguntó Ramsey, con sus ojos deslizándose hacia abajo y posándose entre mis piernas.

Me moví inquieta y deseé poder correr a mi habitación y tomar una ducha. Estaba demasiado cerca.

—¿Qué hay para cenar, mami? —preguntó Amber.

—Um, espaguetis al horno —le dije, forzando una sonrisa mientras moría por dentro.

Ramsey se acercó mientras hablaba con Amber y no le prestaba atención. Pasó rozándome, su brazo acariciando mis sensibles pezones. Jadeé y me eché hacia atrás. Mi centro se tensó, preparándose para él.

—Lo siento —murmuró—. No me di cuenta de que estabas tan... sensible.

Le lancé una mirada fulminante, pero el único calor en ella era el tipo que él me reflejaba. Definitivamente iba a arder viva.

Ramsey se movía por la cocina como si todavía viviera allí. Trajo agua para todos y se sentó frente a mí. Le preguntó a Amber sobre la escuela y lo que iba a hacer con Makayla al día siguiente.

Y me torturó con cada segundo.

Pensé que insistiría. Esperaba a medias que me besara. Diablos, incluso un roce accidental de nuestros pies bajo la mesa. Pero no recibí nada de él. Mantenía su distancia y permanecía concentrado en Amber.

Estaba siendo un buen padre, lo cual era increíble, pero significaba que no podía enojarme con él, aunque sí estaba enojada con él.

La primera vez que dormimos juntos fue el verano antes de que él se fuera a la universidad. Sabíamos que íbamos a terminar, pero nos amábamos y dijimos que queríamos tener sexo. Él no era virgen, pero yo sí. Condujimos río arriba un poco hasta que encontramos un área tranquila y estacionamos en un campo lo suficientemente cubierto de maleza como para que su camioneta estuviera oculta. Tenía una manta en la parte trasera y suficientes condones para durarnos unos meses, pero el hecho de que pensara en cualquiera de estas cosas hizo que lo amara aún más.

Los condones y la manta no fueron las únicas cosas en las que pensó. Pensó en mí. Me tocó y me provocó hasta que estaba gritando en la noche y rogándole que me llenara. Sabía que me dolería, pero hizo todo lo posible para que fuera una buena experiencia.

Y vaya si lo logró.

Durante las siguientes semanas, lo atacaba en cada oportunidad que tenía. No podía controlarme cerca de él. Estar incluso un poco excitada hacía que me subiera encima de él y me satisficiera en cada oportunidad.

No es que a él le importara en absoluto. Cosechó todos los mismos beneficios. Pero cuando se fue a la universidad, mi necesidad se fue con él. Él era a quien yo quería. No era el sexo, era Ramsey, y una vez que se fue, ya no me importaba tanto el sexo.

Pero Ramsey era quien estaba sentado en mi cocina, ignorándome. Me excitó y me dejó ahí sentada, y sabía exactamente lo que estaba haciendo.

Pero dos podían jugar ese juego.

Terminé mi cena en silencio mientras Amber y Ramsey hablaban sobre la escuela y él le contaba sobre el trabajo. Preguntó si estaba bien que ella lo acompañara a Jones Family Maple Farm el fin de semana siguiente y dije que sí. Amber estaba emocionada y le hizo un montón de preguntas sobre la granja y lo que verían y harían. Ramsey respondió pacientemente todas ellas, pero cuando me levanté con mi plato, dejó de hablar.

—Ustedes dos terminen —dije—. Yo ya terminé, así que voy a tomar una ducha.

—¿Qué? —preguntó.

—Una ducha. Realmente necesito una ducha, y como estás aquí con Amber, voy a ocuparme de eso.

—Melody, deberías esperar.

—¿Por qué, papi? —preguntó Amber.

Levanté una ceja y lo miré.

Ramsey apretó la mandíbula y forzó una sonrisa para Amber. —Solo pensé que mamá podría disfrutar más de su ducha si espera hasta después de que estés en la cama por la noche.

Amber me miró. —¿Vas a llorar, mami?

Sonreí. —Te prometo, cariño, que no voy a llorar.

Ramsey se atragantó con su agua.

Amber se levantó y le dio palmaditas en la espalda. Me acerqué y me apoyé en él, ayudándola a despejar el líquido de sus pulmones. Él se atragantó de nuevo cuando mis pechos rozaron su brazo.

—Papi, ¿estás bien? —preguntó Amber, sonando preocupada.

Ramsey tosió una vez más, luego asintió. —Estoy bien, cariño. Solo me emocioné un poco.

Amber volvió a sentarse y continuó comiendo.

—No te vayas —dijo Ramsey. Me agarró la muñeca y me miró a los ojos—. Por favor.

—¿Por qué no? —pregunté suavemente.

—Por favor, Mel. Déjame estar ahí para ti.

Desde que Ramsey y yo comenzamos a hablar de nuevo, había estado soñando con que dijera algo similar. Con que me deseara. Y estaba sentado en mi cocina, con su pulgar deslizándose por mi sensible piel, pidiéndome que le permitiera cuidar de mí.

—Está bien —dije finalmente.

Sus ojos se agrandaron y su agarre se apretó. —¿Sí?

Asentí.

Una sonrisa seductora curvó sus labios hacia arriba, y maldición si no quería subirme a su regazo ahí mismo.

Volví a mi asiento y los observé mientras hablaban y comían. Cuando terminaron, limpié la cocina, pero Ramsey se quedó y ayudó. Llevó platos al fregadero y guardó todo lo que estaba sobre la mesa. Incluso limpió la mesa cuando quedó despejada.

Amber quería ver una película antes de dormir, así que los tres nos apilamos en el sofá con Amber en el medio. Ella estaba cautivada por la película, aunque ya la había visto antes, lo que significaba que no estaba prestando atención a Ramsey y a mí.

Su mano comenzó en el respaldo del sofá, detrás de mi hombro derecho. Luego se acercó más y me apartó el cabello de la mejilla. Luego deslizó un dedo por mi garganta. Luego el mismo dedo se deslizó sobre el punto donde mi pulso se aceleraba.

Respiré hondo y me dije que debía alejarme de él, pero en vez de eso me acerqué más. Su mano se deslizó hasta la parte posterior de mi cuello y me masajeó para aliviar mi tensión. Luego volvió a aumentar mi tensión cuando usó mi clavícula como un anticipo de lo que iba a hacerle a mi clítoris. Círculos lentos, luego un golpecito rápido, luego círculos más amplios y un pellizco en el medio. Luego su pulgar duro y rápido mientras sus dedos se deslizaban sobre mi hombro en un ritmo que me hizo retorcerme.

Tuve que morderme el labio para no gemir.

Amber bostezó y Ramsey y yo saltamos para prepararla para la cama. Amber protestó diciendo que realmente no estaba tan cansada, pero bostezó de nuevo, arruinando su defensa.

Amber quería que Ramsey la acostara, así que me senté en el sofá y esperé a que terminara con ella. Se rieron y hablaron mientras ella tomaba un baño rápido, luego sus tonos bajos y suaves fueron el único sonido que escuché mientras le leía su libro.

Comencé a calmarme hasta que cerró la puerta de su habitación. Entonces cada centímetro de mí se tensó y exigió atención.

Ramsey entró en la sala en silencio, como si no estuviera seguro de lo que iba a recibir de mí. Se sentó en el otro extremo del sofá y juntó sus manos, inclinándose sobre sus rodillas.

—¿Qué estamos haciendo? —preguntó después de un minuto.

—¿Qué quieres decir?

Volvió la cabeza para mirarme. —Te amo, Melody. Eso nunca ha cambiado. Y si esto es solo para rascarse una comezón o llegar al orgasmo, entonces bien. Pero necesito saberlo para no hacerme ilusiones de que tú pensando en mí mientras te masturbas en la ducha no sea más que solo eso.

Respiré hondo ante sus palabras honestas y vulgares. En lugar de hacerme dudar de las provocaciones que estábamos haciendo, sus palabras hicieron que lo deseara aún más.

—No sé qué es esto, Ramsey. Todo lo que sé es que estoy excitada, y el único hombre que me ha hecho sentir bien eres tú. Cuando cierro los ojos y me humedezco, tu cara es la que veo. Tus manos son las que imagino. Tu polla es la que quiero que me folle.

—Dios mío, Melody —respiró—. No puedo... Te necesito.

No sé cuál de los dos se movió primero, pero no pasó mucho tiempo antes de que estuviéramos en los brazos del otro. Sus labios chocaron contra los míos, ambos hambrientos de lo que solo el otro podía dar. Mordisqueó mi labio, luego succionó con fuerza para llevarlo a su boca. Gemí débilmente, imaginándolo haciendo lo mismo con mi clítoris.

Me colocó encima de él, sus manos ásperas en mis muslos mientras apretaba mi cuerpo contra el suyo. Su polla palpitaba contra mí, los delgados pantalones deportivos que llevaba no hacían nada para ocultar lo duro que estaba. Sus manos fueron a mi trasero, amasando y masajeando mientras sus dedos se acercaban cada vez más a donde ya estaba húmeda y lista para él.

—Melody, ¿estás segura de esto? —respiró contra mis labios.

—Por favor, Ramsey. Necesito correrme —supliqué.

Él tiró de mis pantalones deportivos hacia abajo y metió una mano entre nosotros. Me encantaba sentir su polla, pero con solo un roce de sus dedos en mi piel sensible, me aparté para darle acceso.

Gimió cuando su dedo se deslizó dentro de mí. —Joder, Mel. Estás tan mojada. ¿Has estado pensando mucho en mí, nena?

—Sí —respondí honestamente—. Todo el tiempo.

—¿En qué piensas? Dime qué desearías que te estuviera haciendo.

—Tocándome. Tus dedos dentro de mí. Jugando con mi clítoris. Y tu polla estirándome.

—¿Sacas tu vibrador? —preguntó.

Negué con la cabeza. Mis caderas se mecían con sus suaves caricias. Necesitaba más, pero Ramsey nunca me decepcionaba. No estaba segura de cuánto tiempo podría ser paciente. —Después de que Amber me escuchó, he tenido miedo de hacer demasiado ruido.

—Oh, nena, lo siento. Desearía estar aquí para ayudarte.

—Ahora lo estás —respiré.

—Sí —gimió.

Pulsó un dedo dentro de mí, y casi grité. Dejé caer mi cabeza hacia adelante y mordí su hombro para ahogar el grito. Empujó de nuevo, pasando su pulgar sobre mi clítoris, y juro que vi malditas estrellas.

—Más —supliqué, sin avergonzarme en absoluto de estar gimoteando.

Él escuchó, añadiendo otro dedo y abriendo mis muslos más ampliamente con su mano libre. —Puedo olerte, Mel. Estás cerca, hermosa. Dime que estás cerca. Puedo sentirlo.

—Tan cerca —murmuré. Cabalgué su mano, necesitando liberarme. Eché mi cabeza hacia atrás y grité cuando él tomó mi pecho y pellizcó mi pezón. Acompañó los movimientos de mi cuerpo, pulsando dentro y fuera de mí al mismo ritmo. Su pulgar en mi clítoris, sus dedos dentro de mí, su mano en mi pecho. Todo era demasiado. No era suficiente. Era perfecto.

—Sí, nena, sí —gimió cuando mi orgasmo me golpeó—. Joder, Mel, eres tan malditamente hermosa. No pares, nena. Toma otro. Córrete otra vez para mí, cariño.

No pude decir que no mientras sus dedos me follaban más duro. Añadió un tercero y me envió volando así de rápido. Me mordí el labio para que Amber no nos escuchara y bombeé mis caderas arriba y abajo, necesitando más y más y más de él.

—Dios mío, Mel, te amo tanto.

—Te amo —respiré, aliviada de decir las palabras contra las que había estado luchando durante tanto tiempo.

Me derrumbé sobre él, agotada por los orgasmos. No había sido capaz de hacerme a mí misma lo que él hizo, y fue asombroso y hermoso y agotador.

Ramsey me sostuvo, una mano acariciando arriba y abajo de mi espalda mientras la otra permanecía encerrada entre nosotros, sus dedos todavía enterrados profundamente dentro de mí. Cada espasmo hacía saltar mi cuerpo, pero estaba demasiado exhausta para correrme de nuevo.

A medida que la niebla se levantaba, escuché a Ramsey susurrándome. Nada profundo, solo palabras de amor una y otra vez. "Te amo. Te extraño. Eres tan hermosa. Sexy como el infierno."

—Gracias —susurré en respuesta. Las simples palabras no eran suficientes para transmitir cuánto lo apreciaba. No solo por los orgasmos, sino por todo. Por estar ahí. Por dejarme entrar. Por darnos otra oportunidad.

Finalmente me senté y nos evalué. Su cara era una máscara de deseo con una sonrisa de suficiencia para completar. Le sonreí y negué con la cabeza.

—¿Qué? —preguntó.

—Te ves muy complacido contigo mismo.

Se rió y meneó los dedos. —Estoy bastante complacido contigo.

Gemí. Mis ojos se cerraron y mi cuerpo apretó sus dedos.

—¿Más?

Negué con la cabeza. —Creo que moriré si tengo más.

Se rió. —Qué manera de irse.

Lo dijo como una broma, algo que nos decíamos todo el tiempo, pero fue un recordatorio de Steven para mí. Un recordatorio de la única persona que compartimos que nos dejó.

Me aparté y me moví para bajarme de él. Su mano quedó atrapada en mis pantalones deportivos. Encontré su mirada, y lo que sea que vio en la mía lo hizo suspirar y liberarse de mí.

Me levanté y me arreglé los pantalones. Él me observaba, sus ojos nunca abandonándome. Tomé aire y me mordí el labio.

—No lo quise decir de esa manera —dijo suavemente.

Asentí. —Lo sé. Es solo que él es la razón por la que

estamos aquí. Él es la razón por la que no estamos juntos. Él es la razón por la que vas a salir por esa puerta en lugar de tomar mi mano y seguirme a la cama. Él es la razón por la que acabamos de hacer... eso... en el sofá en vez de en nuestra habitación. Porque lo perdimos.

Ramsey negó con la cabeza y se puso de pie. Todavía estaba erecto, su polla presionando contra su cremallera. El lado codicioso y cachondo de mí quería ignorar todo y arrodillarme frente a mi marido, pero el lado adulto maduro decía que necesitábamos hablar.

—Perderlo no es la razón por la que me fui. Es la razón por la que tú lo hiciste.

—Yo no me fui —dije—. Tú fuiste quien se marchó.

—Después de que tú te fuiste. Te desconectaste, Mel. Perderlo te destruyó, y...

—Él era nuestro hijo, Ramsey. Era nuestro hijo, una parte de nosotros que trajimos al mundo, y en vez de mantenerlo a salvo, lo perdí. Le fallé. Murió dentro de mí.

—Y de nuevo, eso no fue tu culpa. Sé que perderlo casi te mató. Casi me mató a mí también. Pero perderte a ti fue mucho más difícil. Perderte... no puedo soportar eso.

—¿Entonces por qué te alejaste?

—Porque no estabas dispuesta a cambiar tu sueño, Melody. No estabas dispuesta a aceptar que nuestra familia era perfecta. Y si no lo era, no iba a ser perfecta si te perdíamos a ti.

—No me vas a perder —dije.

—Lo hicimos, Mel. Lo hicimos. Te habías ido. Durante seis meses, no existías. Amber y yo andábamos de puntillas a tu alrededor. Y cuando finalmente volviste a nosotros, todo lo que te importaba era quedar embarazada de nuevo. Me atacabas cuando creías que estabas ovulando. No me querías a mí, querías un bebé. ¿Sabes cómo se sentía saber que la única razón por la que mi esposa estaba interesada era porque esperaba que la dejara embarazada?

—¿Por qué está mal eso?

—Porque mantener mis manos lejos de ti es casi imposible para mí. Porque cuando entras en una habitación, me pongo duro. Porque cuando pienso en ti, quiero desnudarte y hacerte gritar mi nombre. Pero tú solo veías un banco de esperma. Un banco de esperma que podría matarte de verdad o destruirte cuando perdieras otro bebé.

Miré a mi marido y me pregunté quién era. Cómo podía pensar que no lo deseaba, especialmente después de lo que acababa de pasar. No se trataba de sexo o de quedar embarazada. Se trataba de compartir algo con él. Se trataba de alivio, pero también se trataba de Ramsey.

—Ramsey...

—Dime una cosa, Mel. ¿Todavía quieres un bebé? ¿Es todavía algo por lo que harías cualquier cosa? ¿O estás lista para encontrar un nuevo sueño juntos?

Me quedé paralizada. Una voz interior me susurró que le respondiera, pero no pude. No pude.

Y después de un minuto, él asintió y se fue. El suave clic de aceptación sonó más fuerte que un portazo.

loré hasta quedarme dormida después de que Ramsey se fuera. Me sentía fatal cuando me levanté el sábado. Makayla y Casey vinieron a almorzar y apenas tuve energía para prepararnos comida.

—¿Estás enferma? —preguntó Casey cuando Amber llevó corriendo a Makayla a su habitación.

Negué con la cabeza. —No, estoy bien. Solo estoy disgustada.

—¿Te llamó Robin?

—¿Robin? ¿La de clase? No, ¿por qué me llamaría?

—Me preguntó si la ayudarías con la fiesta de Andrea. Pensé que por eso estabas molesta.

Suspiré. —No. Estoy disgustada por mi marido.

—¿Tienes vino?

Incliné la cabeza a un lado, cuestionando.

—¿No sabes que "cita de juegos" es en realidad código para dejar que nuestros hijos se entretengan entre ellos mientras bebemos? —preguntó Casey.

Una risa brotó de mí. Negué con la cabeza. —He estado haciendo las citas de juegos totalmente mal.

Casey enlazó su brazo con el mío. Nos reímos y nos dirigimos a la cocina.

Una vez que teníamos copas de vino y tomamos asiento en la mesa, Casey preguntó: —Entonces, ¿qué pasa?

Me reí y negué con la cabeza. —Créeme, no quieres saberlo.

Casey sonrió y se inclinó hacia delante. Su pelo oscuro se deslizó sobre su hombro y sus ojos brillaron. —Ahora realmente quiero saberlo.

Gemí y miré hacia el techo, esperando que me diera algunas respuestas. Desafortunadamente no fue así, pero tenía a una amiga sentada allí que quizás podría tenerlas.

—Ramsey vino anoche —comencé.

Casey puso su mano sobre la mía. —¿Eso fue algo bueno?

Solté una risa entrecortada. —Fue algo muy, muy bueno. Tres veces.

—¿Te acostaste con él tres veces? Vaya. Estabais recuperando el tiempo perdido.

Negué con la cabeza. —No tuvimos sexo.

Casey sonrió con picardía. —Aún mejor. Bien por ti, tomando lo que quieres de él.

Sonreí. —No fue así. Bueno, sí lo fue, pero realmente no pretendía que fuera así.

La sonrisa de Casey desapareció. —Vale, retrocede y cuéntame exactamente qué pasó.

Suspiré y le conté toda la historia, desde que Ramsey apareció hasta que salió por la puerta. Ella reaccionó como cualquiera lo habría hecho, pasando del deleite a la conmoción cuando admití lo que ocurrió que llevó a su partida.

—¿Estás bien? —preguntó.

Me encogí de hombros. —No lo sé.

—¿Puedo hacerte una pregunta?

Asentí.

—¿Qué tal fueron los orgasmos?

Resoplé una risa. —Realmente, realmente buenos, pero no sé qué tiene que ver eso con nada.

—Si los orgasmos fueron tan buenos, primero, te envidio. Segundo, todavía tenéis química. Eso significa que hay una oportunidad para vosotros dos.

Negué con la cabeza. —No lo sé. Me preguntó si estaba lista para renunciar a querer quedarme embarazada otra vez. Dijo que nada había cambiado si no lo estaba. Y tiene razón.

Casey me dio una sonrisa triste. —Cuando Kyle y yo decidimos empezar terapia, no estaba segura de que fuera a funcionar. Hacía demasiado tiempo que no me miraba. Estaba medio convencida de que tenía una aventura. Nuestra chispa había desaparecido. Todavía lo amo, pero se sentía más como un compañero de piso que como mi marido. Incluso ahora, hay días en que me irrita cuando llega a casa. Tal vez no debería admitir eso, pero es verdad porque, al final del día, seguimos sin tener esa química. Él no me mira y me excita. Desearía que lo hiciera, pero simplemente no lo hace.

—Dios, Casey, lo siento mucho. ¿Cómo vives así?

Se encogió de hombros y tomó otro sorbo de su vino. —Finjo estar dormida cuando viene a la cama. Evito el contacto visual cuando estamos despiertos. No agito las aguas y programo citas de juegos cuando sé que él no está trabajando.

Me reí con ella, pero ninguna de las dos lo encontramos muy gracioso.

—Lo que quiero decir es que desearía tener lo que tú tienes. Sé que tu marido se mudó y sé que las cosas apestan ahora, pero él todavía te desea. Tú todavía lo deseas. Y el sexo no arregla todo, pero seguro que ayuda.

Suspiré. El vino me estaba ayudando a relajarme. Me recliné en mi asiento. —Creo que para nosotros es casi lo contrario. Yo quiero más hijos. Siempre he querido una familia grande. Perdí a nuestro hijo, y mi médico dijo que quedarme embarazada otra vez era un riesgo. Podría... podría morir, y si sobreviviera, podría no ser capaz de llevar al bebé.

Casey se estremeció. —¿En serio?

Asentí.

—Lo siento, pero tengo que preguntar por qué demonios considerarías siquiera quedarte embarazada otra vez.

—Siempre he querido muchos hijos. Compramos una casa de cuatro habitaciones, y me imaginaba a los niños compartiendo habitaciones. Me encantan los niños. Por eso me hice profesora.

Casey asintió, con los labios fruncidos y las cejas juntas. —Aun así no lo entiendo. Si te quedas embarazada otra vez y algo sucede, seguirás sin tener otro hijo, pero también podrías morir, lo que significa que no estarías para ver a esos niños. Con la cantidad de niños que hay ahí fuera que necesitan hogares, ¿por qué no adoptarías si quieres más hijos?

Me encogí de hombros otra vez. —Me encantaba estar embarazada. Me encanta todo al respecto. Y los médicos... bueno, no es una garantía. Podría tener un embarazo perfectamente normal sin complicaciones.

—¿Te dijeron eso? —preguntó Casey.

Negué con la cabeza. —Bueno, no, pero sé que así es como funciona. Nada de esto es cien por cien seguro. Y tuve a Amber sin ningún problema.

—Um, a veces no es así como funciona —dijo Casey con cuidado—. Hay condiciones médicas en las que no puedes quedarte embarazada.

—A mi madre le dijeron que no podría quedarse embarazada otra vez, y luego tuvo a mi hermana —argumenté.

Casey asintió. —Claro, pero muchas cosas han cambiado desde entonces. Parece que aprendemos más cada día de lo que solíamos aprender en un año. Y la medicina... todo es diferente ahora de cuando nacimos. No creo que los médicos te dijeran que no te quedases embarazada porque no quieren que tengas hijos. Creo que te lo dijeron porque no quieren que mueras.

Tomé aire e intenté escucharla, realmente escucharla, pero mi cerebro bloqueó las palabras que no quería procesar. Así que sonreí, asentí, bebí mi vino y le pregunté por Makayla.

EL DOMINGO no fue mucho mejor que el sábado. Amber y yo pasamos el día juntas, jugando fuera y haciendo tonterías. Traté de dejar que eso mejorara mi estado de ánimo, pero no pude sacudírmelo.

Willow vino tarde en la tarde pareciendo que había estado despierta toda la noche.

—Bueno, no toda la noche —dijo con un guiño.

Solo negué con la cabeza. Adoraba a mi hermana y envidiaba lo fácilmente que bajaba la guardia.

—¿Cómo estás? Te ves toda melancólica y rara —dijo Willow, evaluándome.

Negué con la cabeza otra vez y evité encontrarme con su mirada. Willow siempre podía leerme. Cuando éramos niñas, nos venía bien para advertirnos mutuamente sobre los estados de ánimo de mamá, pero como adultas, era simplemente molesto. Especialmente cuando quería ocultarle mis pensamientos.

—Estoy bien. Solo ansiosa por esto.

—Entonces no vayas —dijo Willow rápidamente. Ella y Finley nunca se habían llevado bien tampoco, así que no me sorprendió que no estuviera a favor de que yo saliera con ellas. El resto de las mujeres parecían bastante agradables, pero no éramos amigas. No sería difícil para Willow convencerme de no ir.

—Le dije a Blake que iría.

—Le dijiste a Blake que lo pensarías.

Suspiré. —No me siento bien dejándola plantada. Ha sido amable conmigo.

—Yo siempre soy amable contigo, y estás bien dejándome plantada.

—Eso es porque eres mi molesta hermanita —dije con una sonrisa.

Willow me sacó la lengua. —¿Cuánto tiempo vas a estar fuera? ¿Necesito acostar a Amber?

Me encogí de hombros. —No tengo ni idea. Espero que no, pero quién sabe.

—Tal vez debería llamarte a los treinta minutos y decir que necesitas volver a casa.

Resoplé. —Eso es lo que haces en una mala cita.

Willow parpadeó. —¿Y?

—Esto no es una cita. Es solo una noche fuera con algunas nuevas amigas.

—Mmm hmm.

Después de cenar, me cepillé el pelo y me puse un poco de brillo labial. Odiaba cómo las mujeres siempre sentían la necesidad de impresionarse entre sí, pero aun así caía en la trampa. Hacía frío afuera, así que me puse leggings forrados de vellón y un sudadera larga. Añadí un par de botas y mi abrigo de invierno y decidí que tendría que ser suficiente.

—¿Vas a volver? —preguntó Amber antes de que me fuera.

Asentí. —Por supuesto. Aunque no sé a qué hora. Si no estoy de vuelta antes de la hora de dormir, la tía Willow te ayudará.

—¿Puedo quedarme despierta hasta que llegues a casa?

—Um, no. Necesitas dormir. Pero estaré aquí por la mañana.

Amber asintió y me abrazó fuerte. Ya le había advertido a Willow que había estado especialmente pegajosa todo el fin de semana. Me encantaba, pero no era propio de Amber, lo que me preocupaba.

Todavía estaba tratando de averiguar qué podría estar molestándola cuando llamé a la puerta de Novios Literarios Ilimitados. El cartel de cerrado estaba puesto, pero había luces encendidas en la parte trasera, así que esperaba que Blake no estuviera bromeando cuando dijo que se reunían allí.

Después de un largo momento, apareció Finley. Entrecerró los ojos cuando vio que era yo quien estaba al otro lado de la puerta. Presioné los labios en una sonrisa y saludé con la mano.

Finley desbloqueó la puerta y dijo: —Estamos cerrados. Tendrás que volver mañana.

—En realidad —dije mientras ella me cerraba la puerta en la cara—, Blake me invitó.

Las cejas de Finley se alzaron de golpe. Sus labios se aplanaron formando una línea. Finalmente, dio un paso atrás y me dejó entrar.

Hacía calor dentro de su tienda. Nunca había estado allí antes ya que ella era la dueña, pero era un lugar bonito. Una exhibición cerca de la entrada mostraba orgullosamente libros recomendados por gente local. Reconocí algunas de las portadas, pero muchos eran libros que no conocía.

—Estamos en la parte de atrás —dijo Finley secamente, dejándome seguirla.

—¿Quién es? —preguntaron sus amigas antes de que yo entrara a la vista.

Finley no respondió, pero pude sentir la tensión cuando doblé la esquina y las vi a todas sentadas en círculo. Había un plato con un pastel de chocolate en una mesa de café entre ellas. Finley tomó asiento en un sillón rojo de gran tamaño. Las otras simplemente se sentaron y me miraron.

Excepto Blake. Gracias a Dios por Blake. Ella se levantó de un salto y me abrazó como si fuéramos las mejores amigas. Me arrastró para sentarme con ella en el sofá de dos plazas que había reclamado y sonrió.

—No estaba segura de que fueras a venir —dijo Blake.

Me encogí de hombros y miré alrededor. Todavía tenía puesto mi abrigo y sostenía mi bolso en mi regazo. "Incómoda" ni siquiera comenzaba a describir cómo me sentía.

—Quítate el abrigo —dijo Blake—. Somos muy informales aquí. Y estamos hablando de este libro. Acaba de salir.

Asentí y luché por quitarme el abrigo mientras estaba sentada sobre él. Me sentía como un animal en el zoológico. O tal vez un pez. Todas simplemente me miraban, esperando ver qué iba a hacer a continuación.

—Chicas —siseó Blake, y finalmente rompió el hechizo.

—Realmente deberías habernos avisado —dijo Elise, sin molestarse en ocultar su irritación.

—¿Por qué? —exigió Blake—. Melody es mi amiga. Y necesita amigas. La invité aquí porque está pasando por una mierda, y nosotras siempre estamos pasando por alguna mierda. Todas sabemos lo que es sentirse solas. Así que la invité aquí para que durante un par de horas, no se sintiera tan sola.

Mis mejillas ardían. Apreté los labios para no decir que simplemente me iba a ir. Blake miraba fijamente a sus amigas, suplicando a cada una que la desafiara. Aprecié la muestra de solidaridad, pero no estaba segura de que importara para un grupo de personas que no conocía.

—Bueno, yo no sé cuál es el problema con que estés aquí, así que voy a saludarte y fingir que no es todo incómodo. Soy Trinity —dijo. Saludó con la mano desde su asiento al otro lado de la habitación. Era hermosa, con cabello naturalmente rizado y curvas perfectas.

Dije hola y le di las gracias.

Elise habló a continuación. —¿Besaste a tu marido otra vez?

Jadeé y me pregunté cómo demonios lo sabía. —¿Qué?

Elise resopló cuando vio mi cara. Luego sonrió con picardía y cortó un trozo de pastel. Me lo entregó, sacó uno para ella y se sentó de nuevo. —Necesitamos detalles.

—No hay detalles —dije suavemente.

—Ah, no. Así no es como funciona esto. Si vamos a ser amigas, tienes que soltar la sopa. —Se volvió hacia las demás y dijo—: Ella y Ramsey se besaron hace un par de semanas. Estaba toda molesta por eso porque él dijo algo estúpido, pero todavía lo quiere. Y parece que tal vez consiguió lo que quería.

—Mi hermana está en casa con Amber en este momento, no Ramsey, así que definitivamente no conseguí lo que quería —dije.

—Conseguiste algo —dijo Elise, levantando una ceja en señal de desafío.

Aguanté tanto como pude y luego suspiré. —Está bien, sí. Nosotros... tonteamos la otra noche. Pero él se fue cuando no pude decirle que no quiero más hijos.

—¿No quieres? —respiró Blake.

—No, eso no es lo que quise decir. Me preguntó si estaba lista para renunciar a quedarme embarazada otra vez, pero no le respondí porque no lo estoy.

De nuevo, la habitación quedó en silencio.

Después de un minuto, Elise se inclinó hacia delante. —¿Podemos volver a la parte de "tonteamos"?

Y justo así, la tensión en la habitación se rompió. Todas se rieron, y yo logré relajarme un poco.

Les conté lo que pasó con Ramsey, sintiéndome culpable

por compartirlo con personas que apenas conocía y ocultár-
selo a mi hermana. Pero sabía que Willow se enfadaría. Blake
y sus amigas estaban emocionadas al respecto.

—Tengo que decirte —dijo Laura—. Si yo tuviera un
hombre al que amara tanto como tú amas a Ramsey, renun-
ciaría a cualquier cosa por estar con él.

Las otras gimieron.

—Tienes que mantener tu posición. No puedes dejar que
te pisotee y te haga exigencias. Una relación debe ser una
sociedad —dijo Elise—. Créeme, si no lo es y una persona
tiene todo el poder, se pone feo.

Claramente yo era la única que no entendía todos los
matices de lo que estaba diciendo, pero estuve de acuerdo
con ella. —Toda mi relación con Ramsey se ha sentido como
dejar que él decida todo. Siempre le he cedido.

—¿Sobre qué? —preguntó Blake.

Me encogí de hombros. —Todo, parece. Desde cosas
pequeñas, como que nombramos a nuestra hija, hasta cosas
grandes, como dónde vivimos, Ramsey siempre ha sido el
que manda.

—Me gusta cuando un hombre toma el mando —dijo
Karissa—. Paso demasiadas horas al día tomando decisiones,
y de vez en cuando quiero que alguien más haga algo.

—Entiendo eso, pero si está haciendo exigencias, eso no
es saludable —objetó Elise.

—¿Era así? —preguntó Blake.

Negué con la cabeza. —Nunca hizo exigencias, no así.
Simplemente nunca se rendía hasta que yo veía las cosas a su
manera. Después de unos años, creo que dejé de formar una
opinión y esperaba a que él me dijera qué hacer.

—Me estás haciendo realmente no gustar a tu marido, y
ni siquiera lo conozco —dijo Trinity.

—Sí, lo conoces. El mejor amigo de Ian, Ramsey —dijo
Blake.

Los ojos de Trinity se agrandaron, y me lanzó una sonrisa culpable. —Lo siento. Más o menos coqueteé con él hace unas semanas.

Me encogí de hombros y lo desestimé con un gesto, pero saber que otra mujer estaba coqueteando con mi marido me dolió. No porque ella lo admitiera, sino porque él nunca me lo dijo. No me contaba muchas cosas. ¿Cuántas otras mujeres coqueteaban con él? ¿Alguna de ellas hizo algo más que coquetear?

Técnicamente todavía estábamos casados, pero estábamos separados, por lo que podría acostarse con alguien más si quisiera. Podría hacer cualquier cosa que quisiera. Y yo no podría decir nada al respecto porque si hubiera sido capaz de mantener feliz a mi marido, todavía estaría en casa en lugar de vivir como un soltero.

—Está entrando en espiral —dijo Finley.

—No, no es así. Solo estoy...

—Entrando en espiral —repitió Finley—. Está bien. Todas tenemos nuestros momentos. Acabas de darte cuenta de que tu marido podría haberse acostado con otra persona. Y estás preocupada por eso. Porque todavía lo amas y tienes la esperanza de que podrás solucionarlo. Lo quieres de vuelta.

—Bueno, ¡por supuesto que sí! Es mi marido. Lo he amado casi toda mi vida. Durante veinte años, ha sido el hombre con quien quería envejecer. Él es el indicado para mí. —Miré a Karissa—. Incluso tu aplicación nos emparejó. Sé que él es el indicado para mí, pero no podemos superar esto. Yo no cederé de nuevo, y él tampoco.

—¿Usaste mi aplicación? —preguntó Karissa.

Asentí.

—¿Y te emparejó con Ramsey?

Asentí de nuevo y me mordí la uña.

Karissa sonrió. —Genial. Me gusta.

—Pero si se supone que debemos estar juntos, ¿por qué no lo estamos?

Todas miraron alrededor y me evitaron. Me sentía tan sola como cuando entré, hasta que Laura se inclinó hacia delante y puso su mano sobre la mía. —Yo me pregunto lo mismo todo el tiempo.

—Sí, pero tú estás enamorada de tu jefe —dijo Finley—. Ella quiere volver con su marido. Es un poco diferente.

—Lo es —aceptó Laura—. Pero ella es el tipo de persona que puede darme esperanza. Si está destinado a ser, será. Como Romeo y Julieta.

Las otras gimieron.

—Romeo y Julieta es el romance favorito de Laura, aunque realmente no es un romance —dijo Blake.

—Es una historia de amor trágica —dije—. El Diario de Noah es mucho mejor. Se enamoraron, pero se perdieron el uno al otro. Luego, años después, pudieron encontrarse de nuevo y construir una vida juntos. Todavía es un poco trágica, pero todo el mundo muere eventualmente. Ninguna historia de amor dura para siempre realmente. Eso es lo que hace que el amor sea tan perfecto. Es frágil y delicado pero cambia la vida cuando es el correcto.

—Y cuando es incorrecto —dijo Finley—. Enamorarse de alguien equivocado también puede cambiarte. No es un cambio bueno, pero no todos los cambios son buenos.

—Cierto —dijo Elise—. Si nunca hubiera conocido a Andy, mi vida sería muy diferente de lo que es hoy.

De nuevo, yo era la única que no entendía. Las otras asintieron, y Karissa tomó la mano de Elise.

Y me di cuenta de que ir allí fue la mejor decisión que había tomado en mucho tiempo. Había prejuzgado a la mayoría de ellas, pero eran personas increíbles. Se preocupaban unas por otras, y querían encontrar lo que Ramsey y yo teníamos. Amaban y perdían personas, pero seguían en pie, luchando, esforzándose por el tipo de amor que compartía con mi marido.

Lo que me hizo preguntarme si tenían razón. Si había una manera de mantener a Ramsey en mi vida, ¿por qué no lo haría? ¿Por qué tener otro bebé me importaba más que tener a mi marido en mi vida? Porque al final del día, ¿importaba realmente algo si las personas que amamos no están allí para compartir nuestras vidas?

## 17

## RAMSEY

Blake rellenó mi taza de café y me preguntó si estaba listo para ordenar.

—Sí, tomaré el especial. Y sigue trayendo café. Lo necesito hoy.

—¿Todo bien? —preguntó Blake. Guardó su libreta en el delantal e inclinó la cabeza.

No me gustaba que la gente supiera lo que pasaba en mi mundo, pero Blake no era cualquier persona. Iba a casarse con mi mejor amigo—. Solo es Melody.

—Oh, entiendo. Lo siento. No debí preguntar —sus mejillas se tornaron rosadas antes de que pudiera alejarse.

—¿Lo sabes? —pregunté.

Negó con la cabeza, pero su sonrojo se intensificó—. ¿Saber qué?

—¿Desde cuándo tú y Melody son amigas?

Blake suspiró—. Desde que vino a nuestra noche de chicas ayer.

Gemí—. Se lo contó a todas.

—Bueno, más bien lo sacamos a la fuerza.

Cerré los ojos y respiré profundamente. No ayudó. No

sabía si debería estar más enojado o avergonzado. En ese momento, la vergüenza parecía estar ganando la batalla.

—Mira, está bien. Todas estábamos hablando de relaciones y esas cosas, no es gran cosa. No somos chismosas —dijo Blake.

—¿Elise?

Blake resopló—. Bueno, Elise sí lo es un poco, pero nunca con nada de lo que hablamos allí. Es como el Club de la Lucha. O Las Vegas.

—¿Qué?

Blake negó con la cabeza. Parecía incluso más incómoda de lo que yo me sentía—. Ya sabes, ¿la primera regla del Club de la Lucha?

—De acuerdo, ¿pero Las Vegas?

—Lo que pasa en Las Vegas...

Una risa se me escapó. Sacudí la cabeza—. Espero que tengas razón porque no quiero que todo el pueblo hable sobre... eso.

—No te preocupes, será... eh... estará bien. Eh, ¿Ramsey?

Levanté la mirada y entrecerré los ojos cuando vi que miraba más allá de mí. Me giré a tiempo para ver a Melody sonreír y caminar hacia mí.

Me quedé paralizado, observándola moverse entre las mesas, sus curvas rozando los bordes de las mesas y los respaldos de las sillas mientras serpenteaba entre la multitud. Solo verla moverse así me excitaba. Mierda, todo en ella me excitaba.

Se acercó y dijo hola, luego se quitó el abrigo y lo colgó en la otra silla de mi mesa—. Hola, Blake. ¿Me puedes traer un café? ¿Y un revuelto?

—Eh, claro. Sí, por supuesto. ¿Café? Espera, ya pediste café. Vuelvo enseguida.

Blake se alejó apresuradamente. Yo seguí mirando a Melody.

—Hola. ¿Cómo estás? —me preguntó.

¿Tenía un tumor cerebral? ¿O estaba soñando? Miré hacia abajo. No estaba desnudo, así que al menos no era ese sueño. Pero Melody estaba sentada en una mesa conmigo a punto de desayunar. Seguro que esto no era la realidad.

—¿Ramsey? ¿Estás bien?

—Um, no lo sé. ¿Eres real?

Ella se rió y negó con la cabeza. Blake colocó una taza frente a Melody y la llenó de café—. Gracias, Blake.

—De nada.

Blake comenzó a alejarse, pero la agarré del brazo. Me miró con una ceja levantada.

—¿Tú también la ves?

Blake se rio—. Sí, la veo. Realmente está sentada ahí.

Solté el brazo de Blake y tomé mi taza de café. Tragué demasiado y me quemó la garganta al bajar. Tosí y bebí agua para aliviar la quemadura—. ¿Qué haces aquí, Melody?

Ella se encogió de hombros—. Quería desayunar contigo.

—De acuerdo, ¿pero por qué?

Suspiró—. Creo que tal vez deberíamos empezar de nuevo. Intentarlo otra vez. Sé que tenemos historia, mucha, pero en algún momento del camino, creo que perdimos el por qué estamos juntos.

—Yo sé por qué estoy contigo. Porque te amo.

—Dime cinco cosas que amas de mí —dijo Melody.

—Tu sonrisa, cómo eres con Amber, lo mucho que me haces reír, cómo te ves cuando llegas al orgasmo, y despertar contigo en las mañanas cuando estás toda adormilada y despeinada y no quieres levantarte pero lo haces porque cuidas de todos.

Su sonrisa arrogante vaciló.

Me incliné hacia adelante y entrelacé mis dedos antes de apoyar mis manos en la mesa—. Supongo que tú no puedes decirme cinco cosas que amas de mí —levanté una ceja en señal de desafío.

—En realidad sí puedo. Amo cómo siempre te aseguras de que yo esté feliz antes de pensar en ti mismo, ese lado bobo que solo me muestras a mí, lo paciente que eres con Amber, hasta dónde llegas para ayudar a tus clientes a conseguir sus sueños, y la mirada en tus ojos cuando estás excitado.

Mi miembro presionó contra mi cremallera. Inspiré profundamente e intenté entender qué estaba pasando.

—Salí con las amigas de Blake anoche —comenzó Melody.

—Eso escuché.

Me miró, luego sus ojos se agrandaron y su cuello se sonrojó—. No quise contarles lo que pasó. Solo estábamos hablando y de alguna manera salió.

—Está bien —le dije—. Blake dice que ellas no hablan. Ni siquiera Elise.

—Lo sé, pero no quiero que pienses que ando contándole a todo el mundo detalles íntimos de nuestra relación.

—Aparte de ellas y Willow, ¿con quién más hablaste?

—No le conté a Willow —dijo Melody.

—¿En serio? —negué con la cabeza—. No importa. Sé que se lo contaste a las amigas de Blake. Está bien.

—Bien, pero eh, dijeron algo que me hizo pensar. No quiero perderte. Sé que todavía tenemos cosas que resolver, pero no quiero perderte.

—Um, está bien.

—Amo a nuestra familia, te amo a ti, y sé que podemos resolver esto, ¿de acuerdo? Solo, intentémoslo, ¿de acuerdo?

Su labio tembló, y tuve que asentir. Odiaba cuando lloraba. Había pasado más de la mitad de mi vida tratando de asegurarme de que ella fuera feliz, y cuando fracasaba en lograrlo, no podía soportarlo.

—Lo intentaremos, Mel. Lo intentaremos.

Extendió la mano a través de la mesa y tomó la mía. Sostuve la suya hasta que Blake trajo nuestra comida.

Melody habló durante el resto del desayuno como si nada hubiera pasado entre nosotros. Cuando terminamos, me besó en la mejilla antes de ir calle abajo hacia su trabajo, dejándome junto a mi auto tratando de entender qué demonios estaba pasando.

EL RESTO DEL DÍA, Melody me envió mensajes en En Busca del Galán de Papel con cosas que amaba de mí. Nunca dijo exactamente qué dijeron Blake y sus amigas que la hizo querer arreglar las cosas, pero yo estaba cautelosamente optimista.

Colin apareció el miércoles después del almuerzo mientras yo estaba leyendo el último mensaje de Melody.

—Pareces feliz por algo —dijo cuando entró a mi oficina.

Bloqueé mi teléfono y lo coloqué boca abajo para no distraerme con otros mensajes de ella—. Hola. No sabía que teníamos una reunión hoy.

Colin negó con la cabeza—. No la tenemos. Solo quería ver cómo iban las cosas.

—Todavía no he tenido noticias de Carter —le dije mientras se sentaba.

Suspiró—. ¿Tienes alguna idea de cuánto tiempo va a tardar en tomar una decisión? Tengo cosas que necesito hacer, pero si tengo que comprarlo, no quiero gastar demasiado dinero.

Colin se veía más como esperaba que fuera normal para él. Su chaqueta de mezclilla tenía un forro grueso. Debajo de su abrigo llevaba una sudadera marrón con cremallera del color exacto de su piel y una camiseta gris. Sus jeans estaban bien gastados y sus botas tenían terrones de tierra.

Era el tipo de persona para quien entré en este negocio para ayudar. Un tipo común y corriente que solo quería hacer algo que disfrutaba. Alguien que tenía un sueño y quería vivir ese sueño.

—Me comunicaré con él hoy. No le dimos una fecha límite, pero tampoco deberías estar esperando eternamente. ¿En qué plazo estás pensando para tomar algunas decisiones?

Colin se encogió de hombros y cruzó una bota sobre la otra rodilla. Agarró su tobillo y me miró—. ¿Un par de semanas? Sería mejor antes, pero según Nicky, dos a tres semanas es todo lo que tengo para empezar a gastar algo de dinero si quiero abrir este año.

—¿No crees que lo harás?

—Quiero hacerlo. Planeo hacerlo. Pero ¿y si Carter dice que quiere su mitad y tiene algunas opiniones sobre cómo debería funcionar el lugar?

—Puede que no —dije.

Colin asintió—. No puedo ir al banco con un "puede". Necesito saberlo de una manera u otra. Quiero abrir la granja. Quiero explotar todos los árboles, no solo unas pocas hectáreas. Quiero hacer de este lugar lo que solía ser. Sé que llevará tiempo, y sé que no será fácil. Pero será mucho más fácil si el dinero que voy a invertir en este lugar va a generar ganancias en lugar de ser absorbido por la cuenta bancaria de algún tipo que nunca ha puesto un pie en la tierra.

Respiré profundamente, esperando que si me mantenía tranquilo, Colin se relajaría. Tenía todo el derecho de estar cabreado y preocupado. Pensé que Carter ya habría llamado. Había pasado casi una semana desde que estuvo en mi oficina y le dije que era heredero parcial de una granja de arce. Era algo importante, pero una semana era mucho tiempo para pensarlo y empezar a elaborar un plan.

—¿Quieres que lo llame ahora mismo? ¿Mientras estás aquí?

Colin negó con la cabeza—. No. Creo que no podría soportarlo —se levantó—. ¿Todavía vas a traer a tu hija a la granja este fin de semana?

Asentí y me levanté con él—. Si está bien.

—Sí, por supuesto. Estoy tratando de pensar en algunas actividades que pueda preparar para los niños. Tal vez hablar con las escuelas locales sobre hacer excursiones una vez que estemos operando a tiempo completo. Quiero que la granja sea lo que solía ser. Un lugar donde la gente se sentía cómoda y quería pasar tiempo.

—Esa es una gran idea, Colin. Mi esposa solía ser maestra y todavía conoce a algunos de los profesores de la escuela primaria. Estoy seguro de que puede ponerte en contacto con alguien.

Las cejas de Colin se alzaron—. ¿Tu esposa? ¿Eso significa que se han reconciliado?

Me reí y negué con la cabeza—. No sé qué significa.

—Bueno, supongo que significa que esa mirada que tenías en la cara antes era por ella.

Sonreí con malicia.

Me dio una palmada en la espalda—. Bien por ti.

Negué con la cabeza otra vez—. No está todo arreglado.

—¿Pero lo están intentando?

Me encogí de hombros—. Ella quiere intentarlo de nuevo. Empezar de cero y resolver las cosas juntos. Todavía no he vuelto a casa, pero estamos hablando más en los últimos dos días de lo que lo hemos hecho en casi dos años, así que me conformo con eso.

—Bien —dijo—. Bien. Todo va a salir bien. Oye, ¿por qué no la traes a la granja este fin de semana con tu hija?

—Le preguntaré. Veré qué tiene planeado.

—Suena bien. Oye, avísame tan pronto como sepas algo, ¿de acuerdo?

Asentí—. Lo haré, Colin.

Me estrechó la mano y se fue con una sonrisa en la cara. Solo esperaba que se mantuviera ahí después de que hablara con Carter.

COMO CARTER TRABAJABA de nueve a cinco, esperé hasta el final del día para llamarlo. Respondió al segundo timbre.

—¿Hola?

—Carter. Soy Ramsey Holland. Nos conocimos la semana pasada. Soy el abogado de Cleotha Jones.

—Hola, Ramsey. Um, este no es realmente un buen momento. ¿Crees que pueda llamarte mañana?

—Eh, claro. Es solo que estamos ansiosos por saber si has tenido tiempo de pensar...

—Sí, lo siento. Estoy saliendo por la puerta. Te llamaré por la mañana. Gracias. Adiós.

Colgó antes de que pudiera decir otra palabra. Miré mi teléfono hasta que apareció un nuevo mensaje de Melody.

MAMÁ TELARAÑA

Amo tu voz por la mañana justo después de despertarte cuando está toda rasposa y sexy.

Sonreí y negué con la cabeza. Si no otra cosa, compartir todas las cosas que amábamos el uno del otro estaba haciendo maravillas para mi imaginación. Podía imaginar a Melody excitándose de varias maneras debido a todas las cosas sucias que decía que amaba de mí.

Y las no tan sucias.

Amo cómo te ves en la ducha... con burbujas corriendo como ríos sobre tu cuerpo, atrapándose en tus pezones y tus curvas y tu sexo. No puedo esperar para verte ducharte de nuevo.

Me envió un emoticón guiñando el ojo justo cuando Penny entró con su abrigo puesto.

—Me voy a casa por hoy a menos que necesites algo más.

Negué con la cabeza—. No, estoy bien. Saldré contigo si me das un segundo.

—¿Estás listo para irte? —preguntó.

Puse los ojos en blanco—. Ja, ja. Sí, me voy. Estoy haciendo un esfuerzo por ser una persona normal y salir de la oficina a una hora razonable.

—¿Vas a ver a Melody?

—No, voy a casa de Ian.

—¿A casa de Ian y Blake o a casa de Ian donde vives?

—A casa de Ian y Blake. Me invitaron a cenar. Creo que Blake se siente mal por haberme dicho que Melody estaba hablando de nosotros.

—¿Sobre qué?

Mis mejillas se calentaron. Agaché la cabeza para recoger mis cosas, esperando que no lo notara—. Solo algunas cosas que están pasando.

—¡Ramsey Holland! ¿Estás tonteando con tu esposa?

—Es mi esposa. No es como si estuviera engañándola.

—Ramsey, esas son buenas noticias.

Negué con la cabeza—. No sé si lo son. Ella lo detuvo cuando hice otro comentario estúpido. Dijo que todavía quiere más hijos. Pero luego el lunes, se reunió conmigo para desayunar y desde entonces me ha estado enviando mensajes sobre todas las cosas que ama de mí.

—Oh, eso es tan dulce.

Me reí—. Sí, pero hace unas semanas, apenas nos hablábamos. Ahora, se me lanza cuando entro a su casa y me dice todas las cosas sucias que quiere hacerme y conmigo. Algo cambió, y no sé qué.

—¿Por qué necesitas saberlo? —preguntó Penny—. Ella sabe que no estás dispuesto a tener más hijos. Si está haciendo todo esto, es porque está lista para que las cosas vuelvan a ser como eran. Te quiere de vuelta.

Asentí e intenté sonreír.

—¿No crees que eso es lo que está pasando? —preguntó Penny.

Cerramos la oficina y salimos al frío. Había algo con Melody que no podía identificar. No sabía qué era, pero algo en toda la situación no me cuadraba.

—Seguro que es eso. Creo que solo estoy tratando de no hacerme ilusiones. Ha pasado mucho tiempo.

Penny me dio una palmada en el brazo—. Ya casi termina.

Sonreí y le di las gracias. Tal vez tenía razón. Tal vez estaba siendo paranoico.

Estaba trabajando en ser optimista durante mi viaje a casa de Blake e Ian. Ellos estaban todos felices y radiantes y perfectos, y no podía dejar que mi matrimonio en crisis, pendiendo de un hilo, contaminara el suyo.

Ian abrió la puerta cuando llamé e inmediatamente me entregó una cerveza.

—Eh, gracias. ¿Tan malo fue tu día?

Ian negó con la cabeza—. Blake tiene la misión de caerte bien. Me preguntó cuáles eran tus comidas favoritas e intentó cocinar.

—¿Intentó?

—Ella no cocina —dijo Ian en voz baja—. Y hay una razón para ello. La amo, pero no es chef.

—¿Qué preparó?

—Cerdo desmenuzado y puré de papas.

—¿En serio?

Ian asintió y frunció los labios. Me entregó un billete de veinte—. Compra la cena camino a casa.

Le devolví su dinero y me reí—. No puede ser tan malo.

Las cejas de Ian se levantaron y sonrió—. Oh, ya verás.

Seguí a Ian hasta la cocina donde Blake agitaba la mano frente al horno abierto. El humo salía a borbotones del horno.

—Hola, cariño. ¿Cómo va todo?

—Mierda. Mierdamierdamierda. ¿Cuánto tiempo hasta que llegue Ramsey?

—Hola, Blake —dije.

—Maldición. Quemé la cena. Lo siento mucho, Ramsey.

—No te preocupes, Blake. Podemos simplemente pedir una pizza o algo.

—Pero te invitamos para que pudieras tener una comida casera. Estoy segura de que algo de esto todavía está bien — agarró agarraderas y sacó la carne humeante del horno. Colocó la bandeja sobre la estufa y tomó unas pinzas. Empezó a desmenuzar la carne chisporroteante. Con cada tirón, la carne chamuscada se desprendía como carbón.

Ian y yo intercambiamos una mirada. Ian dio un paso adelante—. Cariño, está bien. Pidamos algo.

—No, Ian. Quería que esto fuera bueno. Estoy segura de que está bien. Solo podemos ponerle salsa. Estará bien. Quería hacer algo agradable para Ramsey.

—Cuando Melody y yo nos casamos, ambos estábamos trabajando, y ninguno de los dos había vivido por su cuenta mucho tiempo. Ninguno cocinaba mucho, así que comimos muchas comidas quemadas.

—¿Está tan mal? —preguntó Blake, sus ojos llorosos volviendo a la pila humeante.

—No, Blake, está bien. Probémoslo. ¿Platos? —pregunté.

Ella señaló un gabinete y se limpió las lágrimas que

corrían por sus mejillas. Busqué lo que necesitaba mientras Ian la atraía hacia sus brazos y le susurraba algo.

Verlos juntos me recordó a Melody y a mí antes de que todo se fuera a la mierda. Blake se rio, e Ian la besó. Me dolía el pecho. Quería eso de nuevo.

¿Importaba si algo más estaba pasando con Melody? ¿Realmente me importaba? ¿O estaba listo para dejar de pelear con ella y recuperar a mi familia?

Estaba bastante seguro de que era la segunda opción.

## 18

Nunca tuve respuesta de Carter. Toda la semana esperé a que me devolviera la llamada como dijo, pero nunca lo hizo. Lo intenté unas cuantas veces más, pero cada llamada quedó sin respuesta. No tenía un buen presentimiento sobre eso.

Para cuando salí del trabajo el viernes por la tarde, estaba frustrado. No sabía qué significaba que no contestara mis llamadas, y sin una fecha límite clara para cuando necesitaba aceptar o rechazar la granja, estaba simplemente de brazos cruzados, esperando a que Carter hiciera algo.

La única buena noticia que tuve en la semana fue que Melody me invitó a cenar. Dijo que quería que los tres pasáramos tiempo juntos.

Todavía no podía entender por qué había cambiado tan rápido, pero estaba esforzándome por no cuestionarlo. Quería que las cosas mejoraran con Melody, así que estaba abierto a lo que ella quisiera.

Siempre y cuando no fuera un niño.

Conduje a casa y me cambié rápidamente, luego regresé a la casa. Toqué el timbre y esperé.

Melody abrió la puerta pareciendo la mejor fantasía del mundo. Su cabello estaba recogido en una cola de caballo despeinada con mechones cayendo por todas partes. Llevaba otra de mis viejas camisetas. Tenía leggings y pies descalzos. Sin maquillaje y una mancha de algo que parecía harina en la mejilla.

—¿Por qué no entraste directamente? —preguntó.

Me tomé un minuto para seguir mirándola.

—¿Qué?

Negué con la cabeza. —Nada. Solo pensaba en lo hermosa que eres.

Ella resopló. —Ni un poco. Soy un desastre. Quería preparar una buena cena, pero se me fue el día.

—Estás preciosa, Melody. La mujer más hermosa que he visto jamás. —Mi voz se quebró con una emoción que apenas podía contener. Definitivamente ella era mi hogar. Era todo lo que siempre había querido en la vida. Y estaba dispuesta a intentarlo de nuevo.

—Gracias —dijo finalmente en voz baja—. Entra. Sal del frío.

Asentí y entré. Ella cerró la puerta detrás de mí y se frotó las manos.

—Está haciendo más frío. Todos los padres están preocupados porque creen que la escuela va a cerrar unos días la próxima semana.

—Es posible. Estamos a finales de enero, así que queda mucho más invierno por delante.

Sonrió. —Lo sé. Me encanta.

Melody siempre decía que el invierno era su estación favorita. Entre Acción de Gracias, Navidad, Año Nuevo y San Valentín, el invierno tenía todas sus festividades favoritas. Decía que más allá de eso, le gustaban las noches acogedoras frente a una chimenea, el chocolate caliente después de un día de trineo y patinar sobre hielo.

Por supuesto, mi mente solo se centró en las noches acogedoras frente al fuego. Habíamos tenido más de unas cuantas de esas.

—¿En qué estás pensando? —preguntó.

Sonreí. —Solo me preguntaba si debería encender un fuego en la chimenea.

Un rubor subió por las mejillas de Melody. Se mordió el labio y asintió. —Eso suena como una muy buena idea.

—¡Papi! —gritó Amber, corriendo a mis brazos.

La agarré y la abracé. Un día, le prometí en silencio, estaremos todos bajo el mismo techo de nuevo para siempre.

—¿Cómo estuvo tu día, pequeña? —pregunté, llevándola a la sala de estar.

—Bien. Mi maestra dijo que soy una gran lectora —me contó con una sonrisa.

—Apuesto a que es porque tú y mamá leen todo el tiempo.

Amber asintió. —Eso es lo que mi maestra dijo también.

—Leer es algo maravilloso. Espero que sigas leyendo.

—Lo haré, papi. ¿Te vas a quedar aquí esta noche?

Negué con la cabeza. —No, cariño. Pero voy a hacer un fuego. ¿Quieres ayudarme?

—¿De verdad? ¿Un fuego? Mamá dice que no podemos cuando le pregunto porque casi no tenemos leña.

Miré la pequeña pila junto a la chimenea. —¿Esto es todo lo que tienes? —le pregunté a Melody.

Ella asintió. —No puedo cargar los paquetes sola para meterlos en mi coche.

—Te conseguiré algunos. Especialmente con la tormenta que viene la próxima semana. Solo por si acaso.

Sonrió. Le guiñé un ojo y luego volví a preparar el fuego con Amber. Melody fue a la cocina mientras trabajábamos en encender el fuego.

Decidimos comer frente a la chimenea para poder disfrutarla. Melody cocinó asado de res, una de mis comidas favoritas para tiempo frío, y horneó pan fresco, lo que explicaba la harina que finalmente le dije que tenía en la mejilla.

—¿Vas a salir con la tía Willow más tarde, mami? —preguntó Amber mientras alcanzaba una rebanada de pan caliente.

Melody me miró y luego negó con la cabeza. —No, cariño. Me quedaré en casa esta noche.

—Qué bueno. Me gusta más cuando estás en casa.

—A mí también —dijo Melody.

Terminamos de cenar y puse otro leño en el fuego. Amber estaba especialmente cariñosa, así que nos sentamos todos en el sofá y vimos una película. Sostuvo mi mano y apoyó su cabeza en el pecho de Melody hasta que se quedó dormida a mitad de la película.

—Esta semana la agotó.

—¿Crees que se está enfermando?

Melody negó con la cabeza. —No, pero han estado jugando afuera toda la semana en la escuela. Deslizándose por la colina detrás de la escuela. Ha estado llegando a casa más exhausta de lo habitual. Espero que pueda descansar un poco más este fin de semana.

—¿Sigue en pie que venga conmigo mañana a la granja Jones?

Melody asintió. —Absolutamente. Está muy emocionada por eso.

—Tú también deberías venir —dije con tono casual, esperando no sonar tan emocionado por pasar más tiempo con ella como en realidad estaba.

Melody sonrió. —Me gustaría, pero tengo una reunión. Una de las otras mamás de su clase quería hablar conmigo sobre ayudar a planificar la fiesta de su hija.

—Ah, está bien. Debí haber preguntado antes.

—Está bien. Tú y Amber no han estado pasando tanto

tiempo juntos últimamente. Siento que estoy entrometiéndome en tus noches con ella.

Extendí la mano libre a través de Amber y acuné la
mandíbula de Melody. Ella me miró desde debajo de sus
oscuras pestañas.

—Las extraño a las dos. Quiero pasar tanto tiempo con
las dos como pueda. Así que no, no te estás entrometiendo.
Prefiero tenerte aquí.

Melody sonrió y asintió, apartando suavemente su mejilla
de mi mano.

—¿Debería llevarla a la cama? —pregunté.

Melody miró a Amber, que roncaba suavemente contra su
hombro, y asintió. —Probablemente. No se va a despertar.
Puede cepillarse los dientes por la mañana.

Levanté a Amber en mis brazos y la llevé por el pasillo
hasta su habitación. Melody nos siguió, retirando la manta de
Amber para que pudiera acostarla en su cama. La arropamos
y ambos susurramos buenas noches, luego cerramos su
puerta y regresamos a la sala de estar.

La película de dibujos animados que Amber había elegido
seguía en la pantalla. Pasar de papá a esposo fue tan fácil
como detener la película y lanzar un cojín al suelo frente a la
chimenea.

Melody me miró con esos ojos que decían que estaba tan
lista para el resto de nuestra noche como yo.

Se movió alrededor de la mesa de café y se paró frente a
mí. Mis dedos ansiaban alcanzarla, pero todavía estaba
tratando de seguir su iniciativa. Si ella decía que no, yo me
detendría. Si me suplicaba que la tocara, lo haría con gusto.
Pero ella era quien mandaba.

Inclinó la cabeza y entrelazó sus brazos alrededor de mi
cuello. Deslicé mis manos en su cintura y la acerqué suavemente, resistiendo la urgencia de jalar su cuerpo firmemente

contra el mío. Me atrajo hacia ella hasta que nuestros labios se rozaron.

Seguí conteniéndome, muriendo por dentro, pero dejándola guiar. Presionó su lengua contra mis labios y gimió suavemente cuando me abrí para ella. Deslicé mi lengua por su boca, necesitando tomar aunque fuera un poco de ella. Se acercó más, sus pechos perfectos aplastándose contra mi pecho.

Apreté mi agarre sobre ella, envolviendo mis brazos más alrededor de su cuerpo. Sus curvas me torturaban. Toda su suavidad acunando mi dureza. Me dolía hundirme en ella, olvidar todo lo que nos mantenía separados y simplemente tenerla de nuevo. Quería volver a mudarme y no dejarla ir nunca más. Pero me comprometí a dejarla tomar las decisiones. A dejarla decidir cómo iban a ir las cosas. Yo fui quien la cagó y se marchó. No iba a equivocarme de nuevo.

Melody se apartó un poco y se movió para que aflojara mi agarre sobre ella. Me besó la mandíbula y mordisqueó mi cuello. Tiró de mi camisa hacia arriba y empujó mis jeans.

—Mel —gemí.

Se arrodilló frente a mí y desabrochó mis jeans. Los guió hasta el suelo y luego bajó mis calzoncillos. Mi polla estaba dura y lista para ella, pero aun así di un respingo cuando envolvió su pequeña mano alrededor.

—Joder, Melody.

—Extrañé esto —dijo suavemente—. Extrañé poder hacerte perder la cabeza.

—Ya la perdí por completo, nena. Cada vez que te veo pierdo la cabeza.

Me sonrió mientras acariciaba mi polla. Tiré de mi camisa hacia arriba y me la quité para no perderme nada. Su mano apretaba y acariciaba. Su pulgar limpiaba las gotas de líquido preseminal que salían.

Entonces se inclinó hacia adelante y deslizó su lengua a lo largo de la parte inferior de mi polla.

—Oh, Dios, Mel —gemí. Agarré su cabello, apartándolo de su cara para ver mi polla desaparecer entre sus bonitos labios rosados.

Deslizó su lengua hasta mi glande y lamió alrededor de la corona, luego abrió la boca y me chupó dentro. Su mano no se comparaba con su boca. Había pasado tanto tiempo desde que había estado dentro de ella, que casi había olvidado lo bien que se sentía, pero con una sola succión estaba listo para explotar.

—Tan perfecta, Mel. Eres tan hermosa. Me encanta verte.

Ella murmuró su acuerdo y me miró. Mantuvo mi mirada mientras bombeaba su cabeza y mano juntas. No tenía que guiarla en absoluto. Sabía exactamente cómo apretar, acariciar y chupar para llevarme justo al límite.

—Tienes que parar, Mel —gemí, muriendo por correrme pero sabiendo que ella debía hacerlo primero.

Mordió suavemente, y vi malditas estrellas. Ya no podía controlarme. Follé su boca, necesitando correrme más que cualquier otra cosa en la vida. Excepto a ella.

Ella acunó mis testículos y tiró suavemente, y perdí el control. Empujé profundamente en su garganta y la mantuve allí mientras me vaciaba. Todo el tiempo, ella me observaba, sus ojos en los míos mientras perdía la maldita cabeza.

Aflojé mi agarre en su cabello y ella retrocedió. Me chupó una vez más, y todo mi cuerpo se sacudió, luego me soltó y tragó.

Sus labios estaban rojos e hinchados. Me dejé caer de rodillas frente a ella y la besé con fuerza. Respondió inmediatamente, abriendo sus labios y enredando su lengua con la mía. Podía saborear el último resto de mi semen en su boca y quería más. Necesitaba más. De ella. De nosotros.

—Eso fue...

—Sí —dijo ella—. He extrañado eso. Mucho.

—Gracias.

Sonrió y me abrazó, sosteniéndome con fuerza. Nos quedamos así, de rodillas frente al fuego, por un largo momento. Cuando finalmente nos apartamos, me miró con una sonrisa. —Gracias por darnos otra oportunidad.

—Gracias a ti —dije honestamente—. Nunca pensé que estarías dispuesta siquiera a hablar de otra cosa. Sé que tenemos mucho que resolver, pero estoy feliz de que vayamos a intentarlo.

—Yo también —dijo contra mi pecho—. ¿Quieres quedarte un rato más? Podemos ver una película y simplemente estar juntos.

—¿Y tú? —le pregunté—. Aún no has llegado al orgasmo.

Ella negó con la cabeza y se apartó para mirarme. —Solo quería saborearte esta noche. ¿Está bien?

Normalmente, habría dicho que no, pero la mirada en sus ojos decía que había obtenido todo lo que necesitaba al hacerme una mamada. Me sentí como un idiota presumido por siquiera pensarlo, pero sabía lo increíble que se sentía poder hacer que la persona que amas se sienta bien. Así que asentí y me vestí, luego la abracé en el sofá mientras veíamos una película. Juntos.

La última vez que estuve en la Granja de Arce Familiar Jones fue antes de que naciera Amber. A Melody le encantaban sus dulces de arce, y su jarabe era el mejor de la zona. Siempre planeábamos una visita al comienzo de la temporada.

Nunca había estado allí cuando había nieve en el suelo. Colin estaba haciendo lo que podía para tener la granja lista para abrir, pero era temprano. En dos meses, estaría casi terminando de recolectar savia de los árboles. Después de eso, podría abrir el lugar y empezar a recibir visitantes.

Amber susurró: —Guau —desde el asiento trasero mientras subíamos por el largo camino hacia el granero. Enormes arces bordeaban el camino, mostrando exactamente por qué la granja estaba allí.

—Bastante impresionante, ¿verdad? —dije.

Ella asintió. —¿Podemos conseguir algo de jarabe mientras estamos aquí?

Me reí. —No estoy seguro si ya tienen. Es un poco temprano en el año.

—Tienen en el supermercado —dijo Amber, claramente no impresionada.

Asentí. —Cierto. Pero este es un jarabe especial. Le preguntaremos al Sr. Jones.

Amber asintió de nuevo y siguió mirando por la ventana. Cuando llegamos al granero, salió rápidamente del asiento trasero y miró hacia los árboles muy por encima de su cabeza.

—¡Hola! —nos saludó Colin. La puerta se cerró de golpe detrás de él. Caminó hacia nosotros, sonriendo de oreja a oreja—. Veo que le gustan los árboles.

Asentí. —Así es. Le encanta estar al aire libre. Amber, este es el Sr. Jones. Colin, mi hija, Amber.

—Hola —dijo Amber tímidamente, agarrándose a mi pierna. Al crecer en un pueblo como Cala MacKellar donde todos se conocían, Amber no había conocido a muchos extraños. Incluso sus maestros eran personas que había visto por el pueblo antes de comenzar la escuela. Pero Colin no llevaba mucho tiempo en Cala MacKellar, así que Amber no lo conocía.

—Es un placer conocerte, Amber —dijo Colin, agachándose frente a ella—. ¿Quieres ver mi árbol favorito?

—¿Tienes un árbol favorito? —preguntó Amber.

Colin asintió. —Lo tengo.

—¿Cómo elegiste solo uno con todos estos árboles?

—Fue el primer árbol que perforé yo mismo.

—¿Qué significa eso? —preguntó Amber. Se echó hacia atrás el gorro con una mano enguantada.

Colin sacó una espita de su bolsillo trasero. —Esto es una espita. Perforamos un pequeño agujero en cada árbol, más de uno si es un árbol grande, y ponemos esto. Un cubo cuelga justo aquí y recoge la savia.

—¿Podemos comer un poco? —preguntó Amber, con los ojos brillantes de emoción. Alcanzó la mano de Colin y dejó que él la guiara hacia el granero.

Colin me miró y me guiñó un ojo, luego asintió hacia Amber. —Podemos, pero solo el jarabe. Algunas personas beben la savia, pero todavía no he perforado ningún árbol. Tal vez puedas ayudarme con eso hoy.

—¿De verdad? ¿Puedo, papi?

Asentí. —Si el Sr. Jones dice que está bien, está bien para mí.

—Vamos, Sr. Jones —dijo Amber, tirando de él hacia adelante.

Colin se rió y se apresuró para seguirle el paso.

Dentro del granero, Colin agarró una pequeña bolsa de herramientas y un cubo, luego nos condujo por la parte trasera. Amber le hizo preguntas sobre todos los árboles mientras nos abríamos paso por la nieve.

Los árboles filtraban la luz del sol, haciendo que hiciera más frío de lo que se sentía antes de llegar a la granja. Me puse los guantes y levanté el cuello, preguntándome cómo estaría yendo la reunión de Melody. Estaba nerviosa cuando llegué a recoger a Amber y dijo que la reunión era con una de las mamás que no le caía muy bien.

Nunca había estado tan adentro de la granja como estábamos caminando. Cleotha me invitaba unas cuantas veces al año, pero no nos alejábamos mucho del granero. Miré hacia atrás y ya no podía verlo.

—Es este —dijo Colin, deteniéndose frente a un árbol gigantesco—. Este es un arce negro. No tenemos muchos de estos porque son un poco más comunes al oeste de aquí, pero este es uno de los más grandes que tenemos. El primer año que perforamos este árbol fue cuando yo tenía más o menos tu edad. Acababa de alcanzar el tamaño suficiente para ser perforado, y mi abuela me dejó hacerlo.

—¿En serio? —preguntó Amber.

Colin asintió. —En serio. Siempre es el primer árbol que perforo, y es un poco temprano, pero creo que tú podrías traernos algo de suerte este año. ¿Qué dices? ¿Quieres intentarlo?

Amber asintió rápidamente. —¿Qué hago?

Colin limpió un lugar y se movió alrededor del árbol. Se detuvo y asintió. —Bueno, creo que este es el lugar correcto para la perforación.

—No puedo alcanzar —se quejó Amber.

—No te preocupes. Nos encargaremos de eso. Si tu papá está dispuesto a ayudarnos, estaremos bien.

Ambos se volvieron para mirarme, y yo di un paso adelante. —¿Qué necesitamos hacer?

Colin sacó un taladro de su bolsa y me lo entregó. —La cinta te indica dónde detenerte. Vamos a perforar justo aquí —señaló un punto en el árbol justo un poco por encima de la cabeza de Amber—, así que ahí es donde va a ir el taladro.

—¿Qué me toca hacer a mí? —preguntó Amber.

Colin sonrió y sacó tres pares de gafas de seguridad. Nos dio a Amber y a mí un par cada uno y se puso las suyas, luego se arrodilló frente al árbol. —Vas a ayudar a tu papá a perforar ese agujero. —Dio una palmada en su muslo—. Súbete aquí para que puedas alcanzar.

Amber se movió para subirse a su pierna, pero la detuve. —Sus botas están embarradas.

Colin se encogió de hombros. —Me ensucio más que esto todos los días. Vamos, Amber.

Amber tomó su mano y dejó que la ayudara a subirse a su pierna. Colin la sostuvo firme con ambas manos en su cintura y asintió hacia mí.

—Necesitas perforar en un ángulo hacia arriba, no uno drástico, pero lo suficiente para que la savia pueda fluir hacia abajo. No tendrás que ir muy lejos.

Me acerqué y me incliné para poner la broca en el punto que Colin había señalado antes. —Bien, Amber, sujeta esto. Vamos a hacer esto juntos. Va a ser ruidoso.

Amber asintió y se concentró en el punto donde la broca descansaba en el árbol, ambos nos inclinamos hacia adelante para poder ver lo que estábamos haciendo. Luego apretamos el gatillo juntos.

La lengua de Amber sobresalía por el costado de su boca mientras se concentraba. Intenté prestar atención a dónde estaba la cinta para no perforar demasiado el árbol. Amber y yo soltamos al mismo tiempo y sacamos el taladro.

—Eso fue increíble —dijo Amber emocionada—. ¿Y ahora qué?

Colin tomó una de sus manos y metió la otra en su bolsa. —Ahora, ustedes dos necesitan colocar la espita.

Me entregó un martillo y la espita, luego sostuvo a Amber con ambas manos nuevamente.

—Limpia cualquier viruta de madera alrededor del agujero, luego inserta la espita. El gancho debe mirar hacia afuera para que podamos colgar el cubo en él.

La espita entró limpiamente. Amber y yo la golpeamos suavemente para que se asentara completamente contra el árbol.

—Buen trabajo —dijo Colin—. Creo que necesito contratarlos a los dos.

Amber sonrió y saltó del rodilla de Colin. Le di una palmada en la espalda a Colin y le agradecí.

—Muy bien, Amber. Último paso. Necesitas colgar el cubo. Justo ahí en el gancho.

Ella tomó el cubo de él y lo puso en el gancho. Todos lo miramos por un minuto, y una gota de savia cayó en el cubo.

—Excelente trabajo —dijo Colin—. Nuestro primer árbol.

—El primero de muchos —le dije.

Colin asintió. —Eso espero.

## 19

## MELODY

Estaba nerviosa. Quizás un poco aterrorizada. Robin era una persona intimidante, y reunirme con ella en su casa resultaba abrumador.

Aparqué en la entrada y tomé aire. Me había pedido que trajera algunas ideas para una fiesta para ver de lo que era capaz. Era como si estuviera en una entrevista de trabajo en lugar de simplemente ayudar a una madre de la clase a decorar para una fiesta.

Traje dos de mis contenedores de fiestas conmigo para darle algunas ideas. No me dijo mucho sobre lo que le gustaba a su hija, Andrea.

Robin abrió la puerta casi tan pronto como toqué el timbre. Me ofreció una sonrisa de labios apretados y se apartó para que pudiera entrar.

—Puede dejar sus zapatos justo aquí. Iremos al comedor —señaló la habitación detrás de mí.

Parecía casi tan incómoda como yo me sentía. Me quité las botas y la seguí hasta el comedor, haciendo todo lo posible por colocar los contenedores sin dejarlos caer. ¿Por qué no se ofreció a ayudarme?

Mentalmente puse los ojos en blanco y decidí que no valía la pena preocuparme por los motivos de Robin.

—¿Qué has traído? —preguntó después de un minuto.

Forcé una sonrisa e intenté no sentirme insultada porque ni siquiera se ofreció a colgar mi abrigo. Era grande y voluminoso, pero le explicaría todo con él puesto.

—El primer contenedor es lo que yo llamo una fiesta en una caja. Básicamente es todo lo que necesitas para organizar una fiesta. Los juegos, las decoraciones y los recuerdos están todos coordinados. Es algo muy fácil para que tu hija te ayude a preparar. Elimina las conjeturas a la hora de planificar una fiesta porque básicamente ya está hecha. Hay muchos juegos en línea, y como Amber es hija única, hemos probado muchas ideas. Ser madre a tiempo completo me dio mucho tiempo para entretenerla, así que tengo bastante claro qué disfrutan los niños de cinco años.

Robin me dio una sonrisa de labios apretados.

—¿Qué hay en el otro?

Suspiré y continué.

—El otro es más un kit de opciones para fiestas. Puedes mezclar y combinar cosas, quizás hacer un juego extra en lugar de añadir algo extra en la bolsa de regalos. O hay accesorios si quieres hacer una sesión de fotos o algo así. Básicamente puede tener un tema específico o ser sin tema.

Robin miró a través de ambos contenedores con la nariz arrugada. Actuaba como si hubiera dejado una bolsa de mierda de perro en el fondo.

—Y tú haces la instalación, ¿verdad? ¿Como lo hiciste para la fiesta de Makayla?

—Oh, bueno, solo estaba ayudando a Casey. Pero, um, no veo que eso sea un problema.

Robin asintió.

—Eso sería útil. La fiesta es en una semana. Las invitaciones se enviaron esta semana. Intenté encontrar tu sitio web, pero no estaba segura del nombre de tu empresa.

—No tengo un sitio web.

—Por eso no pude encontrarlo. Solo trabajas de boca en boca. Eso es inteligente porque significa que estás en demanda, pero creo que podrías ganar un buen dinero si crearas un sitio web.

—¿Qué?

—Bueno, estos kits que tienes. Supongo que podrías empaquetarlos en una caja para enviarlos, ¿verdad?

—Um, sí, supongo —dije. No tenía ni idea de lo que estaba hablando.

—Si hicieras un buen empaquetado y ofrecieras kits temáticos y kits para mezclar y combinar, podrías listarlos todos en tu sitio web. No sé si tienes espacio en tu casa, pero si lo tuvieras, imagino que podrías vender al menos unos pocos a la semana. A medida que se corra la voz, venderías aún más. Podría ser algo en lo que otras madres podrían ayudarte. Estoy segura de que es algo con lo que también se sumarían los maestros. Fiestas en el aula, o al menos ideas. Hay mucho que podrías hacer con esto.

—Sí, realmente lo hay —estuve de acuerdo, tratando de seguirle el ritmo.

—De todos modos, para la fiesta de Andrea, si vienes y lo preparas, también espero que estés dispuesta a limpiar, y sé que estarás aquí ya que ya has dicho que Amber vendrá, entonces serían unas cuatro horas. Seguiré pagando por el tiempo durante la fiesta en caso de que necesites ayudar con algo, si te parece bien.

—¿Pagar?

Robin asintió.

—Sí, no sé cuánto cuestan tus kits, pero tomaré dos de ellos, temáticos, y cuatro horas de tu tiempo. ¿Te parecen razonables quinientos dólares?

—¿Dólares? —solté.

Robin me miró como si me hubiera crecido una cabeza extra. Asintió lentamente.

—Sí, por tu tiempo y materiales. Si normalmente cobras más, está bien.

—Yo... um, normalmente no cobro nada —admití.

Robin se estremeció.

—¿Por qué no? Esta es una idea genial. Como madre, me encanta tener una fiesta toda planeada, con todo coordinado y organizado. Si ofrecieras esto como un servicio, ganarías una cantidad decente de dinero.

—Pero yo... nunca pensé que esto fuera algo con lo que ganaría dinero. Simplemente me encanta. Era maestra, y creo que ese lado de mí quiere salir de nuevo.

—Entonces enséñanos al resto cómo organizar una fiesta que haga que nuestros hijos hablen durante semanas sobre lo mucho que se divirtieron, porque eso es lo que Andrea ha estado haciendo desde la fiesta de Makayla. Me rogó que te pidiera ayuda con su fiesta, y no creo en pedirle a alguien que haga algo sin pagarle lo que vale.

Subestimé mucho a Robin. Seguía siendo una controladora y un poco extraña, pero no estaba dispuesta a aprovecharse de mí. Para Casey, éramos amigas, así que ayudarla era natural. Para Robin, estaba temiendo la idea. Pero que me pagara... mi mente definitivamente estaba dando vueltas con sus ideas.

—Gracias, Robin. Realmente lo aprecio.

Ella asintió.

—Entonces, ¿lo harás?

—Lo haré, pero no por ese precio. ¿Qué tal la mitad de ese precio y tú me ayudas a descubrir cómo convertir esto en un negocio?

Robin sonrió.

—Trato hecho.

AMBER SE DIVIRTIÓ ayudándome a crear un kit de fiesta para Andrea. Una vez que lo armamos todo el domingo, nos preparé el almuerzo y tuvimos una fiesta de baile. Su ropa todavía estaba húmeda por jugar afuera el día anterior con Ramsey. Él no se quedó mucho después de que llegaran a casa de la granja, pero me dio un beso de esos que te hacen curvar los dedos de los pies cuando Amber no estaba mirando.

Una parte de mí se sentía culpable por no contarle sobre mi idea de negocio de planificación de fiestas. O, la idea de Robin. Necesitaba pensarlo un poco antes de compartirlo, especialmente con él. Las cosas todavía eran tentativas entre nosotros, y no quería hacer nada que pusiera eso en peligro.

Me mandó un mensaje el domingo por la tarde preguntándome si estaría en casa esa noche. Blake me pidió que volviera a la noche de chicas, así que le dije que Willow estaría en casa con Amber.

RH142

Traeré algo de leña mañana después del trabajo.

MAMÁ TELARAÑA

Gracias. Aprecio la ayuda.

RH142

Siento no haber estado ahí cuando me necesitabas.

MAMÁ TELARAÑA

Estamos trabajando en ello. Ambos hemos cometido errores.

RH142

Te amo.

MAMÁ TELARAÑA

Te amo.

Habíamos vuelto a la costumbre de decir *te amo*. Se sentía bien. Todo se sentía bien. Lo que me hacía sentir aún más culpable por ocultarle mi potencial idea de negocio.

Le mencioné a Ramsey a Willow cuando vino a cuidar a Amber esa noche. No estaba nada contenta con el tema.

—Deberías seguir adelante. No sé por qué le estás dando otra oportunidad. No lo vale —dijo Willow con un bufido.

—Es mi esposo, Will. Y ya hemos hablado de esto. Si arreglamos las cosas, vas a tener que encontrar una manera de llevarte bien con él.

—¿Entonces qué? ¿Has renunciado a tener más hijos? ¿Vas a dejar de querer lo que has querido toda tu vida? No entiendo eso —insistió Willow.

—No estoy renunciando a nada —argumenté—. Quiero una familia, pero quiero una familia con Ramsey.

—¿Entonces qué? ¿Vas a quedarte embarazada sin que él lo sepa?

Negué con la cabeza.

—No dije eso. Y no sé cómo será mi familia. Quizás solo seamos los tres.

—Pero por siempre, Mel, por siempre, has querido una familia grande. Dijiste que querías al menos cuatro hijos. Él se fue hace seis meses porque no estabas dispuesta a renunciar a eso. ¿Qué ha cambiado?

Me encogí de hombros.

—En algunos aspectos, nada, y en otros, todo.

—Melody, quieres una familia. Quieres hijos. Esa única cita a la que fuiste fue con un tipo porque él quería más hijos. Creo que estás cometiendo un error.

Me mordí la lengua y cambié de tema antes de decir algo que ella no pudiera perdonar.

Me marché poco después, dirigiéndome a la noche de chicas. Elise caminaba por la calle al mismo tiempo que yo y me saludó con la mano.

—Hola —dije.

—No estaba segura de si volverías —dijo ella.

—Um, ¿está bien que lo hiciera? Blake me envió un mensaje.

Elise se rio.

—Sí, está bien. Es bueno tener un proyecto.

—¿Soy un proyecto? —pregunté.

Elise llamó a la puerta de Novios Literarios Ilimitados y asintió.

—Sí, pero de buena manera. Blake está feliz, y el resto de nosotras estamos tan solteras que estamos planeando una fiesta sin parejas permitidas para San Valentín. Tú estás como en el medio, lo que significa que eres buena como proyecto. Algo para darles esperanza a las que quieren encontrar a alguien.

—Yo... gracias, supongo —dije, sin estar segura de si debería sentirme mejor o peor.

Elise se rio mientras Finley abría la puerta y nos dejaba entrar. Me dio una sonrisa tensa y se apartó para que Elise y yo entráramos.

Las seguí hasta la parte de atrás donde las otras ya estaban comiendo su pastel. Era un pastel marmoleado con glaseado amarillo brillante. Se me hizo agua la boca con el aroma azucarado que llenaba el aire.

—Esto está muy bueno —dijo Karissa con la boca llena—. Chicas, necesitáis probar un trozo antes de que me lo coma todo.

Elise se acercó y agarró un plato. Se colocó su cabello a la altura de la barbilla detrás de la oreja solo para que volviera a caer hacia adelante. Lo ignoró mientras cortaba un trozo de pastel y lo deslizaba en su plato. Luego se giró y me lo entregó.

—Eh, gracias —dije.

Ella asintió.

—Créeme, no querrás perderte esto. El pastel de Trinity es increíble.

Le sonreí a Trinity y me senté junto a Karissa. Tomé un bocado mientras Elise cortaba otro trozo de pastel para ella misma. Karissa gimió a mi lado, y tan pronto como el pastel tocó mi lengua, yo también lo hice.

—Oh, Dios mío, esto está buenísimo —dije con la boca llena.

—Te lo dije —dijeron Karissa y Elise al unísono.

Me reí y asentí, tomando otro bocado. Estaba demasiado ocupada gimiendo por mi pastel para darme cuenta de que todas me estaban observando.

—¿Qué?

—Todas nos preguntamos si nos vas a contar qué está pasando con Ramsey —dijo Blake.

—Sí, todo el pueblo os ha visto juntos —añadió Elise.

—Y todas estamos hablando de si se va a mudar de nuevo —dijo Karissa.

—O si ya lo ha hecho —dijo Laura.

—¿En serio? —pregunté, masticando lentamente y tragando el pastel. De repente, el pastel se sentía más como un soborno que como un regalo.

—Te lo dije... proyecto —dijo Elise.

—Ella no es un proyecto —argumentó Blake—. Es una amiga, y no convertimos a las amigas en proyectos.

—Te convertimos a ti en un proyecto y te hicimos darte cuenta de que estabas enamorada de Ian —dijo Elise con una sonrisa.

—Yo no era un proyecto —dijo Blake firmemente.

Las otras se rieron.

—Totalmente lo eras —dijo Finley.

—Y una difícil. No querías admitir cuánto te gustaba Ian —dijo Karissa—. No fue fácil conseguir que Buttercup aceptara el amor. Melody debería ser más fácil, sin embargo. Le gusta El Diario de Noah. Cree en las segundas oportunidades y en el amor que desafía toda lógica y en los finales felices.

—¿Qué hay de malo en eso? —pregunté suavemente.

—Nada —dijo Laura—. Es algo genial. Todas deberíamos creer en un amor así.

—Y por eso queremos saber qué está pasando —dijo Elise—. Porque el resto de ellas piensan que el amor es algo que puede conquistarlo todo.

—¿Tú no? —le pregunté.

Negó con la cabeza y me dio una sonrisa triste.

—Lo hice una vez, pero ya no. Al menos no para mí. Para todas las demás, espero que exista.

Me pregunté qué le había pasado a Elise para que dejara de creer en el amor, pero no la conocía lo suficiente como para preguntarle todavía. Quizás algún día.

—Entonces, ¿vas a contarnos qué está pasando con tu sexy marido? ¿Alguna otra buena noche? —preguntó Trinity.

Abrí la boca para decir que no, pero mis mejillas acaloradas revelaron la verdad.

Todas se rieron y sonrieron.

—Suéltalo —dijo Blake.

Les conté sobre nuestra tregua y sobre la semana que tuvimos intercambiando mensajes. Y les conté sobre el viernes por la noche.

—Bien por ti —dijo Elise.

—Nunca entendí todo eso del sexo recíproco —dijo Laura—. Quiero decir, no debería ser algo de uno por uno. El sexo debería ser porque os importáis el uno al otro.

—Yo también siento lo mismo —dijo Blake—. Hay muchas veces que Ian termina y yo no, pero no es como era con William. Con William, no le importaba lo suficiente asegurarse de que yo disfrutara. Con Ian, somos compañeros en todos los sentidos. A veces obtengo todo lo que necesito de darle placer a él.

—Así es como me sentí —admití—. Solo quería hacerlo sentir bien. Verlo perder el control. Realmente no me importaba si yo llegaba o no, siempre que él estuviera satisfecho.

—Espero que lo contrario también sea cierto —dijo Karissa.

Blake y yo asentimos.

—Absolutamente —dije con una sonrisa satisfecha.

—Necesito un novio —dijo Finley.

—Solo conecta con un tipo de la aplicación de Karissa —dijo Elise.

—¿Qué? —ladró Karissa.

—Oh, por favor, sabes que es por eso que la mayoría de la gente se une a una aplicación de citas —dijo Elise poniendo los ojos en blanco.

—No creé En Busca del Galán de Papel para que la gente tuviera sexo —exclamó Karissa.

Elise se encogió de hombros.

—Lo siento, Rissa. A la gente le gusta el sexo, y las aplicaciones de citas son una buena manera de conocer a alguien más que esté dispuesto.

—Por favor, no la uses para conocer a alguien para tener sexo —suplicó Karissa—. No quiero que se convierta en todas las otras aplicaciones de citas. Es mejor.

—Es mejor —dijo Elise tranquilizadoramente—. Es mucho mejor. Y siento haber sugerido que Fin la use para ligar.

Detrás de su mano, Elise le guiñó un ojo a Finley. Karissa puso los ojos en blanco mientras las demás se reían.

—Está bien —dijo Finley—. Prefiero tener a alguien para algo más que solo sexo. Tengo algunos vibradores que son mucho más efectivos que una aventura de una noche con un tipo que no está interesado en descubrir nada más que dónde meter su cosa.

—Estoy con Fin. He hablado con algunos de los tipos con los que he hecho match, pero no estoy interesada en enrollarme con alguien al azar —dijo Laura.

—Chicas, me estáis deprimiendo —dijo Elise—. Es hora de más pastel. El pastel mejora todo.

La conversación cambió a quién haría el pastel la próxima semana y me encontré ofreciéndome voluntaria.

—¿Qué tipo de pastel sabes hacer? —preguntó Blake.

—Sé hornear bastante bien, pero mi pastel de caramelo siempre es el favorito —dije.

—¿Pastel de caramelo? Eso suena bien —dijo Karissa.

—Oye, ¿habéis oído que la Granja de Maple de la Familia Jones podría volver a abrir? —preguntó Finley—. Me encantaba ir allí.

—Ramsey está trabajando con el nieto. Él es el nuevo dueño y espera abrir esta primavera —les dije.

—Oh, ¿así que tienes una conexión? —dijo Elise.

Me reí y negué con la cabeza.

—No sé si es para tanto. Ramsey y Amber estuvieron allí ayer. Amber ayudó a perforar el primer árbol. Dijo que la savia comenzó a salir.

—Estoy tan celosa de tu hija ahora mismo —dijo Elise—. Me encantaba ir allí cuando era niña. La Sra. Cleotha siempre fue muy dulce. Y me daba caramelos a escondidas cuando estaba allí.

—A mí también —dijeron las demás.

—Parece que su nieto es un buen tipo, pero no sé si le dará caramelos a alguien a escondidas —dije.

—Apuesto a que le dará algunos caramelos a tu hija a escondidas. Tal vez necesite pedirla prestada alguna vez —dijo Elise.

Sonreí.

—Una niñera gratis siempre me viene bien.

—Los caramelos gratis siempre me vienen bien —dijo Elise.

—Ooh, ¿puedes hacer un pastel de maple en lugar de caramelo? —preguntó Laura—. Me habéis hecho querer azúcar de maple y sirope de maple.

—Definitivamente puedo intentarlo —dije.

Comenzamos a hablar sobre diferentes pasteles y los mejores. Pasteles, libros y hombres. Definitivamente fue una buena noche de chicas.

## 20

Miré por la ventana delantera cómo caía la nieve de forma constante. Ya estaba profunda, pero se hacía más espesa cada hora. Las máquinas quitanieves pasaban regularmente, pero la carretera seguía cubierta con unos centímetros de nieve.

—¿Qué pasa, mami? —preguntó Amber.

Negué con la cabeza. —Nada, cariño. Solo estoy mirando cómo nieva.

—¿Crees que tendré otro día sin escuela mañana? —preguntó. Sus ojos estaban muy abiertos mirando la nieve, y una sonrisa curvaba sus labios.

Asentí. —Seguro que sí. Quizás también el miércoles. Se supone que nevará todo el día mañana.

—¿Podemos salir a jugar otra vez? —preguntó.

Me encantaba cuando se emocionaba por cosas simples como jugar en la nieve. Así es como debería ser la infancia. Jugar, reír y divertirse. Yo no tuve eso, y siempre quise dárselo a mis hijos.

Era un sueño que Willow y yo compartíamos. Ella renunció al sueño, así que sentía que estaba luchando por él por las dos. Pero últimamente, me preguntaba por qué luchaba tan duro. Si Willow no quería el sueño, y yo no podía tenerlo, entonces ¿por qué estaba dispuesta a arriesgar mi vida por él?

—¿Mami? —dijo Amber con cautela.

—¿Sí, cariño?

—¿Estás bien? Te pregunté si podíamos salir a jugar otra vez.

La acerqué y la abracé fuerte. —Lo siento, Amber. Estaba pensando en otra cosa. —Miré el reloj—. Tengo que empezar a preparar la cena. Pero definitivamente saldremos varias veces mañana. ¿Te parece bien?

Amber se encogió de hombros y se alejó con los hombros caídos. Odiaba hacerla sentir así. No era como ningún niño debería sentirse jamás.

—¿Quieres ayudarme a decidir qué cocinar?

Se encogió de hombros otra vez.

—Apuesto a que papá estaría entusiasmado de probar algo en lo que tú ayudaste.

—¿Papá? —preguntó, su voz elevándose con medida emoción.

Asentí, sin avergonzarme en absoluto de que lo estuviera usando como soborno. —Papá dijo que vendría después del trabajo hoy. Nos traerá leña y cenará con nosotros.

Saltó y bailó en un pequeño círculo, lanzando sus brazos al aire y meneando todo su cuerpo. —Papá viene a casa esta noche. Papá viene a casa esta noche. Papá viene a casa esta noche.

Me di cuenta de lo que estaba cantando. Mi corazón se rompió porque tenía que decirle que estaba equivocada. No volvía a casa. Solo venía a cenar.

Un golpe en la puerta y la puerta abriéndose llamó nuestra atención.

—¿Hola? —dijo Ramsey mientras entraba—. Está nevando como loco ahí fuera. Lo siento.

Nunca me importó que Ramsey entrara a la casa por su cuenta, pero él decía que no vivía allí, así que no debería entrar sin anunciarse.

Sonreí cuando asomó la cabeza por la esquina. Él me devolvió la sonrisa y me guiñó el ojo justo antes de atrapar a una Amber voladora que se lanzaba hacia él.

—¡Estás en casa, papi! Te extrañé.

—Yo también te extrañé, dulce niña. ¿Cómo estuvo tu día de nieve con mami?

—¡Fue genial! —dijo Amber, lanzando sus brazos al aire —. Desayunamos, luego jugamos en la nieve, luego comimos, luego leímos un libro, luego jugamos en la nieve un poco más, y luego hice un dibujo. Quiero que tengas mi dibujo. ¿Lo quieres?

—Claro que sí —dijo Ramsey. La abrazó fuerte y luego la dejó en el suelo—. Déjame quitarme estas cosas para no arrastrar nieve y tierra por toda la casa.

Amber se quedó mirándolo, con una sonrisa amplia y ojos brillantes. Mientras Ramsey se quitaba las botas y el abrigo, yo fui a la cocina para empezar la cena.

Los dos charlaron mientras Amber le mostraba el dibujo que hizo de una pelea de bolas de nieve. Sonreí ante su emoción y me pregunté cuándo tendría razón. Cuándo Ramsey volvería a casa para quedarse.

Entraron juntos a la cocina mientras yo metía la cena al horno. Era el tipo de día que pedía comida reconfortante, y sabía que la lasaña nos vendría bien a todos.

Ramsey me rodeó con sus brazos por detrás y apoyó su cabeza en mi hombro. —Te extrañé este fin de semana —dijo en voz baja. Me besó la mejilla y luego la parte superior de mi cabeza.

Me giré en sus brazos, el movimiento tan natural que

apenas lo pensé. Rodeé su cuello con mis brazos y me levanté para encontrar sus labios. Mantuvo el beso corto y casto, pero podía sentir su deseo contenido.

—Siento llegar tan tarde. Mi último cliente vino desde Massena. Hoy era el único día que tenía libre del trabajo, así que no podía reprogramar aunque el clima fuera horrible.

Negué con la cabeza. —Está bien. No tienes que explicar.

—No siempre he sido bueno contándote lo que pasa con el trabajo. Traje la leña. Está un poco húmeda con toda la nieve, pero la pondré a secar —dijo.

—¿Podemos hacer una fogata? —preguntó Amber.

Ramsey negó con la cabeza. —La madera está demasiado húmeda ahora, cariño. Humeará cuando la quememos.

—Deberíamos tener suficiente ahí para una fogata esta noche —le dije.

—Entonces, supongo que nos toca el trabajo del fuego —le dijo Ramsey a Amber. Extendió la mano hacia ella y los dos salieron de la cocina.

Limpié la cocina mientras ellos estaban en la otra habitación. Cuando la cena estuvo lista, comimos frente a la chimenea de nuevo, dejando que el calor y la conversación nos invadieran.

Hasta que Amber preguntó: —¿Te quedarás esta noche, papi?

Ramsey y yo intercambiamos una mirada. Abrí y cerré la boca como un pez, pero él solo sonrió.

—Mamá y yo estamos arreglando las cosas, Amber. Estamos hablando y nos estamos llevando bien. Probablemente no me quede esta noche, pero espero que sea pronto. Muy pronto. Porque no hay nada que desee más que volver aquí con ustedes dos a tiempo completo.

Amber se lanzó a los brazos de Ramsey, y yo contuve mi deseo de hacer lo mismo. Lo que dijo fue perfecto. Y no podía esperar a que sucediera lo mismo, a que Ramsey estuviera en casa con nosotros para siempre.

Ambos acostamos a Amber esa noche, y tan pronto como su puerta se cerró, estábamos en los brazos del otro.

—Ramsey —gemí suavemente.

Me levantó en sus brazos y envolví mis piernas alrededor de su cintura. Me llevó por el pasillo, pero me eché hacia atrás.

—No quieres-

—Dormitorio —supliqué.

Él se detuvo. —¿Mel?

—Ramsey, te necesito. Por favor. Es todo en lo que he podido pensar. Te deseo. Te quiero dentro de mí. Quiero que me toques. Te deseo.

—Joder, Mel —gruñó. Selló sus labios sobre los míos y volvió hacia el dormitorio. Cerró la puerta detrás de nosotros y la bloqueó, luego me presionó contra ella y se presionó contra mí.

Gemí y lo arañé mientras sus besos me volvían loca. Su lengua pulsaba en mi boca, probándome y provocándome. Tiré de su camisa hasta que me dejó en el suelo.

Todavía estaba vestido del trabajo. La fila de pequeños botones hizo que nuestros dedos tropezaran tratando de trabajar lo suficientemente rápido. No pude soportarlo y agarré la parte inferior y tiré. Solo saltaron la mitad de los botones, pero ese movimiento hizo tanto para unirnos.

—Jódeme, Mel —gruñó Ramsey. Sus ojos ardían de hambre. Rasgó los dos lados, enviando el resto de los botones volando. Se quitó la camisa, y al instante, mis manos se deslizaron por su pecho.

Lamí y besé todo su pecho, tomándome mi tiempo para disfrutar de su cuerpo. Lamí sus abdominales y mordí sus pezones, y cuando él atrajo mis labios a los suyos, ninguno de los dos pudo parar hasta que estábamos jadeando y sin aliento.

Ramsey me hizo retroceder hacia la cama. Se detuvo antes de que mis piernas golpearan el colchón. Sus manos se deslizaron por mis costados, levantando mi camisa y quitándomela. Se inclinó y chupó uno de mis pezones a través del sujetador. Gemí y sostuve su cabeza contra mí. Él tiró de la otra copa a un lado y rodó ese pezón entre sus dedos.

—Ramsey —supliqué—. Por favor.

Él sabía lo que necesitaba. Desabrochó mi sujetador y lo dejó caer al suelo. Luego sus manos arrastraron mis pantalones por mis muslos. Presionó su nariz en mi entrepierna e inhaló profundamente. Mi interior pulsó y se inundó.

—No puedo esperar para saborearte, Mel —gruñó, su voz áspera haciendo que mis rodillas se debilitaran.

Me lamió a través de mis bragas, y cada centímetro de mí vibró. Agarró el borde de mis bragas con sus dientes y las bajó lo suficiente para lamer la costura de mi muslo.

Separé mis piernas y empujé mis bragas hacia abajo.

—Oh, sí, eso es mejor —gruñó. Me empujó hacia atrás hasta que caí en la cama. Sus manos presionaron mis muslos abiertos mientras su lengua se deslizaba entre mis pliegues.

Mis caderas se elevaron de la cama. Agarré las sábanas, desesperada por sostenerme en algo. Su lengua rodeó mi clítoris y luego presionó contra él. Todo dentro de mí se construyó rápidamente. Había pasado demasiado tiempo, y tener a Ramsey conmigo de nuevo era la mitad de la emoción.

—Se siente tan bien —gemí—. Te he extrañado.

—Yo también —gruñó—. Te amo, Mel. Sabes tan jodidamente increíble.

Él se zambulló de nuevo e introdujo un dedo profundamente dentro de mí. Mi cuerpo se tensó con fuerza, mi orgasmo atravesándome en un instante. Agarré una almohada y la mordí para ahogar mi grito.

Ramsey no cedió. Añadió un segundo dedo y chupó mi clítoris de nuevo. Me llevó rápidamente hasta que salté justo sobre ese borde otra vez.

Ralentizó sus provocaciones, lamiéndome suavemente, sus dedos pulsando perezosamente dentro y fuera de mi cuerpo. Me saboreó, lamiendo cada gota de mi esencia, luego giró su lengua alrededor de mi clítoris de nuevo. Su lenta y suave provocación me calentó. Mi cuerpo tuvo tiempo de adaptarse a cada movimiento que hacía, permitiéndome sentir cada lamida, cada succión, cada giro de sus dedos.

—Ramsey —lloré suavemente.

Pulsó sus dedos más rápido y provocó mi clítoris con una succión firme. Así de rápido, se había ido de nuevo, las suaves lamidas regresando. Una y otra vez, suave y firme, me provocó hasta que estaba jadeando y rogándole que me hiciera correr.

Chupó con fuerza mi clítoris y embistió con fuerza dentro de mí. No pasó mucho tiempo para que mi cuerpo se tensara alrededor de sus dedos.

—Oh, Dios. Oh, Dios. Oh, Dios. ¡Ramsey! ¡Sí!

Mi cuerpo convulsionó con la potencia de mi orgasmo. Ramsey me mantuvo así hasta que estaba agotada y suplicándole que parara.

Suavizó su toque, besándome y lamiéndome hasta que dejé de estremecerme.

—Deslízate hacia arriba —ordenó Ramsey. Se quitó la ropa y se arrastró entre mis piernas. Me besó entre los muslos, haciéndome saltar, luego besó su camino hasta mi cuerpo.

Su polla se acomodó contra mí, y envolví mis piernas alrededor de él. Me besó con fuerza, dejándome saborearme en él. Lo agarré y le devolví el beso, necesitándolo.

Se echó hacia atrás y se sentó sobre sus rodillas. Se acarició a través de mis pliegues húmedos y entró suavemente.

—Oh, joder —gemí.

—Jesús, se siente tan bien —gruñó—. Te amo, Mel.

—Ramsey —lloré, acariciando su mandíbula—. Gracias.

Él se volvió y besó mi palma. Centímetro a centímetro me llenó. Fue lento, estirando mi cuerpo con cada embestida. Había pasado tanto tiempo desde que habíamos estado juntos que tardó un rato, pero él miraba todo el tiempo donde entraba en mí.

—Me encanta desaparecer dentro de ti —dijo suavemente —. Ver tu cuerpo recibirme... te he extrañado tanto, nena.

—Yo también —dije. Todas mis emociones burbujearon a la superficie, y una lágrima se escapó. Cerré los ojos y limpié la lágrima antes de que él pudiera verla, pero él se quedó quieto.

—¿Mel?

—Está bien —dije, sin mirarlo.

—Mel, no te escondas de mí. Déjame ver todo de ti.

—Creo que puedes ver todo de mí —dije con ironía.

—No hagas eso, Mel. No hagas bromas. ¿Estás bien?

Asentí. —Solo estoy tan feliz de que estés aquí. Yo... no pensé que llegaríamos a esto. Realmente pensé que no íbamos a poder resolverlo. Gracias, Ramsey.

Se inclinó y me besó. —Yo también estoy feliz. Te amo, Mel.

—Te amo.

Me besó mientras bombeaba dentro y fuera de mi cuerpo. La conexión entre nosotros me abrumó de nuevo. Lloré, pero no lo detuve, dejando que mis lágrimas corrieran por mis mejillas.

Besó mis lágrimas y me sostuvo, todo mientras se movía dentro y fuera.

—Mel —gruñó.

—Te amo, Ramsey.

—Te amo. Te amo. Te amo —cantó. Embistió más y más fuerte hasta que gruñó y se quedó quieto profundamente dentro de mí.

Juré que casi podía sentirlo liberarse dentro de mí, y lo sostuve más cerca, besando su cara hasta que rodó fuera de mí y me atrajo a su pecho.

Nos quedamos allí, jadeando. Mi cabeza descansaba en su pecho, escuchando su corazón latir bajo mi oreja. Cerré los ojos y simplemente respiré, sintiéndome como si finalmente todo estuviera bien.

Ramsey se movió y besó el lado de mi cabeza. Envolví mi brazo más fuerte alrededor de él, sin estar lista para moverme todavía.

—Sé que tienes que deshacerte del condón, pero solo quiero quedarme aquí un minuto —dije.

Él se quedó quieto debajo de mí. Dejó de respirar y la mano que estaba trazando líneas deliciosas arriba y abajo por mi espalda se congeló. —No usé condón. Pensé que estabas tomando la píldora.

Me incorporé de golpe, agarrando la sábana para cubrirme. —No. Dejé la píldora hace meses.

—¿Por qué?

—¡Porque me dejaste! No había razón para seguir tomándola, así que la dejé. Siempre he odiado tomarla, lo sabes.

—¿Por qué no me lo dijiste?

—¿Cuándo? ¿Cuándo se suponía que debía decírtelo? ¿Durante la cena con nuestra hija? Oye, Ramsey, por cierto, dejé de tomar la píldora porque me dejaste y no tengo ganas de follar con otros hombres todavía. Pásame los guisantes, Amber.

—¿Qué tal antes de que tuviéramos sexo, Melody? Podrías habérmelo dicho justo antes de tener sexo, cuando te estaba llevando a la cama y quitándote la ropa —dijo, saltando de la cama.

Me quedé sentada allí y lo observé vestirse. Se puso bruscamente su camisa rasgada, luego se subió los calzoncillos. Se paró y metió los pies en sus vaqueros. Siempre me había encantado cómo se veía en vaqueros. No los usaba a menudo, pero Ramsey llenaba un par de vaqueros como ningún otro hombre.

Ni siquiera me miró antes de salir del dormitorio.

Agarré mi bata y lo seguí. Estaba enojado conmigo, pero aún así no quería que saliera en la tormenta. Predecían que empeoraría durante la noche, y no era seguro para él estar en la carretera, aunque no tuviera que ir muy lejos.

—Lo siento —dije primero—. Tienes razón. Debería habértelo dicho, pero no pensé. Solo estaba feliz de que estuvieras aquí. Y no pensé.

Se volvió hacia mí, sus ojos tormentosos. —¿No pensaste? ¿Estás segura de eso?

—¿Qué significa eso? —pregunté.

—Has estado muriendo por tener otro bebé, Mel. ¿Estás segura de que no planeaste todo esto para poder quedarte embarazada de nuevo? ¿Es por eso que estabas llorando? ¿Finalmente conseguiste lo que querías?

Abrí la boca para decir algo, luego la cerré de nuevo. Crucé los brazos sobre mi pecho para protegerme de él. Nunca había estado tan herida en mi vida. Ni siquiera verlo salir por la puerta me había dolido tanto.

—Supongo que es bueno que hayamos terminado si eso es lo que piensas de mí.

—Mel —siseó cuando me di la vuelta.

No estaba interesada en nada más que tuviera que decir. Me alejé, sabiendo que era lo único que podía hacer. Aceptar que las cosas habían terminado y que mi marido ya no me amaba.

Él llamó mi nombre de nuevo, y me apresuré hacia el dormitorio, pero la puerta al otro lado del pasillo se abrió antes de que llegara allí.

—¿Mami? —dijo Amber, frotándose los ojos.

Contuve las lágrimas y el dolor y le di una sonrisa. —Sí, cariño. ¿Estás bien?

—Escuché algo.

—Está bien, bebé —dije, tomando su mano—. Vamos a volver a la cama.

Ella asintió y me dejó llevarla de vuelta a su cama. Me arrodillé junto a su cama y le canté una canción tranquila hasta que se durmió de nuevo. Me quedé allí unos minutos más, asegurándome de que estaba bien, luego salí silenciosamente de su habitación.

Me quedé en el pasillo, escuchando si había sonidos de Ramsey, pero en mi corazón sabía la verdad. Se había ido. Y esta vez, era definitivamente para siempre.

## RAMSEY

Hubiera dado un portazo si no fuera por Amber. No quería que supiera que estaba allí tan tarde. Escuchar cómo se ilusionaba con que yo volviera a casa fue genial, pero saber que destrozaría esa ilusión de un solo golpe me impidió hacer cualquier cosa que no fuera salir de la casa en silencio.

Ella no era la única que quedaría destrozada. Yo estaba destruido. El aire helado y las aceras desbordadas me obligaron a ignorar el dolor en mi pecho y concentrarme en llegar a mi SUV. Había caído más nieve en las pocas horas que estuve allí, y mi coche estaba cubierto. No tenía interés en quedarme para ver si Melody saldría e intentaría evitar que me marchara. Ya me había decepcionado una vez, y esta vez, no quería que viniera tras de mí.

Encendí el SUV y recé para que los limpiaparabrisas quitaran suficiente nieve como para poder ver sin necesidad de raspar el coche. Puse el descongelador al máximo y crucé los dedos, suspirando aliviado cuando la mayor parte de la nieve se desprendió. Con unas cuantas pasadas más, el parabrisas quedó lo suficientemente limpio para conducir con seguridad.

No había nadie en las carreteras mientras me dirigía a casa de Ian. Las farolas iluminaban la nieve que caía rápidamente mientras la radio tocaba alguna melosa canción de amor que me daban ganas de golpear el tablero.

Aparqué fuera de la casa barco y me apresuré a entrar para evitar congelarme. No me permití pensar hasta que estuve en el apartamento y supe que estaba solo.

Entonces todo me golpeó con fuerza. Miedo. Dolor. Ira.

—¡Joder! —grité a todo pulmón—. ¡Argh! ¡Maldita seas, Melody!

Agarré lo más cercano, un vaso, y lo lancé contra la pared. Se hizo añicos, el cristal explotó y salpicó por todas partes. Me sentí marginalmente mejor.

Me alejé, dejando el cristal en el suelo, y tomé una cerveza. Tan pronto como cerré el refrigerador, lo abrí de golpe y agarré otra. Quería llevarme todo el paquete de seis, pero necesitaba ir a trabajar por la mañana.

Abrí la primera cerveza de camino a la ducha. Me quité toda la ropa, necesitaba no oler a Melody por todo mi cuerpo. La ropa fue al cesto y la cerveza bajó por mi garganta. Una vez que terminé la primera, me metí en la ducha y froté cada centímetro de mi cuerpo para borrarla.

Me envolví con una toalla alrededor de la cintura y abrí la segunda cerveza. La llevé hasta el futón y encendí la televisión. Cambié de canales mientras bebía, odiándome por pensar que Melody había cambiado.

Me engañó. No podía creer que lo hubiera hecho. Ella quería un bebé, y en lugar de insistir en que habláramos, dejé que mis emociones y lo mucho que la amaba dictaran mis acciones. Confié en ella. Y me mintió, me convenció para llevarme a la cama, y me hizo amarla.

Mi maldito corazón dolía. Mi garganta se cerró.

Quería... no sé qué quería hacer. Quería que el dolor parara. Una lágrima se deslizó por mi mejilla, y la limpié despiadadamente. No merecía mis lágrimas. Si se hubiera quedado embarazada por accidente, podría llorar por ella, pero eso no fue lo que sucedió. Lo hizo a propósito.

Y por eso, podría perderla para siempre.

PENNY SUPO que debía dejarme en paz tan pronto como entré a la mañana siguiente. Apenas funcionaba, pero estaba allí. Sonrió y asintió, notando mi desarreglado traje y mis ojos enrojecidos. Nunca la aprecié más que en ese minuto cuando no preguntó nada, simplemente siguió trabajando y no dijo nada.

Bebí café a grandes tragos e intenté hacer algo productivo. Penny me trajo el almuerzo, de nuevo sin decir palabra, y cerró la puerta de mi oficina.

Tenía una reunión por la tarde, pero ella me envió un correo electrónico diciendo que la reunión se había cambiado para la semana siguiente. No sabía si lo había hecho ella o lo habían hecho ellos, pero no me importaba mientras no tuviera que hablar con nadie.

Pensé que estaba bien, pero Penny me llamó justo después de las cuatro. —¿Qué?

—El señor Sinclair está al teléfono. Esperaba poder hablar con usted —dijo Penny con calma.

—Mierda. Hazme un favor. Si me oyes gritar, desconecta la llamada y dile que hubo un problema cuando vuelva a llamar.

—Um, de acuerdo.

Tomé una respiración profunda. —Gracias, Penny. Pásamelo.

Ella no dijo una palabra más, simplemente transfirió la llamada a mi oficina.

—Señor Sinclair —dije, esperando sonar medianamente normal.

—Señor Holland, Ramsey. Gracias por atender mi llamada —dijo Carter.

—Por supuesto. He estado intentando contactarle.

—Lo sé —dijo con un suspiro—. Lo siento. Yo... cuando regresé, mi esposa no estaba contenta con nada de esto. Nos mudamos hace apenas unos años. Tenemos la casa de nuestros sueños, y solo considerar mudarnos de nuevo fue difícil para que ella lo aceptara.

No pude responder. Quería hacerlo, pero temía decir algo desagradable. Él no merecía mi ira, pero iba a ser quien la recibiera si decía lo que temía que estaba a punto de decirme.

—Tuve que pensar. Siento no haber contestado sus llamadas. No fue fácil pensar en todo esto. Siempre supe que mi madre era adoptada, pero ella nunca descubrió de dónde venía. Tenía curiosidad, pero pensaba que tendría tiempo para averiguarlo. Para mí, creo que quería aferrarme a eso. Tener esa parte de ella que nunca tuvo la oportunidad de tener. Mi esposa... ella no entendía eso.

—Lamento oír eso —le dije. De verdad lo sentía. Si no otra cosa, podía entender a un hombre que no estaba de acuerdo con su esposa sobre cómo debería ser algo.

—Yo también, pero ella tenía razón. Lo que yo quería era una conexión. Familia. Alguien que compartiera algo que nadie más podía. Pero no tengo que vivir allí para tener eso.

Mi respiración se entrecortó. —¿Qué está diciendo, Carter?

—Estoy diciendo que no quiero la granja, Ramsey. Lo siento. Si mi primo necesita algo, estaré encantado de contribuir. No tengo mucho dinero, pero puedo pagarle algo. No quiero que se quede lidiando con todo esto solo, pero simplemente no es para mí.

Me levanté y caminé por mi oficina. Me pasé una mano por la cara e intenté no saltar de alegría. —No, um, creo que él está bien. Estaba trabajando con él en un préstamo y asegurándome de que tuviera todo preparado.

—Oh, bien —respiró Carter—. No me importa, pero me sentía mal por no querer ayudar.

—¿Puedo ser sincero con usted, señor?

—Por supuesto.

—Colin, su primo, iba a hacer esto solo antes de saber que usted existía. Ha estado esperando para tomar demasiadas decisiones en caso de que usted quisiera participar.

—Lo siento. Debería haberle llamado antes. Debería haber decidido antes. Solo necesitaba tiempo para pensar en todo esto.

—Lo entiendo. De verdad. No todas las decisiones se pueden tomar rápidamente. Necesito preguntarle algo más.

—Por supuesto —dijo Carter, sonando más relajado.

—Por razones legales, y casi odio tener que preguntarle esto, pero por razones legales, ¿consideraría ceder sus derechos a Colin?

—¿Mis derechos? —preguntó Carter.

Aclaré mi garganta. —Sí. Odio decir esto en absoluto, pero las cosas suceden. La gente cambia de opinión. Los descendientes toman decisiones diferentes. Tengo el deber con mi cliente de asegurarme de que esté protegido.

—¿Qué necesita? —preguntó Carter.

Quizás me sentía optimista por primera vez en todo el día o quizás él realmente quería ayudar. De cualquier manera, no podía detenerme todavía. —El testamento de Cleotha decía que quería que su nieto tuviera la propiedad completa de la granja. No especificaba nombres. No sabíamos de usted hasta que Colin vino a mi oficina y le di una carta de ella que decía que había dos de ustedes. Si usted lo llevara a los tribunales, un juez podría decir que posee parte de ella. Si no quiere esto, puedo redactar documentos diciendo que renuncia a todos los derechos en favor de Colin.

—Sí, firmaré. Por supuesto. No quiero que se preocupe. No quiero que nunca se pregunte si alguien va a quitarle algo. Mi madre... ella se preocupaba por a quién encontraría si buscaba a su familia. Una parte de ella siempre lo temió. Creo que por eso nunca buscó a su familia biológica. No quiero que Colin, ni nadie más de su familia, me tema jamás.

Suspiré aliviado y me pasé una mano por la cara. —Gracias, Carter. De verdad. Eso es... gracias.

—No, Ramsey, gracias a ti. Y me preguntaba si podría pedirte un favor.

—Por supuesto —le dije.

—Yo, um, me gustaría mucho conocer a mi primo. No sé si es algo que él estaría dispuesto a hacer, pero si es así, me gustaría mucho tener la oportunidad de conocerlo. Tal vez ver la granja, si crees que estaría dispuesto.

La esperanza en su voz me hizo sonreír. —Tengo la sensación de que no será un problema en absoluto. Hablaré con él, y si está bien, le daré tu número. Ustedes dos pueden continuar desde ahí.

Carter suspiró aliviado. —Gracias —dijo—. Yo... gracias.

Sonreí. —De nada.

Charlamos unos minutos más y luego colgamos. Sabía que necesitaba tener una larga conversación con Colin, pero no estaba de humor. Al mismo tiempo, no estaba dispuesto a dejarlo pasar ni un minuto más sin contarle sobre su granja.

Tan pronto como colgué con Carter, marqué a Colin. Contestó el teléfono al primer timbre.

—Ramsey. ¿Supiste algo?

—Sí. Acabo de hablar por teléfono con él. Quiero que vengas mañana para hablar conmigo.

—Joder —respiró Colin—. Hijo de puta. Realmente pensé... Maldita sea. Me había hecho ilusiones.

—Colin —dije—. Quiero que vengas mañana para hablar sobre la solicitud de préstamo. Porque eres el único que necesita firmarla.

—¿Qué...? ¿Qué?

Me reí entre dientes. —No quiere tu granja. Va a cedértela completamente.

—¡No puede ser! ¡Ni de coña! ¿Me estás tomando el pelo?

Me reí de nuevo. —No estoy bromeando. La granja es toda tuya. Así que, ven mañana, a la hora que te convenga, y nos encargaremos de todo para que puedas seguir adelante.

—Sí. Maldita sea, sí. Gracias, Ramsey. Gracias.

—Te veo mañana, Colin.

—Te veo mañana, Ramsey. Gracias.

Asentí y colgué. Durante unos minutos, pude olvidar el dolor que estaba atravesando. Luego terminé la llamada y vi a Amber y Melody sonriéndome desde el fondo de mi teléfono.

Bloqueé mi teléfono y lo coloqué boca abajo sobre mi escritorio. El impulso de hacerlo pedazos era fuerte, pero no pude. Lo miré fijamente durante mucho tiempo antes de que Penny golpeara la puerta.

—¿Sí?

Penny abrió la puerta y entró. —Me voy. El señor Jones llamó. Estará aquí a las diez.

Asentí. —Gracias, Penny.

Ella asintió y se fue sin decir otra palabra.

Me quedé en el trabajo, incapaz de enfrentarme a mi apartamento solo. Odiaba la idea de tener que buscar un nuevo lugar para vivir, pero lo necesitaba. Ian fue generoso al dejarme quedar en su casa, pero no iba a quedarme allí para siempre. No cuando sabía que no había posibilidad de poder volver a casa de nuevo.

Esperé hasta estar apenas despierto para ir a casa de Ian y me desplomé cuando llegué. Dormí fatal, pero dormí, así que lo consideré una victoria.

No estaba mucho mejor al día siguiente, pero estaba decidido a tener una buena reunión con Colin.

Penny mantuvo su distancia nuevamente, solo avisándome cuando Colin llegó. Me alisé la camisa y forcé una sonrisa. Colin tenía una enorme sonrisa en su rostro cuando me estrechó la mano.

—Tío, quiero abrazarte —dijo.

Me reí entre dientes. —No hice nada. Solo tengo la suerte de ser quien te da las buenas noticias.

—Sí, pero no te rendiste. Gracias, Ramsey. Gracias. Salvaste mi hogar.

Se acercó y me estrechó la mano, luego me dio un abrazo con una firme palmada en la espalda. Le devolví el abrazo, feliz de que al menos pudiera hacer algo bien.

—Gracias.

Asentí. —De nada. Hablemos sobre tu préstamo y el papeleo y preparemos todo para que nunca más tengas que preocuparte por tu hogar.

Colin asintió y nos sumergimos en todo. Penny nos trajo el almuerzo dos horas después, y cambiamos el tema de negocios por unos minutos.

—Tu hija era bastante linda —dijo Colin con una sonrisa—. ¿Supongo que eso lo sacó de su madre?

Me reí, pero fue forzado. Solo pensar en Melody dolía.

—Esa no es la cara de un hombre que está reconstruyendo su matrimonio. ¿Qué pasó?

Negué con la cabeza. —No quieres saberlo. Créeme.

Inclinó la cabeza hacia un lado. —¿Sí? Bueno, pregunté. Me han dicho que puedo ser un buen oyente. Y nunca he conocido a tu esposa, así que no voy a juzgar. Pero no tienes que contarme nada.

Sonreí y me di cuenta de que estaba manteniendo todo embotellado y eso me estaba volviendo loco. Había estado sentado sobre todo esto durante dos días, y no estaba menos enojado que cuando salí de la casa el lunes por la noche.

—Me fui hace siete meses porque ella quería otro bebé, y sus médicos dijeron que podría morir si se quedaba embarazada de nuevo. En las últimas semanas, hemos estado arreglando las cosas. Tratando de reconectar. Hablando y coqueteando. Fui allí el lunes por la noche, y ella quería... en fin. Pero después, me dijo que había dejado de tomar la píldora.

—¿Y? —preguntó Colin.

—Y podría estar embarazada. Ahora mismo, podría estar embarazada.

Colin me miró como si me hubiera crecido una cabeza extra. Entrecerró los ojos e inclinó la cabeza en señal de interrogación. —Explícamelo. ¿Por qué es solo su responsabilidad manejar los anticonceptivos? ¿Es algo de lo que hablaron ustedes dos?

—No —dije—. Pero ella ha estado tomando anticonceptivos desde que perdimos a Steven. No hemos usado condones en años. Y ella simplemente esperaba que yo tuviera un condón. ¿Por qué los tendría?

—Quizás pensó que habías estado con otras mujeres mientras ustedes dos han estado separados.

Negué con la cabeza. —No, ella sabe que no lo he estado.

—¿Se lo dijiste?

—No, pero ella lo sabe. Me conoce. Le dije que la extrañaba y que ella es todo en lo que he podido pensar. No había razón para comprar condones.

—Déjame hacerte una pregunta. ¿Estás más enojado con ella por no decírtelo o más enojado contigo mismo por no preguntar?

Suspiré y negué con la cabeza otra vez. —No se trata de

los anticonceptivos. No realmente. Se trata de que se quede embarazada. Fue ella quien inició el sexo. Creo que quería tener un bebé tan desesperadamente que me engañó para que me acostara con ella.

Las cejas de Colin se alzaron, y susurró: —Vaya.

Asentí. —Exactamente. Por eso estoy enojado. No tenía derecho a hacer eso. Sabía cómo me sentía. Pero en lugar de escucharme o pensar en nuestra hija, decidió que quería quedar embarazada de nuevo y nada más importaba.

—Vaya. Um, ¿le dijiste todo eso?

Asentí.

Colin se reclinó en su silla. —¿Nunca pensaste que quizás ella se dejó llevar por el momento como tú lo hiciste?

Negué con la cabeza. —No. Melody no es así. Es sensata y organizada. Es una planificadora. No se deja llevar.

—¿Ustedes dos nunca se lanzaron el uno sobre el otro en el asiento trasero o comenzaron a quitarse la ropa mientras entraban por la puerta? ¿Qué hay del sexo oral mientras conducían? ¿Nada que dijera que simplemente no podían esperar un segundo más para dejar que la lógica se impusiera?

—Bueno, sí. Hemos hecho todo eso.

—¿Y siempre fuiste tú quien lo inició? ¿Tu esposa nunca se te lanzó encima?

—Lo ha hecho.

—Entonces, tal vez, solo tal vez, esta vez, lo hizo de nuevo. Decidió que simplemente tenía que tenerte y no podía esperar ni un minuto más. Y no pensó en los anticonceptivos porque no era algo en lo que ustedes dos hubieran pensado o hablado. Si todo eso sucedió, y ella está embarazada, y fue totalmente por accidente, ¿realmente quieres pasar todo este tiempo odiándola, o preferirías pasarlo amándola?

Maldita sea. —No me caes muy bien ahora mismo.

Colin sonrió. —Estoy bien con eso. Pero no estoy bien con que cuestiones tu matrimonio, así que resuelve eso primero. Porque si yo tengo razón y tú estás equivocado, lo lamentarás por el resto de tu vida.

Asentí porque tenía razón. Yo conocía a Melody, y ese no era el tipo de persona que era. Ella no me engañaría ni me atraparía. Era la persona más amable que había conocido, y no querría un bebé que fuera traído al mundo bajo esas circunstancias.

Lo que significaba que yo era un idiota, y tenía mucho por lo que disculparme.

## 22

## MELODY

—¿Tenemos que ir, Mami? —preguntó Amber mientras yo salía marcha atrás del camino de entrada.

La nieve finalmente paró el martes por la tarde, y ella volvió a la escuela el miércoles. Esa tarde, mis padres llamaron y nos pidieron que fuéramos a cenar el jueves. Yo no estaba más emocionada que Amber al respecto, pero era una distracción para mí.

No había hablado con Ramsey. Ni siquiera lo intenté. Una parte de mí quería explicarle que no estaba tratando de engañarlo, pero una parte más grande estaba enfadada por que él pensara eso de mí.

—No hemos visto a tus abuelos desde Navidad —le dije a Amber—. Quieren que cenemos con ellos.

Amber suspiró ruidosamente pero dejó de discutir. Mis padres la trataban de la misma manera que trataron a Willow y a mí cuando crecíamos. Amber no era realmente importante, y apenas la reconocían. Cuando era pequeña, lo intentaba, pero a los cinco años ya había renunciado a establecer una conexión con ellos.

Me molestaba, pero pensé que si ya había terminado con ellos, quizás no buscaría su aprobación toda su vida como lo había hecho yo.

El auto de Willow estaba en la entrada cuando llegamos. Como no la había visto desde que Ramsey vino a casa, no sabía sobre nuestra pelea del lunes por la noche. Estaría enfadada de nuevo, pero sería bueno sentir que tal vez no estaba arruinando todo completamente otra vez.

Amber abrazó a Willow y se aferró a ella cuando entramos. Mis padres nos saludaron, pero no se movieron para abrazarnos a ninguna de las dos. Le pregunté a mi madre si podía ayudar con la cena, y ella dijo que no. Casi puse los ojos en blanco.

Definitivamente estaba en la etapa de ira del duelo donde todo me molestaba y solo quería gritar todo el tiempo.

—¿Qué vamos a comer? —pregunté.

—Pollo hawaiano con arroz pilaf y vegetales variados —dijo mi madre.

Forcé una sonrisa. Comíamos lo mismo cada vez que íbamos a su casa. —Suena bien.

—Está listo —dijo mi madre—. Ya que llegaron tarde, podemos comer en lugar de visitar primero.

Asentí, negándome a sentirme culpable. Llegamos tarde porque no queríamos estar allí. La charla trivial con mis padres era insoportable. Solo querían contarnos qué estaban haciendo sus amigos y los hijos de sus amigos. Nunca preguntaban por Amber o por Willow y por mí.

Lo único que agradecía en ese momento era que tampoco preguntarían por Ramsey.

Todos nos sentamos a la mesa y pasamos los platos de servir. Cuando todos llenaron sus platos, comenzamos a comer en silencio.

—Esto está bueno, Mamá —dijo Willow alegremente. Ella tenía una relación tan problemática con nuestros padres como yo, pero no había renunciado a tratar de complacer a nuestra madre.

—Gracias, Willow.

Todos volvieron a quedarse en silencio. Comí mi comida y esperé que pudiéramos salir de allí antes de que alguien dijera algo sobre Ramsey.

Mis padres hicieron charla trivial, poniéndonos al día sobre todo lo que hacían todas las demás personas que conocían. Willow y yo nos mirábamos poniendo los ojos en blanco cuando nuestros padres no prestaban atención. Era tan difícil fingir que me importaba porque realmente no tenía interés. La mitad de las personas de las que hablaban ni siquiera eran personas que yo conocía. Y el resto eran personas que no había visto en años.

—¿Cómo está Ramsey? —preguntó mi padre hacia el final de la cena.

Me quedé paralizada. No podía decir mucho delante de Amber, pero tampoco quería ilusionarla.

—Está bien. Papi vino el lunes, y pasa los viernes con nosotras. Quiere volver a vivir en casa —dijo Amber.

Willow resopló. Yo solo cerré los ojos y recé para que la tierra se abriera y me tragara.

—Todos nuestros amigos quieren saber cuándo van a solucionar todo ustedes dos —dijo mi madre—. Están de acuerdo con nosotros en que un matrimonio debe hacer todo lo posible para resolver sus diferencias.

—Lo hemos intentado, Madre —dije.

—No la presiones —coincidió Willow—. No pertenecen el uno al otro.

—¡Willow!

—No —dijo Willow—. No voy a sentarme aquí y escuchar cómo te lamentas por él. Ha demostrado una y otra vez que no es el adecuado para ti. Y tú siempre te has doblegado a lo que él quiere.

—Willow, para —dije suavemente. Era una amenaza por el bien de Amber, pero también por el mío. Si continuaba, podría no ser capaz de contener la ira que crecía dentro de mí.

—¿Por qué? Sé que no quieres que mamá y papá sepan que tu perfecta vida no es perfecta. Ramsey no debería estar contigo. Nunca debió estarlo. Estás mejor sin él en tu vida.

—Bueno, vas a conseguir lo que deseas —solté—. Se fue el lunes por la noche, y no va a volver.

—Bien. Puedes seguir adelante, y él también.

—¿Por qué te importa? —grité—. ¿Por qué te importa en absoluto? Siempre lo has odiado.

—¡Lo amo! —gritó Willow.

Toda la habitación se quedó en silencio.

—¿Qué? —respiré.

Willow negó con la cabeza. —Lo amo. Siempre lo he amado. Tú nunca fuiste la adecuada para él. Le dije la noche que ustedes dos se comprometieron que estaba enamorada de él, y en lugar de decirme que él sentía lo mismo como yo sabía que lo hacía, me apartó. Dijo que yo era demasiado joven y luego te propuso matrimonio a ti. ¿Recuerdas eso?

Asentí lentamente. Todavía podía ver la sonrisa en su rostro cuando me pidió que me casara con él. Me quedaba un año de universidad, y él estaba comenzando la facultad de derecho, pero sabíamos que queríamos estar juntos. No sabía que iba a proponerme matrimonio, pero estaba tan feliz.

—No tenía un anillo —dijo Willow con desdén—. No tenía la intención de proponerse. Solo se casó contigo porque se sentía culpable por amarme a mí. Tú fuiste el reemplazo.

—¿Qué? —pregunté. Sabía que estaba equivocada, pero el dolor que sentí cuando él se fue me invadió de nuevo y atormentó mi mente. ¿Tenía razón? ¿Realmente la amaba? ¿Es por eso que habían sido tan malos el uno con el otro todos estos años? —¿Tú... estabas...? —No podía decir las palabras.

—Lo besé esa noche, y él me devolvió el beso. Luego dijo que no podía por ti, y la próxima vez que lo vi, estaba de rodillas frente a ti. Le dije que estaba cometiendo un error, pero él argumentó que tú eras la que él amaba. Nunca fue cierto —dijo Willow.

—Por eso siempre me empujaste a alejarlo —dije—. Querías que terminara las cosas con él. Lo querías para ti.

—¡Por supuesto! Porque ustedes dos no pertenecen juntos.

—¡Sí que lo hacen! —gritó Amber—. No digas eso sobre mi mami y mi papi.

La miré, con el pecho agitado de ira y dolor. Amber. Mi hija. La única persona en la habitación que realmente me importaba.

Las lágrimas corrían por sus mejillas mientras se enfrentaba a la tía Willow, una de sus personas favoritas en el mundo.

—¡Te odio! Tú separaste a mi mami y a mi papi. Eres mala, tía Willow. ¡Te odio!

Empujé mi silla hacia atrás y alcancé a Amber. No miré a nadie más mientras nos apresuramos a salir de la mesa. Agarré mis cosas y nos fuimos sin mirar atrás.

No había nada más que decir a nadie en esa casa.

TODAVÍA ESTABA ASIMILANDO la revelación de Willow el sábado cuando tuve que ir a casa de Robin para preparar la fiesta. Tenía todo listo, así que, afortunadamente, pude agarrar los contenedores e irme con Amber.

Amber todavía no era ella misma, pero esperaba que una fiesta con sus amigos la ayudara. No merecía escuchar lo que dijo Willow, y odiaba a mi hermana mucho más por soltar su basura frente a Amber.

Por supuesto, todo se hizo peor cuando Ramsey canceló con Amber el viernes por la noche. Se sentó en su habitación toda la noche en lugar de ver una película o jugar. Traté de persuadirla para que saliera, pero estaba cerrada.

—¿Estás emocionada por la fiesta de Andrea? —le pregunté a Amber en el camino.

Se encogió de hombros.

—Amber, lo siento por lo de Papi que no vino anoche.

Amber se encogió de hombros otra vez.

Estaba perdiendo a mi niña, justo delante de mis ojos. Mi mano fue a mi estómago y el miedo que había estado sintiendo durante días se instaló. Amber estaba sufriendo. No porque alguien muriera, sino porque Ramsey y yo habíamos terminado de verdad. Todas las personas en su vida la estaban abandonando. Había perdido a su padre y a su tía. La única que le quedaba era yo, y si estaba embarazada, también podría perderme.

El pensamiento me enfermó. No quería dejarla. Yo era todo lo que ella tenía, y ella era todo lo que yo tenía. Éramos un equipo, y la idea de arriesgar eso era demasiado.

Ese sueño al que me aferraba con tanta fuerza, el que Willow y yo compartíamos, finalmente lo vi por lo que era. Un deseo tonto e infantil que no tenía relación con la vida adulta. Willow trató de hacer que me aferrara a él, pero yo no quería quedar embarazada de nuevo. No quería dejar a Amber sin una madre.

Willow probablemente esperaba ocupar ese papel. Me animó a alejar a Ramsey, luego ella intervendría cuando yo saliera del panorama. Y si me quedaba embarazada, bueno, cuando muriera o me perdiera en un mar de miseria, podría ocupar mi lugar con una familia lista para ella.

No podía creer que mi propia hermana, mi mejor amiga toda mi vida, me hiciera eso.

Todavía estaba aturdida cuando llegamos a la entrada de Robin. Amber caminó pesadamente hacia la puerta, como si quisiera estar en cualquier lugar menos allí. Robin nos dejó entrar con una sonrisa tentativa y le dijo a Amber dónde encontrar a Andrea.

—¿Está bien? —preguntó Robin cuando Amber se alejó.

Negué con la cabeza. —No, no realmente.

—¿Y tú?

Negué con la cabeza otra vez. —No.

—¿Quieres hablar de ello?

Robin y yo todavía estábamos formando una amistad tentativa. No estaba segura si estaba siendo cortés o si realmente estaba preocupada. —¿De verdad quieres saber?

Pareció sorprendida de que preguntara. —No tienes que decírmelo. Sé que no soy la persona más fácil para llevarse bien. Soy una controladora y me apodero de las cosas. Siempre he sido así, y eso molesta a mucha gente.

—Sí —le dije sinceramente—. Realmente lo hace.

Ella se rió. —He tratado de moderarlo, pero cuando se trata de mis hijos, no puedo evitarlo.

—¿Hijos? Pensé que solo tenías a Andrea.

—Oh, bueno, por ahora —dijo, acunando su vientre.

No había notado antes que estaba redondeado. Yo parecía embarazada todo el tiempo, así que nunca asumía que otras personas lo estuvieran. Pero con su mano en el vientre y la mirada en sus ojos, no había duda de que estaba embarazada.

Se veía feliz. Incluso emocionada. Toda la semana había estado caminando con miedo. Estaba aterrorizada de estar embarazada de nuevo. No lo quería. Si lo estaba, amaría al bebé, pero tenía miedo de perder otro bebé, o de no estar para ver crecer a mis hijos.

Un sollozo brotó y salió. La cara de Robin pasó de la

alegría al miedo en un instante. Traté de contener mis lágrimas, pero seguían viniendo. Robin me entregó un pañuelo, pero no sirvió de mucho. Otro sollozo, más lágrimas. Presioné una mano contra mi boca, otra sobre mi estómago.

—¿Tú también estás embarazada? —preguntó, con los ojos muy abiertos.

Me encogí de hombros. —Espero que no.

—¿No quieres más hijos?

Negué con la cabeza. Era la primera vez que lo admitía. Sentí una cantidad inmensurable de culpa, pero también un poco de alivio. —No. Podría estar embarazada, pero no quiero estarlo. Se supone que no debo quedar embarazada o podría no sobrevivir. Ramsey y yo nos dejamos llevar y ninguno de los dos pensó en la protección, y ahora yo... yo... podría morir. Perdí al último. No quiero estar embarazada.

Robin me atrajo para un abrazo y me sostuvo fuertemente por un largo momento. Luego agarró mis hombros y me obligó a mirarla. —Superarás esto. Estarás bien. Tienes que creerlo.

Me encogí de hombros. —No creo que pueda. Estoy sola. Mi esposo piensa que lo engañé para quedar embarazada. Mi hermana está enamorada de él y ha estado tratando de separarnos para poder tenerlo. Y no tengo muchos amigos. Estoy sola.

Robin sonrió. —No estás sola. Me tienes a mí. Y sé que eres cercana a Casey. Y el resto de las madres de la clase estarán ahí para ti si las necesitas. No estás sola.

Le sonreí y la abracé de nuevo. —Gracias, Robin. Gracias. Eso significa mucho.

Ella sonrió. —Un día a la vez.

Asentí, y por primera vez desde que Ramsey salió por la puerta, realmente creí que podía manejar las cosas. Un día a la vez.

PLANEABA IR a la noche de chicas al día siguiente, pero no tenía a nadie para cuidar a Amber. Ramsey y Willow eran mis dos personas de confianza, y no estaba hablando con ninguno de los dos. Pensé en llamar a Robin o Casey, pero ellas tenían sus propios hijos para acostar un domingo por la noche.

Cuando le envié un mensaje a Blake de que no estaría allí, dijo que entendía y esperaba que yo estuviera bien. Respondí que no lo estaba pero que lo estaría y me concentré en preparar a Amber para la cama.

Una vez que Amber se durmió, regresé a la sala y encendí la televisión. Un mensaje sonó en mi teléfono de Blake.

¿Estás despierta? ¿Puedo entrar?

Respondí preguntando si estaba enviando el mensaje a la persona correcta.

Sí. Decidimos tener noche de chicas en tu casa si estás de ánimo. Tenemos pastel.

Fui a la puerta y la abrí, sorprendida de encontrar a las seis en mi porche.

—¿Qué están haciendo aquí? —pregunté, haciéndolas pasar—. Hace un frío terrible afuera.

—Lo hace, pero aquí dentro está agradable y cálido —dijo Laura.

Había encendido una chimenea más temprano en el día y la mantuve encendida. La leña que Ramsey había traído me estaba enojando, así que quería usarla toda y acabar con ello. Quería terminar con todo lo que tenía que ver con Ramsey, hasta el punto de que estaba pensando en vender la casa y mudarme a un apartamento o condominio o al menos algo mucho más pequeño.

—Esto es realmente lindo —dijo Elise, mirando alrededor de la casa. Vio una foto de Amber cuando era bebé y le sonrió —. Adorable.

Sonreí. —Gracias. Pasen todas. Amber ya está dormida, así que tenemos que estar algo calladas. Lo siento por eso.

—Está bien. Queríamos venir aquí —dijo Blake—. Estábamos preocupadas por ti.

—¿Lo estaban? —pregunté.

Todas asintieron, y me quebré. Comencé a llorar ahí mismo en medio de mi sala rodeada de mujeres con las que solo había hablado un puñado de veces.

Inmediatamente, me rodearon. Elise y Laura me guiaron al sofá. Blake fue a la cocina y trajo un vaso de agua. Karissa, Trinity y Finley me observaban cuidadosamente, como si pensaran que iba a hacer algo peor que llorar.

—¿Qué está pasando? —Blake finalmente preguntó cuando me había calmado lo suficiente para respirar.

—He estado realmente sola la mayor parte de mi vida. Willow y yo somos... éramos un equipo. Siempre fuimos solo nosotras contra el mundo. Luego Ramsey y yo. Ahora, solo soy yo.

—Nos tienes a nosotras —dijo Elise—. Sé que no hemos sido amigas por siempre, pero somos bastante buena gente.

—Gracias. A todas ustedes —dije, mirando a cada una a los ojos.

Encontraron asientos en la sala, y Karissa preguntó: —¿Qué está pasando que estás tan llorosa? ¿Estás embarazada o algo así?

Solté una risa sin alegría. —Podría estarlo.

—¿En serio? —preguntó Karissa—. Estaba bromeando, pero felicidades.

Las otras repitieron los buenos deseos, pero negué con la cabeza. —No quiero estar embarazada. Yo... no lo quiero.

—¿Por qué no? —preguntó Blake—. ¿Qué pasó?

Tomé aire y les conté todo. Desde que Ramsey y yo tuvimos sexo hasta sus acusaciones. Luego la revelación de Willow. Y finalmente, les conté sobre mi idea de negocio y planificación de fiestas porque el vómito verbal no se detenía.

—Es tonto —dije—, pero me encanta hacerlo. Me encanta la alegría en la cara de un niño cuando ven una fiesta que es solo para ellos.

—Eso no es tonto —dijo Trinity—. Para nada.

—Lo siento por Ramsey y Willow —dijo Blake—. Realmente esperaba que tú y Ramsey arreglaran las cosas, pero si él va a decir esas cosas sobre ti, mereces algo mejor.

Asentí. —Lo merezco. Eso es lo que he decidido también. He pasado muchos años amándolo, y sé que eso nunca cambiará, pero no puedo estar con alguien que piensa tan poco de mí.

—No es fácil alejarse de alguien que amas —dijo Elise—. Es una de las cosas más difíciles del mundo. Incluso cuando sabes que es lo mejor para ti. Lo bueno es que tienes personas que se preocupan por ti. Personas que estarán ahí para ti y para Amber si estás embarazada.

—Gracias —dije—. Las subestimé a todas, y las juzgué. Y lo siento por eso. No estaba dispuesta a dejar entrar a la gente. A mi hermana y a mí nos enseñaron a no mostrar nuestros sentimientos, y me resulta difícil dejar que la gente vea quién soy. Pero finalmente he aprendido que esa no es la forma correcta de atravesar la vida. Tengo suerte de tenerlas a todas ustedes.

—Yo también te juzgué —dijo Finley—. Solo te veía como la novia y esposa de Ramsey, no como una persona. Pensaba que eras superficial, y Ramsey ha sido como un hermano para mí durante mucho tiempo. Pero esto... nunca esperé que fuera tan cruel. Lo siento por eso.

—Gracias, Finley. Aprecio eso.

—Bueno, no sé ustedes, pero necesito un poco de pastel después de todo eso —dijo Laura.

Nos reímos y estuvimos de acuerdo. No tenía una casa llena de niños, y no tenía un esposo, pero tenía un hogar y amigas que estaban ahí para mí cuando más las necesitaba.

La familia era lo que tú hacías, y yo estaba creando una bastante genial.

## 23

## RAMSEY

Fui a O'Kelley's el jueves por la noche sabiendo que Melody estaría en casa con Amber. No quería arriesgarme a encontrarme con ella. No habíamos hablado ni nos habíamos visto desde que estuvimos juntos, y me estaba matando, pero sabía que si la veía, le suplicaría que me perdonara sin pensar bien cómo necesitaba disculparme. La amaba demasiado.

Hudson puso una cerveza frente a mí con un golpe seco y se alejó. Miré alrededor, preguntándome por qué estaba tan enfadado. No estaba demasiado loco para ser jueves por la noche, pero algo le molestaba.

Me encogí de hombros y bebí mi cerveza, apenas prestando atención a toda la gente a mi alrededor. Solo cuando Piper se acercó con una cuenta me di cuenta de que algo estaba realmente mal.

—¿Dónde está Hudson? —le pregunté.

—En la parte de atrás.

—¿Por qué no está aquí?

Ella evitó mi mirada y se encogió de hombros. —No lo sé.

Entrecerré los ojos y asentí. Ella seguía mirando más allá de mí, así que bebí mi cerveza hasta que se alejó. Ella era la guardiana, lo que significaba que Hudson estaba enfadado conmigo por alguna razón.

Cuando Piper se distrajo con una mesa de clientes, me escabullí de mi taburete y llevé mi ticket a la parte trasera. La puerta de la oficina de Hudson estaba cerrada, así que llamé.

—¿Sí?

Abrí la puerta y miré alrededor para asegurarme de que no hubiera nadie más allí, luego cerré la puerta detrás de mí.

—¿Qué demonios?

Él negó con la cabeza y apretó la mandíbula. Hudson era un tipo grande, y no uno con el que quisiera meterme. Era rudo y agresivo cuando necesitaba serlo, y yo no había estado en una pelea desde la secundaria.

—¿Qué quieres? —preguntó después de un minuto. Volvió a mirar el papeleo en su escritorio.

—Quiero saber qué demonios te pasa.

Él se burló. —¿En serio? ¿Quieres saber qué me pasa?

Asentí y crucé los brazos sobre el pecho.

Hudson negó con la cabeza. —¿Por qué lo hiciste?

—¿Hacer qué?

—Acostarte con Melody.

Incliné la cabeza a un lado y cerré la mandíbula. —¿Ella te lo dijo? —pregunté entre dientes.

Hudson resopló. —Sí, me lo dijo. Ha estado llorando a mares durante días. No sé qué pasó o por qué decidiste jugar con ella, pero necesitas dejarla en paz.

—¿Y desde cuándo puedes decirme qué hacer con mi esposa? —exigí.

Hudson se levantó y rodeó su escritorio. —Desde que también se convirtió en mi amiga. Si quieres tener el derecho de llamarla tu esposa, entonces empieza a actuar como su maldito marido. Ustedes no han hablado en más de una semana porque estás jodidamente asustado. Crees que eres el único que está asustado, pero no te has molestado en hablar con ella ni una vez. Solo la culpas y piensas que hizo esto a propósito. No lo hizo, por cierto, pero en lugar de estar ahí para ella, estás lanzando acusaciones y abandonándola.

Mis puños se apretaron tan fuerte como mi estómago.

—Mi esposa murió. Realmente murió. No tengo la opción de estar ahí para ella nunca más, pero daría cualquier cosa por tener solo un día de vuelta. Para poder abrazarla y decirle que la amo una vez más. Tú tienes eso. No tienes idea de lo que va a pasar con Melody. Y en lugar de aferrarte y sostenerla con fuerza y nunca dejarla ir, estás huyendo asustado y culpándola. Lo has estado haciendo desde que perdió al bebé, y sigues haciéndolo. Necesitas superar tu maldito ego y comportarte como un hombre. O eso, o largarte de la ciudad para que ella no mantenga sus esperanzas de que podrías realmente estar ahí para ella.

Sus palabras me golpearon como a un boxeador indefenso. Un golpe tras otro amenazaba con derribarme hasta que no pude mantenerme en pie por más tiempo. Mis rodillas cedieron, y me hundí en el suelo. Puse mi cabeza entre mis manos.

Él tenía razón. Al igual que Colin tenía razón. Sabía que estaba equivocado, pero seguía asustado. Amaba a Melody, y tenía terror de perderla. Si la alejaba, me convencí de que dolería menos, pero no importaba. Sin ella, nada importaba.

—Tienes razón. Y voy a arreglarlo. No puedo perderla. No quiero.

—Más te vale.

Asentí. Tenía un plan. Solo necesitaba hacerlo realidad.

SAN VALENTÍN. Siempre fue nuestro día. Esperaba que eso ayudara, pero convencer a Melody de que me diera otra oportunidad después de haber sido tan horrible con ella no iba a ser fácil. Necesitaba demostrarle que iba a estar ahí para ella sin importar qué. Y que la amaba. Y que lamentaba las cosas que dije. La primera parte era estar ahí para ella y Amber.

Le dije a Penny que me tomaría el día libre y que cancelara todas mis citas. Me deseó suerte y dijo que ella se encargaría de todo. Sabía que lo haría, así que me vestí y conduje directamente a la escuela.

La clase de Amber estaba teniendo una fiesta de San Valentín. Melody estaba en la lista de voluntarios, y le pedí a la maestra que me anotara también. También le pedí que lo mantuviera como sorpresa para que ni Amber ni Melody supieran que estaría allí.

Llegué temprano, antes que el resto de los niños y padres. Estaban teniendo una fiesta de desayuno con panqueques y golosinas matutinas ya que era medio día de clases. Cuando Amber y Melody entraron, yo ya estaba cocinando panqueques.

—¡Papi! —gritó Amber. Corrió hacia mí y me rodeó el cuello con sus brazos—. No sabía que vendrías.

Sonreí y le toqué la nariz. —Si lo supieras, no habría sido una sorpresa.

Ella me abrazó de nuevo y se negó a soltarme.

—Amber —dijo Melody—, necesitas guardar tus cosas para la escuela. Vamos, cariño.

—Quiero que papi me ayude —dijo Amber.

Me incliné hasta que estuvimos ojo a ojo y le dije: —Escucha a mamá, mi amor. No me voy a ninguna parte. Estoy haciendo panqueques y voy a pasar todo el día contigo.

—¿De verdad? —preguntó ella, con los ojos muy abiertos —. Pero tenemos medio día.

Asentí. —Lo sé. Después de la escuela, los tres vamos a hacer algo divertido.

—¡Yupi! —gritó, lanzando sus manos al aire. Fue e hizo lo que Melody le pidió y regresó para ayudarme con los panqueques un minuto después.

Observé a Melody por el rabillo del ojo. Habló con la maestra, asintiendo a lo que sea que la Sra. Anderson dijo. Ella me miraba de vez en cuando, pero nunca dejaba que su mirada se detuviera por mucho tiempo. El dolor en su rostro me destrozó, pero el primer paso era asegurarme de que supiera que estaba ahí para ellas.

Cuando terminé los panqueques y todos habían comido, la Sra. Anderson anunció que era hora de los juegos. Se lo dejó a Melody, quien dio un paso adelante y se dirigió a la clase.

Verla trabajar me excitaba. Ella comandaba la sala con una firmeza amable que hacía que todos los niños y padres escucharan cada palabra. Explicó las instrucciones a los niños y luego los dividió en equipos.

Cada uno de los padres voluntarios, excepto yo, dirigía uno de los grupos. Había cinco estaciones y en cada una había un juego diferente, permitiendo que los niños hicieran una actividad diferente cada vez que cambiaban. Me maravillé de su capacidad para involucrar a cada niño.

Una de las madres que a Melody no le caía bien se acercó a ella y le dijo algo. Melody asintió y me miró. Estaban hablando de mí. La madre me lanzó una mirada fulminante y luego abrazó a Melody.

¿Qué demonios?

El resto del tiempo que jugaron, la madre y Melody hablaron y rieron. Principalmente me ignoraron, pero Melody me miró más de una vez.

Para cuando terminó la escuela y era hora de ir a casa, sabía que Amber estaba emocionada de pasar tiempo juntos.

Pero Melody... parecía que preferiría hacer casi cualquier otra cosa.

—¿Qué vamos a hacer, papi? —preguntó Amber mientras se ponía la mochila.

—Hablemos con mamá y decidamos. Tengo un par de ideas.

—Mami, ¿qué quieres hacer hoy? —preguntó Amber.

Melody le sonrió a Amber y se agachó frente a ella. —Tengo trabajo que hacer hoy, cariño. ¿Lo recuerdas? Ibas a ayudarme. Pero puedo hacerlo yo misma. Ve a divertirte con papá.

—¿Qué trabajo iba a ayudarte a hacer Amber? —pregunté.

—¿Te veremos mañana? —preguntó la madre que a Melody no le caía bien.

Melody asintió. —Definitivamente. Gracias de nuevo, Robin. No puedo decirte cuánto aprecio la ayuda. Eres mi salvación.

Robin sonrió. —Cualquier cosa para ayudarte a poner en marcha tu negocio. Así serás independiente y sabrás que puedes cuidarte a ti misma. —Me lanzó una última mirada fulminante y se marchó.

—¿Negocio? —pregunté, sintiendo que no tenía idea de lo que estaba pasando. Primero Melody consiguió un nuevo trabajo, ahora tenía un negocio. ¿Qué más me había perdido?

—Sí, el negocio de fiestas de mamá. Es divertido. La ayudo a hacer cajas de cosas para fiestas para que la gente pueda tener fiestas de cumpleaños increíbles —explicó Amber.

—¿En serio? —pregunté.

Melody asintió y agradeció a la maestra.

—¿Cuándo iniciaste un negocio? ¿Y por qué no me lo dijiste?

—Hay muchas cosas que no nos hemos dicho últimamente, y muchas que hemos dicho —dijo Melody.

El dardo fue bueno, y me lo merecía. Aun así, dolió.

—Me voy a ir si ustedes dos van a pasar tiempo juntos. Amber te ha extrañado, así que diviértanse. Estaré en casa toda la tarde cuando necesites volver al trabajo.

—No voy a volver al trabajo hoy.

Los ojos de Melody se entrecerraron, pero no dijo nada. Asintió y se alejó.

—Bueno —le dije a Amber—, eso no salió según lo planeado.

—¿Por qué no? —preguntó Amber.

Suspiré. —Porque no he sido muy amable con mamá. Está molesta y herida, y todo es mi culpa.

—Pensé que ibas a arreglar todo. Me lo prometiste.

Asentí y abracé fuerte a Amber. —Lo haré. Lo haré.

AMBER y yo fuimos a deslizarnos en trineo en el parque después de almorzar. Quería correr a casa y ver a Melody, pero ella necesitaba espacio.

Cuando Amber comenzó a cansarse, decidimos ir a casa y tomar un descanso. Para cuando llegué a la casa, ella estaba dormida en el asiento trasero y tuve que cargarla.

El coche de Melody estaba allí, así que llamé a la puerta cuando llegué. Ella abrió unos segundos después. Su cabello era un desastre y sus ojos estaban rojos. Me dolía tomarla en mis brazos como lo había hecho con Amber y hacerla sentir mejor, pero ella cruzó los brazos y dio un paso atrás.

—¿Se quedó dormida? —preguntó Melody.

Asentí. —Fuimos a deslizarnos en trineo. Se divirtió. Habría sido mejor si hubieras venido con nosotros.

—Puedes ponerla en su habitación —dijo Melody, igno- rando mi comentario.

Entré y dejé que Melody cerrara la puerta y le quité las

botas a Amber antes de quitarme las mías con los dedos de los pies. La llevé a su habitación y la acosté en su cama. Besé su frente y le prometí que haría todo lo posible para volver a unirnos a todos.

Cuando volví a la sala, Melody estaba sentada en el sofá frente a un contenedor lleno de artículos para fiestas.

—¿Qué estás haciendo? —le pregunté.

—Estoy trabajando. Gracias por traer a Amber. Y por llevarla hoy. Te ha extrañado.

—Yo también la he extrañado —dije—. Y te he extrañado a ti.

Ella me miró, nuestras miradas chocando. Mantuvo la mía durante un largo momento, luego apartó la mirada. —Bueno, gracias. Estoy segura de que tienes cosas que hacer hoy.

Negué con la cabeza. —En realidad, no. Despejé mi agenda para poder pasar el día contigo y Amber.

—¿Por qué? —gritó—. ¿Por qué? ¿Por qué molestarte, Ramsey? Ambos sabemos que nuestro matrimonio ha terminado. No va a cambiar. Quiero que pases tiempo con Amber, y espero que lo hagas, pero no entres aquí y finjas que quieres pasar tiempo conmigo. Me dijiste lo que realmente piensas de mí, y creo que es mejor si simplemente te vas. Ahora.

Esperaba su ira, pero el dolor en su voz me dolió. Hudson tenía razón. La rompí.

—Nunca debí haber dicho las cosas que dije la última vez que estuve aquí. Estaba asustado, y lo siento.

—Bien. Estás perdonado —dijo, sin mirarme.

—Melody, no seas así.

—¿Qué quieres de mí, Ramsey? ¿Quieres que diga que está bien que mi esposo de diez años piense tan poco de mí que realmente creyó que lo engañaría para que me embarazara? ¿Que creyó que querría un hijo de esa manera?

¿Quieres que te diga que lo siento por creer que podríamos lograrlo y pedirte que te acostaras conmigo? ¿Quieres que te diga que soy la puta y la perra engañosa que crees que soy? ¿Qué quieres, Ramsey? Dímelo. ¿Qué quieres?

—¿Mami? —dijo Amber suavemente desde el pasillo.

Melody y yo la miramos al mismo tiempo, pero Melody se movió primero. Se secó las lágrimas y recogió a Amber.

—Lamento haberte despertado, cariño. No debería haber estado gritando.

—¿Por qué estás llorando, mami?

—Estoy bien, Amber. Solo estoy triste ahora mismo.

Amber me miró. —¿Papi te puso triste?

Melody, siempre protegiendo a las personas a su alrededor, negó con la cabeza. —No, cariño. No es culpa de papi. Papi te ama, pero papi tiene que irse ahora. Ve a despedirte.

Amber caminó hacia mí una vez que Melody la bajó. Me abrazó por la cintura y dijo: —Te amo, papi.

—Yo también te amo, mi amor.

—Por favor, no hagas llorar más a mami —dijo Amber suavemente, mirándome—. No me gusta cuando mami llora.

Miré a Melody, pero ella no me estaba mirando. Solo tenía ojos para Amber. —Voy a tratar de no hacer llorar a mami.

Amber asintió. —Bien porque tía Willow hizo llorar a mami, y tú hiciste llorar a mami, y todo lo que hace mami es llorar. Quiero que mami deje de llorar.

—¿Tía Willow? —pregunté, mirando a Melody de nuevo.

—Amber —dijo ella.

—Tía Willow le dijo a mami que estaba enamorada de ti y que la única razón por la que te casaste con mami fue porque tía Willow era demasiado joven. Y dijo que deberías estar con ella en lugar de con mami. ¿Amas a tía Willow?

Respiré hondo y negué con la cabeza. Melody podría estar ignorándome, pero estaba escuchando. —No. La única mujer que he amado es mamá. La única mujer que amaré siempre es mamá. He cometido muchos errores, pero lo único que hice bien fue enamorarme de tu mamá. Es la mejor persona que he conocido en mi vida, y he cometido muchos errores con ella, pero espero poder compensarlos algún día. Voy a intentarlo.

—Vamos, Amber —dijo Melody. Su voz era espesa—. Papá necesita irse.

Amber me miró, sus ojos mortalmente serios, y dijo: —No lo arruines.

Asentí y las vi desaparecer por el pasillo.

El paso dos no salió según lo planeado.

Mi último esfuerzo fue una gran disculpa pública como Hudson sugirió. A Melody nunca le gustó ser el centro de atención, pero sabía que no podía ocultar lo que sentía por ella y esperar que me perdonara. Sabía que lograr que Melody confiara en mí tomaría tiempo, y estaba dispuesto a darle tiempo, pero necesitaba que supiera que no me iría a ninguna parte.

Consideré pedirle ayuda a Willow antes de que Amber dijera que no se hablaban, pero nunca se sintió bien. Odiaba que Willow lastimara a Melody, pero ella no era mi prioridad. Melody y Amber eran las que me importaban. Si Melody quería reconciliarse con su hermana algún día, esa sería su elección, pero la actitud tóxica de Willow casi destruyó mi matrimonio. No iba a traerla a nuestra reunión.

Blake e Ian estaban cuidando a Amber para que Elise pudiera llevar a Melody a O'Kelley's. Todos prometieron ayudarme porque se preocupaban por Melody. Saber que había conectado con tantas personas nuevas sin que yo estuviera cerca era difícil, pero estaba feliz de que no hubiera estado sola. Y agradecido por toda la ayuda que pudiera obtener.

Me escondí en la oficina de Hudson con un esmoquin. Hudson entró en su oficina y negó con la cabeza. —Pareces un idiota.

Le hice un gesto obsceno. —Gracias. Si a Melody le gusta, no me importa.

—A ella no le importan cosas como esta.

Lo sabía, pero usar un esmoquin atraería la atención hacia mí. O'Kelley's era un lugar casual, y vestido como estaba significaba que todos nos verían y escucharían lo que tenía que decir.

—¿Está aquí? —pregunté.

—No, pero Ian dijo que salió de la casa, así que debería estar aquí pronto.

Asentí e intenté aplastar la sensación de náuseas en mi estómago. Si esto no funcionaba, no tenía idea de qué hacer.

Hudson se fue y prometió buscarme cuando Melody llegara. Di vueltas en su oficina durante diez minutos antes de que regresara. Me deseó suerte, luego me siguió hasta la puerta.

Cuando entré en el bar, las personas más cercanas a mí dejaron de hablar y me miraron. Saludé con la docena de rosas que tenía en la mano y les sonreí, luego seguí moviéndome.

Divisé a Melody y Elise en el extremo más alejado del bar, cerca de la pista de baile. Estaban pidiendo bebidas y aún no me habían visto. Pude acercarme antes de que los murmullos de la multitud atrajeran su atención.

Elise me vio primero y arqueó una ceja. Me señaló a Melody, y cuando ella miró en mi dirección, se le llenaron los ojos de lágrimas.

Corrí a su lado y me acomodé en el taburete junto a ella.

Tomé su mano y suspiré. —Le prometí a Amber que no te haría llorar de nuevo. Mel, por favor deja de llorar.

Ella negó con la cabeza. —¿Por qué estás haciendo esto, Ramsey?

—Porque te amo. Y quiero que tú y todos los demás sepan que me equivoqué. Te dije cosas horribles, y no las merecías. Estaba equivocado. Sé quién eres, y eres la mujer más increíble que he conocido en mi vida. Eres la mejor madre del mundo. Amber tiene tanta suerte de tenerte. Has creado una familia mientras yo estaba siendo un idiota. Todos saben lo increíble que eres. Y espero que algún día estés dispuesta a darme otra oportunidad.

Ella apretó los labios en una sonrisa. —Quiero hacerlo, Ramsey. De verdad quiero, pero simplemente no sé si puedo confiar en ti.

—Lo sé, Melody. Y lo entiendo. Todo el día de hoy, he estado tratando de mostrarte que quiero estar ahí para ti. Quiero estar ahí para Amber. No me voy a alejar de nuestra familia otra vez. Pero más que todo eso, lo siento. Quiero que sepas que lamento haber pensado alguna vez que podrías hacer lo que te acusé. Eres la persona más amable, honesta y cariñosa que conozco. Y fui un completo idiota por dudar de eso aunque sea por un segundo.

—Está bien —dijo Melody suavemente.

Negué con la cabeza. —No lo está, Melody. Nunca estará bien. Pero pasaré el resto de mi vida tratando de compensarte. Hoy fue solo el comienzo.

—Ramsey, no tienes que hacer eso.

—Quiero hacerlo, Mel. Quiero que sepas que te amo. Le pedí a Ian, Blake y Elise que ayudaran para que supieras que te amo. No me estoy rindiendo con nosotros. Nunca más.

Melody tomó aire. —No sé cuánto tiempo me llevará perdonarte.

Asentí. —No importa. Voy a estar aquí. Esperándote. Te

amo, y todavía quiero pasar mi vida contigo. Espero que algún día, nuevamente, sientas lo mismo.

Besé su mejilla y me detuve, memorizando todo lo que pude de ella. Alejarme fue difícil, pero sabía que tenía que hacerlo. Tenía que dejar que Melody decidiera que me quería. Iba a estar ahí, pero ella necesitaba quererme.

## 24

MELODY

—¿**Q**ué vas a hacer? —preguntó Elise mientras Ramsey se alejaba.

La miré y negué con la cabeza. —No lo sé.

—¿Todavía lo amas?

Asentí. —Sí, claro.

—Entonces deberías ir tras él.

Negué con la cabeza. —No puedo. No ahora. No sé si está diciendo la verdad. No puede borrar todo el dolor que causó en un día. Sí, fue una disculpa bastante buena, pero no es suficiente. Todavía no.

Elise sonrió y levantó su copa. —Bien por ti. Yo no fui lo suficientemente fuerte para decir que no a mi ex. Y lo pagué. Ramsey es un buen tipo, pero mereces que te traten mejor.

Asentí. Maldita sea, claro que lo merecía.

Durante la semana siguiente, Ramsey me envió mensajes en En Busca del Galán de Papel. Me dijo que me amaba. Me preguntó por Amber. Me mantuvo informada sobre el trabajo. Era todo lo que yo quería que hiciera.

Pero todavía no había dicho nada sobre el bebé. Y eso era

lo que necesitaba escuchar. Dijo que estaría ahí para Amber y para mí, pero no dijo si quería al bebé o si se iría de nuevo si yo estaba embarazada.

El jueves por la mañana, casi una semana después de la declaración de Ramsey, desperté y descubrí que me había llegado la regla durante la noche. Me sentí tan aliviada que lloré.

Dejé a Amber y me quedé sentada en mi coche fuera de la escuela. Primero llamé a Elise y Blake para ponerlas al día, luego llamé a mi ginecólogo y programé una cita para hablar sobre ligarme las trompas.

Cuando llegué al O'Kelley's, fui directamente a la parte de atrás para hacer algo de trabajo. El primer día de mi período siempre era el peor, y si podía trabajar unas horas y luego irme a casa a descansar, sería mucho más fácil de sobrellevar.

Hudson vino una hora después de empezar mi turno y me pidió que le ayudara en la barra. Dije que sí sin pensarlo y lo seguí hasta el bar.

El bar estaba vacío excepto por un tipo en una mesa en la esquina. Hudson me indicó que fuera a la mesa. Le di una mirada interrogante, pero él solo señaló. —Por favor, Mel — dijo.

Entrecerré los ojos, pero no podía ver al tipo. Miré de nuevo a Hudson, pero ya se había ido. Me acerqué, un poco inquieta.

Primero apareció su brazo, luego su hombro. El costado de su cabeza y su perfil, y mi corazón dio un salto.

Ramsey se volvió para mirarme y se puso de pie cuando me vio congelada a unos metros de distancia.

—¿Te sentarías conmigo?

Asentí y dejé que me guiara a la mesa.

Se veía increíble. No se había afeitado en un par de días, la barba incipiente oscura contra su piel. Su cabello oscuro estaba corto, como si se lo hubiera cortado desde la última vez que lo vi. Sus hombros llenaban su chaqueta tan bien como siempre. Su camisa estaba desabrochada unos botones en la parte superior, mostrando la parte superior de su pecho. Sus dedos estaban entrelazados, agarrándose unos a otros.

Respiré hondo y me llenó su aroma. Quería llorar de lo mucho que lo extrañaba. Se suponía que debía ser fuerte, pero no podía evitar preguntarme por qué seguía resistiéndome a él.

—Fui a la casa, pero no estabas.

—Tengo trabajo que hacer.

—¿Me contarás sobre tu trabajo?

—No es tan emocionante.

—Todo es emocionante cuando tiene que ver contigo —dijo Ramsey con una sonrisa.

Suspiré. —Escucha, sé por qué estás aquí, ¿vale? Alguien te lo dijo. Pero simplemente... no estoy lista para hablar de ello todavía, no contigo.

—No tienes que hablar de nada que no quieras —dijo Ramsey. Bajó la cabeza y cerró los ojos, probablemente agradeciendo a Dios que no iba a tener otro hijo conmigo.

—Debería volver al trabajo —dije e intenté ponerme de pie.

—Melody, no hay nadie aquí. Hudson puso el cartel de cerrado. No hay nada que hacer ahora mismo.

Negué con la cabeza. —No puedo simplemente sentarme aquí ahora, Ramsey.

—Entonces déjame ir contigo. Déjame llevarte a algún sitio.

Me reí. —Estás libre, Ramsey. Puedes parar con todo esto. No me quedé embarazada, así que eres libre. No tienes que preocuparte por tu obligación conmigo o con un bebé o cualquier otra cosa.

—¿No estás embarazada? —preguntó.

Negué con la cabeza. —No. Por eso estás aquí. Porque lo sabes. Porque conseguiste lo que querías.

—No, Mel, lo único que quería eras tú. No sabía que no estabas embarazada. No me importaba. Tú eras lo único que importaba. Todo este tiempo, he estado preocupado por ti. No quiero perderte, y después de Steven... tengo miedo de tocarte. Miedo de todo.

—No me voy a romper.

—Pero lo hiciste. Cuando perdimos a Steven, te rompiste. Nos abandonaste. Te desconectaste completamente y nos dejaste. No podía pasar por eso de nuevo.

—Dejaste de verme como tu esposa. Todo lo que quería cuando perdimos a Steven era que me abrazaras y me dijeras que siempre me amarías. Que me dijeras que no fue mi culpa y que no me culpabas. Pero no obtuve eso.

—Melody —gimió. Se movió y luego salió del reservado y vino a mi lado.

Quedé atrapada cuando se sentó junto a mí. No quería estar atrapada. No quería que me abrazara. Si lo hacía, lo dejaría volver.

—Ven aquí —dijo suavemente.

Negué con la cabeza.

—Por favor, Melody. Yo también te necesito. Por favor.

Se acercó hasta que no tuve más remedio que dejar que me tocara. Todas las emociones que había estado sintiendo durante dos años subieron a la superficie y se desbordaron. Mis primeras lágrimas cayeron cuando él me rodeó con sus brazos.

Me aferré a Ramsey, desesperada por sostenerlo mientras sollozaba. Él me sostuvo todo el tiempo, susurrándome disculpas y palabras de amor.

No sabía que había estado guardando tanto hasta que lo lloré todo. El dolor por las palabras de Ramsey, el daño que le causó a Amber, la pérdida de Willow en mi vida, y el bebé que nunca podríamos criar.

Todo me abandonó, extraído por los brazos de Ramsey que me sostenían cerca.

—¿Te sientes mejor? —preguntó, limpiando mis lágrimas.

Asentí. —Sí. Gracias. Lo siento por llorar sobre ti.

—Nunca te disculpes por decirme cómo te sientes. Por favor, Melody. Para eso estoy aquí.

—Solías estarlo —le dije—. Antes de Steven, estabas aquí. Pero después...

—Nunca voy a volver a hacer eso. Nada de eso. Voy a estar aquí para ti para siempre, Melody. Quiero estar aquí para ti por siempre y para siempre.

Le sonreí y asentí. —Todavía te amo. Siempre lo haré.

—Yo también, Melody. Y si necesitas más tiempo...

Negué con la cabeza. —Creo que he tenido suficiente tiempo para darme cuenta de que funciono mejor cuando estoy contigo.

—¿En serio? —preguntó.

Asentí. —Sí. Pero las cosas han cambiado desde que te mudaste.

—¿Como qué?

Me encogí de hombros. —Como que vamos a trabajar juntos. Y vamos a hablar el uno con el otro. Y voy a salir de noche con las chicas con Blake y Elise y las demás todos los domingos, así que necesitas cuidar a Amber.

Sonrió. —Puedo manejar todo eso.

—Bien. Porque ya perdí a una mejor amiga. No puedo perder a un segundo.

Negó con la cabeza. —No me voy a ninguna parte.

—Bien —dije.

Lo atraje hacia abajo para un beso y sonreí mientras me recostaba en el banco. Me mordisqueó el labio y dijo: —Dios, te he echado de menos.

—Me tienes ahora.
—Y no te voy a perder de nuevo. Te amo.
—Te amo.

# EPÍLOGO

## ELISE

Maldita sea, se sentía bien estar al aire libre. El aire fresco, el dulce aroma a savia y el vigorizante día primaveral. Me encantaba la primavera. Era una oportunidad para empezar de nuevo. Siempre era algo bueno.

—Hola —le dije a Melody. Ella fue quien me contó sobre la gran reapertura de la Granja de Arce Familia Jones. Ramsey estaba trabajando con el nuevo dueño y nos invitó a todos a celebrar.

—Hola —dijo Melody, extendiéndome los brazos para un abrazo.

Melody se había vuelto muy abrazadora en los dos meses desde que nos conocimos. Yo tendía a evitar el contacto físico con la mayoría de las personas, pero no me molestaba abrazar a Melody.

—¿Dónde están Amber y Ramsey? —pregunté.

Melody se encogió de hombros. —Están por aquí en alguna parte. Les dije que iba a echar un vistazo a la tienda.

—Suena bien. Iré contigo.

Melody sonrió y entrelazó su brazo con el mío. —¿Cuándo empiezas en el barco turístico?

—En tres semanas —dije—. Estoy más que lista. No me molesta servir mesas y hacer turnos en las tiendas de regalos, pero prefiero estar al aire libre.

—Tenemos que ir a uno de tus recorridos este verano. Estábamos diciendo que necesitamos mostrarle a Amber más del Río. Ni siquiera sabe dónde está el Castillo Boldt.

Me reí. —¿En serio?

Melody asintió. —Sí. Un fracaso total como padres. Aunque sí sabe dónde está la Finca MacKellar.

—Bueno, eso es mejor. Especialmente porque está en nuestro pueblo. Si al menos no conociera ese lugar, me preocuparía por ti.

—¿De qué estás preocupada? —preguntó Trinity, uniéndose a nosotras.

—Melody y Ramsey quieren llevar a Amber a un tour este verano para que pueda ver el Castillo Boldt. No sabe dónde está —le conté.

—¿En serio? Hasta yo he estado en el Castillo Boldt y solo he vivido aquí diez meses —dijo Trinity.

—Ella era muy pequeña antes de Steven, y luego Ramsey y yo estábamos... bueno, ya saben. Así que, este verano será el momento. Le encantará —dijo Melody.

—Absolutamente.

—Melody —dijo un hombre justo detrás de nosotras.

Di un respingo involuntario. Odiaba que sucediera, pero no podía evitarlo. Detestaba cuando la gente se me acercaba sigilosamente, y peor aún cuando era un hombre.

—Colin —dijo Melody con una sonrisa. Se levantó y lo abrazó.

Era guapísimo. Cabello corto y oscuro, y ojos intensos y profundos. Nos sonrió, su mirada recorriendo a las tres.

Esperaba que se fijara en Trinity puesto que era la más despampanante de las tres, pero sus ojos se detuvieron en mí.

—¿Cómo estás? —dijo.

—Bien —respondí al mismo tiempo que Melody.

Melody se rió y me dio una mirada extraña. Mierda. No me estaba hablando a mí.

—Estas son mis amigas, Trinity y Elise —dijo Melody, empujándome hacia adelante cuando dijo mi nombre—. Chicas, este es Colin, el nuevo dueño.

—Encantada de conocerte —dijo Trinity, extendiendo la mano para saludarlo—. Me mudé aquí a finales de la primavera pasada. Te va a encantar la zona. Hay mucho que hacer y gente estupenda.

Colin asintió. —Gracias. Vine algunas veces cuando crecía, pero no he regresado en mucho tiempo. Es diferente a como lo recuerdo, pero las cosas siempre son así cuando eres niño.

Trinity se rio. —Cierto.

No podía distinguir si estaba coqueteando con él o solo conversando. Nunca se me había dado bien coquetear. Me parecía un idioma extranjero, uno que nunca llegué a dominar. Podía entenderlo cuando otros lo hacían, pero mi lengua se enredaba si lo intentaba.

—¿Y tú, Elise? —preguntó Colin—. ¿Eres de aquí?

Asentí. —Nacida y criada aquí. Fui a la universidad en Rochester y regresé después. He vivido aquí desde entonces.

Colin sonrió. —Supongo que te gusta este lugar.

Asentí.

Colin entrecerró los ojos mirándome y luego sonrió a Melody nuevamente. —Bueno, debería ir a socializar. Disfruten, señoritas. Seguro las veré por aquí alguna vez.

Asentí mientras Colin se alejaba. Miró hacia atrás, pero fingí no verlo.

—Es guapo —dijo Trinity—. Pero solo tenía ojos para Elise.

Puse los ojos en blanco. —Ni de broma. Tú eres la que tiene las curvas que hacen babear a los hombres.

Trinity resopló. —No a todos los hombres. Y definitivamente no a ese.

Negué con la cabeza. No importaba lo guapo que fuera Colin o si me estaba mirando. No iba a pasar nada. Estaba demasiado cerca. Era amigo de una amiga, y si las cosas salían mal, no iba a poner a mis amigas en la posición de tener que elegir bandos.

Ya sabía muy bien cómo resultaba eso para mí.

GRACIAS POR LEER la historia de Melody y Ramsey. Me encantó echar un vistazo al interior de un matrimonio. Una de las primeras ideas de historia que tuve fue sobre un matrimonio en problemas. Me encantó porque a menudo sentimos que no hay romance una vez que estamos casados, ¡pero debería haberlo, maldita sea!

El próximo libro de la serie es la historia de Elise y Colin. La vida en un pueblo pequeño no es lo que Colin esperaba. No cuando todos saben todo sobre él. Incluso que está soltero. Elise no tiene interés en cambiar ese pequeño detalle, pero no puede evitar sentirse intrigada y más que un poco curiosa por el encantador recién llegado. ¡Consigue **Su Dulce Curvilínea** hoy!

¿QUIERES MÁS de Melody y Ramsey? ¡Los suscriptores reciben un epílogo adicional exclusivo y gratuito sobre el regreso de Ramsey a casa! ¡Solo disponible para suscriptores! ¡Suscríbete ahora!

*USA TODAY* La autora superventas Mary E Thompson pasó la mayor parte de su infancia deseando tener algunas curvas menos. Se escondía entre las páginas de los libros porque a sus personajes favoritos nunca les importaba qué talla de ropa usaba. Ahora, a Mary tampoco le importa, y escribe historias que celebran a mujeres como ella. Mujeres reales que tienen curvas, persiguen sueños y encuentran el amor, porque todas merecemos ser felices, sin importar nuestra talla.

Mary pasa su tiempo fuera de la escritura con su esposo y sus dos hijos, viendo demasiada televisión, animando a su equipo local de fútbol americano (¡Vamos Bills!) y escondiendo chocolate de su familia.

Suscríbete ahora al boletín de Mary. ¡Los suscriptores reciben libros electrónicos gratuitos y otras cosas divertidas, como contenido exclusivo solo para miembros y sorteos, además de ser los primeros en conocer los nuevos lanzamientos y ofertas!